Fale com eles

Daisy de Camargo

Fale com eles

uma leitura das tabernas da cidade de Madri a partir da História da Alimentação (séculos XIX e XX)

alameda

Grafia atualizada segundo o Acordo Ortográfico da Língua Portuguesa de 1990, que entrou em vigor no Brasil em 2009.

Edição: Haroldo Ceravolo Sereza
Editora-assistente: Danielly de Jesus Teles
Projeto gráfico, diagramação e capa: Danielly de Jesus Teles
Revisão: Alexandra Colontini
Assistente acadêmica: Bruna Marques
Imagem da capa: Gustave Doré, *Interior de una taberna del Rastro, Madrid.*

Este livro foi publicado com o apoio da Fapesp. Número do processo: 2017/24634-0

Cip-Brasil. Catalogação-Na-Fonte
Sindicato Nacional Dos Editores De Livros, Rj

C176f

Camargo, Daisy de
Fale com eles : uma leitura das tabernas da cidade de Madri a partir da história da alimentação / Daisy de Camargo. - 1. ed. - São Paulo : Alameda, 2019.
268 p. ; 21 cm.

Inclui bibliografia
ISBN 978-85-7939-590-1

1. Bares - Madri (Espanha) - História. 2. Bebidas alcoólicas - Consumo - Aspectos sociais - História. 3. Alimentação - Aspectos sociais - História. I. Título.

19-55169 CDD: 647.954641
CDU: 640.443(09)(460.27)

ALAMEDA CASA EDITORIAL
Rua Treze de Maio, 353 – Bela Vista
CEP 01327-000 – São Paulo – SP
Tel. (11) 3012-2403
www.alamedaeditorial.com.br

Não derrubo nem elejo rei, pois sirvo a mim, que sou meu senhor e dono.

Sancho Panza

Sumário

Apresentação (ou eu fui às tabernas de Madri e quase não volto mais aqui)

Tudo se come, tudo se comunica,
tudo, no coração, é ceia.

Carlos Drummond de Andrade

Tudo começou com uma história líquida, que não é a das grandiosas e heróicas travessias marítimas. Trata-se de uma aventura bem mais micrológica, aquela dos fluídos que colocamos no copo para seguidamente esvaziá-lo.

Este texto, que é resultado de um pós doutorado que desenvolvi na Unifesp,[1] assumiu a proposta de aprofundar e desdobrar alguns temas tratados em minha tese de doutorado, defendida junto ao Programa de Pós Graduação em História da Unesp/Assis. Nessa pesquisa,[2] abordei as relações sociais que permeiam o consumo de bebidas alcoólicas na cidade de São Paulo, no final do século XIX e

1 Sob a supervisão do Professor Doutor Jaime Rodrigues e financiado pela Fapesp.

2 CAMARGO, Daisy de. *Alegrias engarrafadas: os alcoóis e a embriaguez na cidade de São Paulo no final do século XIX e começo do XX.* São Paulo: Editora UNESP, 2012.

começo do XX, desvelando gestos e sensibilidades do cotidiano da cidade, captando costumes, modos de vida e sujeitos extintos. No contexto desse tratamento temático e tomando como base o viés da cultura material, dediquei dois capítulos ao mundo tabernal paulistano do século XIX.

Esses trechos são frutos da exploração de dois inventários de donos de tabernas e armazéns de secos e molhados. Reconstruí o espaço, os costumes e o universo sensível desses estabelecimentos onde se produzia, vendia e consumia bebidas alcoólicas.

Foi um trabalho de escavação de uma cidade soterrada. Nada sobrou das antigas tabernas de São Paulo, pautadas sobretudo por influências ibéricas. Foram devoradas pelas sucessivas reformas urbanas[3] e por uma trajetória de medidas higienistas, de expropriações e especulação imobiliária.

De que se tem notícia, além dos inventários, restam alguns vestígios arqueológicos: cacos de louças e frascos de bebidas provenientes da Holanda, França, Alemanha e Portugal, encontrados numa escavação realizada no local onde existiu uma taberna do XIX, na Rua Teodoro Sampaio.[4]

Como num gesto contínuo, esse estudo, que caminha *pari passu* com uma perspectiva da história da alimentação, é uma investigação da história das tabernas de Madri (séculos XIX e XX), com mapeamento de sobrevivência dos usos de objetos, mobiliários, formas de organização e hábitos de consumo.

---

3 Reformas estas empreendidas pelos seguintes administradores municipais: João Theodoro de Xavier Matos (1872-1875), Antonio Prado (1899-1911) e Raimundo da Silva Duprat (1911-1914).

4 MARQUES, Jairo. "Escavações revelam taberna e palafitas do 'velho Pinheiros'" *Folha de São Paulo*. 26 dez. 2012 Disponível em: <http://www1.folha.uol.com.br/cotidiano/1206397-escavacoes-revelam-taberna-e-palafitas-do-velho-pinheiros.shtml>. Acesso em 26 dez. 2013.

Mas por que escolhi as tabernas de Madri? Posso responder que nessa cidade existe um movimento de resistência e um bom número de tabernas históricas que perduram até os dias de hoje. Existe, porém, outro motivo. No ano de 2011, durante uma estadia nessa cidade, passei por um verdadeiro trabalho de imersão no que diz respeito ao mundo tabernal sobre o qual tanto havia me debruçado anteriormente. Finalmente, entrei numa taberna. Não imaginei ou escrevi sobre o assunto; mergulhei numa taberna, a *Tienda de Vinos*, localizada na *Calle* Augusto Figueroa, nº 35. Aberta em 1888 por Francisco Gómez, é atualmente dirigida pela quinta geração dessa mesma família fundadora.

Tudo que analisei em minha tese de doutorado estava ali: o cheiro de barris, os objetos, o mobiliário, a figura do taberneiro. E foi diante dessa oportunidade de viver uma experiência de escafandrista do meu objeto de pesquisa é que pude notar que não havia esgotado meus estudos sobre o universo tabernal. E foi assim que parti para essa nova incursão.

O primeiro capítulo desse livro é um exercício de perceber os costumes do receber, comer e beber, através do arrolamento da abordagem de relatos e descrições de viajantes franceses do século XIX que estiveram em Madri: Alexandre Dumas, Théophile Gautier, Prósper Merimée e Jean-Charles Davillier.

Tomando por base os estudos de Roger Chartier, a intenção foi interpelar essas narrativas não como testemunho, mas sim como percepção ativa do indivíduo que cria significados a partir de suas experiências particulares e do meio social do qual faz parte.

É nessa trilha que parto da noção de história cultural esboçada por Chartier – enquanto história social das interpretações ou da construção de sentidos[5] – que lê o personagem situado numa série de reciprocidades e configurações sociais e ao mesmo tempo como criador

5 CHARTIER, Roger. *História Cultural: entre práticas e representações*. Lisboa/Rio de Janeiro: Difel/Bertrand do Brasil, 1995.

de representações e práticas. A questão é apreender campos de leitura, inferições móveis, plurais e até contraditórias em relação aos hábitos do comer e do beber.

José María Díez Borque[6] chama atenção para a importância dos motivos da viagem, no que diz respeito a esse tipo de fonte. Essa observação pode ser um bom caminho para organizar, esboçar uma tipologia e decupar os registros, quer seja, compreender as balizas da perspectiva desse olhar viajante, posto que o propósito da jornada pode afetar a visão de Espanha que é transmitida.

Também é sempre bom lembrar que esses memoriais pressupõem um leitor. E ainda: a narrativa no mais das vezes engendra inspiração para outros viajantes.[7] Esses testemunhos foram escritos em formato de cartas endereçadas a seus interlocutores, muitas vezes intelectuais. Entretanto, os textos já assumem desde o início, claras intenções literárias, visando uma publicação posterior em formato de livro. Merimée chega a explicitar essa aspiração, quando em uma das cartas a Jenny Dacquin insinua que se eles continuassem se escrevendo nesse ritmo, não cabia outro recurso senão cuidar do estilo e logo publicaria sua correspondência, como teria feito Balzac.[8]

É preciso ponderar que esses retábulos transformaram-se em verdadeiros vade-mécuns dos que se aventuraram por explorar a Espanha. Chega-se aqui numa outra questão que é o alcance do relato como gênero híbrido, a saber: um amálgama de memórias, diários,

6 DÍEZ BORQUE, José Maria. *La vida española en el siglo de Oro según los extranjeros*. Barcelona: Ediciones del Serbal, 1990.

7 JUNQUEIRA, Mary Anne. "Elementos para uma discussão metodológica dos relatos de viagem como fonte para o historiador." In: JUNQUEIRA, Mary Anne; FRANCO, Stella Maris Scatena. (orgs.) *Cadernos de Seminários de Pesquisa*. São Paulo: Departamento de História da Faculdade de Filosofia, Letras e Ciências Humanas. USP/Humanitas. 2011. V. 2. p. 44-61. p. 48-49.

8 RAMOS GONZÁLEZ, Gabino. (Prólogo) MERIMÉE, Prosper. *Viajes a España*. Madri: Aguilar, 1988, p. 15-16.

cartas, guias de viagem e literatura.[9] De todo modo, o interesse pela "exótica" Ibéria entre os centro–europeus e o aumento do fluxo de viajantes geraram um público leitor interessado que esses escritores souberam visar.

Mesmo com a ciência de que cada uma dessas resenhas são únicas, procurei centrar o foco num certo *corpus* documental que implica num bloco de entendimento e uma coerência de gêneros: quatro escritores de cultura francesa – e mais especificamente parisiense – que visitaram o país no século XIX[10] e criaram a fama da Espanha Negra no que diz respeito à comida e à bebida.[11] Esses literatos advindos de classes abastadas espalharam pela Europa uma péssima imagem em relação à mesa e hospitalidade espanholas,[12] sedimentada na expressão "albergue espanhol" – onde se come, bebe e dorme muito mal – e a ideia de que tudo na Península cheira a alho e vinho de vinagre.

No segundo capítulo, no dissenso desses olhares dos viajantes, do outro que tem de se embater com âmbitos culturais, costumes e sistemas de valores que não são os seus, conectando o mesmo endosso de Chartier, de captar a pluralidade de cognições e escopos, apresentei alguns pontos de um conjunto de narrativas reunidas em livros: *La Vida en Madrid en 1886* e *La Vida en Madrid en 1888,* de autoria de Enrique Sepúlveda. O objetivo foi captar a percepção de um cronista

9 Mary Junqueira aponta para a questão dos relatos de viagem como gênero híbrido, que pode compreender naturezas plurais. JUNQUEIRA, Mary Anne. *Op. Cit.*, p. 44-61.

10 O período em que o texto foi escrito também deve ser levado em consideração, posto que ajuda a entender o mundo em que está situado esse autor. *Ibidem*, p. 44-61.

11 Alguns outros viajantes foram citados como fontes circunvizinhas e de maneira pontual.

12 SPÍNOLA, Carlos. "Los cuatro jinetes del Apocalipsis de la gastronomía andaluza." *Revista GastroSur,* Cádiz, Ediciones Gastronómicas del Sur, n. 3. 2005. p. 3-5.

de Madri sobre a comida, a bebida e os estabelecimentos disponíveis na cidade no decorrer do XIX.

No terceiro capítulo, a intenção foi apreender o espaço tabernal madrileno do século XIX e começo do XX no contexto de uma topografia do gregário urbano, como território destacado da cultura popular, enquanto esfera pública comercial de convívio. Procurei mapear as tabernas existentes na cidade no período, demarcando uma outra cartografia estranha e para além da carta de esgotos e ruas, uma planta baixa dessas coordenadas, com sobrevôo dos bairros em que há mais concentração e densidade. Esse plano foi desenhado a partir de informações que foram coletadas nas hemerotecas da cidade de Madri e da Biblioteca Nacional Espanhola, que contam com acervos de Almanaques Mercantis e Anuários Estatísticos de Profissões, além de outros documentos e crônicas. Do ponto de vista metodológico, eu trilhei os caminhos de Maria Alexandre Lousada,[13] que pontua uma geografia da história das sociabilidades de estabelecimentos de bebidas de Lisboa, avaliando suas condensações no delineamento da cidade.

No quarto capítulo, que versa sobre a história de alguns taberneiros de Madri, busquei elaborar traços distintivos dessa profissão, utilizando bibliografia, documentos rastreados e sobretudo as entrevistas que realizei com dois donos de tabernas estabelecidas desde o século XIX e que estão sob propriedade das mesmas famílias por sucessivas gerações: *Tienda de Vinos* e *Malacatín*. O exercício foi o de entrar na taberna para desvendar algumas faces e falas desses personagens.

No quinto capítulo, denominado Armadilhas de Virtude e Perversão, elaborei uma prospecção das mudanças e permanências no consumo de bebidas alcoólicas no interior da taberna por conta das no-

---

13 LOUSADA, Maria Alexandre."A rua, a taberna e o salão: elementos para uma geografia histórica das sociabilidades lisboetas nos finais do Antigo Regime". In: VENTURA, Maria da Graça Mateus (org.). *Os espaços de sociabilidade na Ibero-América (sécs. XVI-XIX)*. Lisboa: Colibri, 2004, p. 95-120.

vas normas de Vigilância Sanitária regulamentadas pela Comunidade Europeia nos anos 2000. O cotejamento dessa legislação, que exige novas práticas de produção, engarrafamento e identificação das bebidas com os discursos dos taberneiros levou-me a localizar formas de rearranjos e micro resistências nesse nicho de comércio.

Nesse mesmo capítulo, e também no esteio de algumas questões levantadas pelos taberneiros entrevistados, elucidei o tema de como a taberna soluciona expedientes para sobreviver num universo atual de recusa fóbica contra a fartura na mesa e a neurose pelas dietas diminutas, menos calóricas e em pró de uma saúde vendida como produto de consumo.

Foi fundamental para a feitura do sexto capítulo o diálogo com a bibliografia sobre história da alimentação, que contribuiu com subsídios, enfoques e desafios para o tratamento do tema. A primeira pauta diz respeito ao lugar da alimentação na história. E, como bem esclareceu Carson Ritchie, narrando as sagas e mortes ocorridas por conta da obsessão por especiarias e bananas,[14] eu diria que seu papel é

14 "Praticamente a primeira coisa que o Homo Sapiens fez ao entrar no palco da história foi exterminar o seu antecessor, o Homem Neanderthal, na disputa pela partilha dos exauridos recursos alimentares. A busca das especiarias contribuiu para a Queda do Império Romano e esta arrasou consigo toda a civilização ocidental. Quando tal civilização floresce no Renascimento, foi ainda para voltar, e uma vez mais, ao esclavagismo e à colonização , com o fito de continuar a obter as tão apreciadas especiarias.
O açúcar para adoçar o chá e o café europeus foi cultivado à custa da escravatura negra. Os peles-vermelhas foram expulsos, sem piedade, das suas pradarias de caça para que o homem branco ali pudesse cultivar o trigo e o milho e os seus bizontes foram exterminados para dar lugar às grandes manadas de vacas. Os escritores americanos responsabilizaram as grandes multinacionais frutícolas pelo caos das economias da América Central, construindo vias férreas ilegais, esquecendo-se de pagar os impostos, provocando a baixa de salários da mão-de-obra não qualificada (já de si suficientemente baixos) expropriando terras aos camponeses e esgotando a fertilidade dos solos. E tudo isto para que os americanos pudessem comer bananas à sobremesa!" RI-

fundamental, permitindo trazer à tona manifestações de comensalidade, mas também de poder, crueldade e hegemonia.

A bem da verdade, existem duas demandas atávicas do ser humano: comida e sexo, ambas ligadas à premência e ao prazer. Não é a toa que o mesmo termo pode ser utilizado para os dois atos primais, fortemente atrelados à necessidade e ao deleite. Essa questão é tão forte e relevante em nosso cotidiano que as metáforas alimentares, largamente utilizadas, sempre subentendem paixões, ojerizas, desejos e emoções. Paolo Rossi indica alguns exemplos lapidares: "comer com beijos, comer com os olhos", "engoliu um sapo", "tem sede de conhecimento, tem fome de cultura", "devorar um livro."[15]

A história do gosto e das formas de alimentação traduzem as maneiras de vida, culturas, sensibilidades, mas também a estrutura de uma sociedade e as regras que lhe permitem persistir e desafiar o tempo, como explica o historiador Carlos Roberto Antunes dos Santos:

> A formação do gosto alimentar e o nosso comportamento referente à comida vão além do biológico e do nutricional. O alimento constitui uma categoria histórica, pois os padrões de permanência e mudanças dos hábitos e práticas alimentares têm referências na própria dinâmica social. Os alimentos não são somente alimentos. Alimentar-se é um ato nutricional, comer é um ato social, pois constitui atitudes ligadas aos usos, costumes, protocolos, condutas e situações. Nenhum alimento que entra em nossas bocas é neutro. A historicidade da sensibilidade gastronômica explica e é explicada pelas manifestações culturais

---

TCHIE, Carson. I. A. *Comida e Civilização: de como a história foi influenciada pelos gostos humanos.* Lisboa: Assírio &Alvim, 1995. p. 7-8.

15 ROSSI, Paolo. *Comer: necessidade, desejo, obsessão.* São Paulo: Editora Unesp, 2014. p. 13-14.

> e sociais, como espelho de uma época e que marcaram uma época. [...] Enfim, este é lugar da alimentação na História. [16]

Segundo Lévi-Strauss, é em torno da cozinha que as diferentes culturas travejam e arranjam sua vida prática.[17] Não obstante, os grupos sociais criam histórica e culturalmente um regime geral de gostos e ritos. Em suma, a comida é, evidentemente, uma condição física primária, mas o enfoque cultural deve dar atenção aos alimentos, suas maneiras de preparo e consumo como espaços de articulação de sentidos e valores.[18]

A segunda contribuição trazida por essas leituras reside no conceito de alimento como símbolo. Autores da historiografia sobre o tema como Roland Barthes,[19] Ulpiano Meneses,[20] Henrique Carneiro[21] apontam para a abordagem do alimento como signo, como código cultural, sistema de comunicação e protocolo de usos, contextos e condutas. E foi por esse viés de mirada – do alimento como distintivo cultural que demarca características, hábitos e maneiras de viver de uma sociedade – que estabeleci o cotejamento da sobrevivência da comida tabernal com as práticas de serviços do *fast food* globalizado.

16 SANTOS, Carlos Roberto Antunes dos. "O Império McDonald e a McDonaldização da sociedade: alimentação, cultura e poder." *Cadernos do Seminário Facetas do Império na História, Programa de Pós-Graduação em História da Universidade Federal do Paraná,* Curitiba, nov. 2006, p. 1-23. p. 1.

17 LÉVI-STRAUSS, Claude. *O cru e o cozido.* São Paulo: Cosac Naif. 2004.

18 MENESES, Ulpiano T. Bezerra; CARNEIRO, Henrique. "A história da Alimentação: balizas historiográficas." *Anais do Museu Paulista.* São Paulo. N. série. v. 5, jan./dez. 1997. p. 9-91, p. 17.

19 BARTHES, Roland. "Por una psico-sociología de la alimentación contemporánea." *Empiria. Revista de Metodología de Ciencias Sociales.* n. 11, jan./jun. 2006, p. 205-221.

20 MENESES, Ulpiano T. Bezerra; CARNEIRO, Henrique. *Op. Cit.*, p. 17.

21 CARNEIRO, Henrique. "Comida e sociedade: significados sociais na história da alimentação". *História: Questões & Debates,* Curitiba, n. 42, 2005, p. 71-80.

A partir dessa premissa, analisei o *cocido* madrileno, prato típico tabernal, como signo de uma cultura do trabalho e da resistência da cozinha caseira no contrapé da comida *fast food* por prevalência, o hambúrguer do McDonald's, como um elemento do tempo veloz e infantilizado do mundo contemporâneo.[22]

O sétimo capítulo trata do uso de bebidas no espaço tabernal. Devo dizer que sem a abordagem do provimento de líquidos esse trabalho ficaria desfalcado. Até o século XIX muitas bebidas eram consideradas provimentos. Os fermentados como vinho e a cerveja foram para os menos abastados uma complementação energética, uma opção de calorias mais baratas.[23] Por outro lado, a destilação sempre foi uma maneira de conservar a longevidade e a estocagem dos cereais. A distinção entre bebida alcoólica e comida é um advento contemporâneo. Prova palpável disso é o tão largamente utilizado termo *Secos e Molhados*, loja em que se vendiam as especiarias e temperos (secos) e vinho mais o azeite (molhados). Fernand Braudel, em seu livro

---

22 É evidente que não fui eu que inventei a roda do conceito das grandes redes como fenômeno de uma sociedade da velocidade e da infantilidade. Essa ideia está presente em autores como Carlos Roberto Antunes dos Santos: "É a civilização McDonald que se impõe. O Fast Food é o principal fenômeno de consumo do mundo globalizado, é o ícone da globalização, sendo que os seus produtos ganham a preferência, principalmente entre os jovens, quando o mais importante é a praticidade e a rapidez. [...] Na verdade o Fast Food constitui um verdadeiro fenômeno da sociedade e não um fenômeno da moda ou de geração. É um fato da sociedade, pois constrói o discurso com uma representação infantil da realidade, moldura os corpos biológicos com uma alimentação estreitamente roborativa." (SANTOS, Carlos Roberto Antunes dos. *Op. Cit.* p. 10-11; 14) Sobre o tema da infantilização, ver também: FISCHLER, Claude. "A McDonaldização dos costumes." In: FLANDRIN, Jean-Louis; MONTANARI, Massimo.(org.) *História da alimentação*. São Paulo: Estação Liberdade, 1998, p. 841-862.

23 PESEZ, Jean-Marie, "História da cultura material." In: LEGOFF, Jacques (org). *A história nova*. São Paulo: Martins Fontes, 1990. p. 177-213, p. 196.

Civilização Material, Economia e Capitalismo[24] trata os dois elementos (comida e alcoóis) como necessidades básicas do ser humano.

Pode-se dizer que seria uma lacuna de averiguação não considerar a aquisição de bebidas alcoólicas no espaço tabernal. Nesse território o hábito do álcool compõe as entranhas da comensalidade e da sociabilidade.

Muitos foram os refrescos típicos bebidos nas tabernas, tais como a *aloja,* a *carraspada,* o *hipocrás* e o *hidromel.* As aguardentes e licores também sempre foram presentes nesse tipo de comércio. De todo modo, eu me detive de maneira mais aprofundada nas principais bebidas usufruídas nas tabernas: o *vermuth,* a cerveja e, sobretudo, o vinho, tateando um percurso dessas bebidas e formas de consumo, no cruzamento de fontes diversas, tais como: memorialistas e depoimentos. Por fim, perseguindo o mesmo caminho traçado no que tange às comidas, e valendo-se do conceito de alimento como símbolo de uma sociedade, estabeleci uma analogia entre o vinho (bebida tabernal por excelência) e a Coca-Cola, um emblema do *fast-food.*

Repatriar e filtrar o vinho e o *cocido* não é fugir do foco da taberna. Ao contrário, é limiar nela no microscópico de suas coisas. Eu desenhei uma estratégia, um percurso de aproximação, ajustando minha lente hipermetrope para cada vez mais perto e fundo. Foi assim que passei do fora, do mapa, do queima-roupa, do dentro, das gentes, das comidas e bebidas, envolvendo a fala nos sentidos que as atravessam.

Tomei como ponto de concentração de escuta Bruno Latour,[25] autor segundo o qual o mundo tangível tem inteligência própria e potência. A matéria não é informe. Ela é informada. Ou seja, não adianta abordar o uso do objeto sem pensar nele próprio. Temos de entender da sua tecnologia, traçando um sobrevoo sobre sua história.

---

24 BRAUDEL, Fernand. *Civilização material, economia e capitalismo.* Lisboa: Cosmos, 1970.

25 LATOUR, Bruno. *Jamais fomos modernos.* São Paulo: Ed. 34, 2009.

É na observação desse nível da filigrana que entrevemos o que as substâncias expressam em termos de política, natureza e discurso. Em suma, não existe outro plano do estudo da cultura material se não o de observar as coisas e por ali tatear a história das sensibilidades envolvida num amálgama entre o palpável e o anímico.[26]

Portanto, o *mote* da escolha das fórmulas e receitas – *cocido*, Big Mac, vinho, Coca-Cola – também é uma maneira de entrar nesses estabelecimentos e se inspirar nas suas diferenças porque é em justo ali que elas sobrevivem. É um caminho para apertar o *play*, fazer a história funcionar, colocar o circuito para ferver num fogo livre. Não tem nada que ver com uma força de julgar ou subjulgar uma marca específica. Eu aprofundei nesses pratos e líquidos em particular para ventilar de um lado a ideia de rede,[27] da praça de alimentação como roda gigante centrípeta e veloz ou, como escreveu Luís da Câmara Cascudo, como Jardim Zoológico,[28] que está no contraponto do modo de vida identitário e do ritmo tabernal.

---

26 ROCHE, Daniel. *História das coisas banais: nascimento do consumo nas sociedades do século XVII* ao *XIX*. Rio de Janeiro: Rocco, 2000. p. 224.

27 Sobre o assunto, Isleide Arruda Fontenelle confronta a noção das grandes redes como 'respeitadoras' das culturas locais: "Daí porque, assumindo essa abordagem, acredito que perderia sentido a defesa 'multiculturalista' de que o McDonald's não significa homogeneização, de que ele respeita as culturas locais quando se adapta para vender hambúrguer com carne de ovelha na Índia - país em que a vaca é sagrada - ou fechando cinco vezes ao dia na Arábia Saudita para permitir as rezas muçulmanas. O que permanece central, aqui, é o Sistema McDonald's: comida rápida para ser consumida em massa, como prolongamento de um modo de vida altamente urbanizado e de um tempo veloz; enfim, daquilo que está na base da discussão deste livro: a aceleração do processo capitalista, agora em escala global, considerando-se como se entrelaçam, a partir disso, as relações entre cultura, tecnociência e capitalismo de mercado." In: FONTENELLE, Isleide Arruda. *O nome da marca: McDonald's, fetichismo e cultura descartável.* São Paulo: Boitempo/Fapesp, 2013, p. 46.

28 "Uma alimentação mecanizada, sequência de pratos escolhidos maquinalmente e trazida na ração individual, como tigre que recebe o naco sangren-

No mais, é certo que, à parte o trabalho de José Carlos Barreiro,[29] que cuida do espaço da rua, da taberna e de seus frequentadores no Brasil do século XIX, apontando para a importância das transgressões, destruições e reinvenções desses lugares, são raros os estudos históricos brasileiros acerca da cultura tabernal. O desenvolvimento desse estudo pretendeu contribuir para um tema e uma bibliografia raramente abordados no país, desta feita estendido às tabernas espanholas, em particular as localizadas na cidade de Madri, tecendo, dentro de um domínio de investigação já situada, as possibilidades de novos repertórios e interlocuções.

Em suma, resolvi vestir meu escafandro, como quem superpõe uma nova pele, e me lançar de volta na taberna. Embora esse território guarde sobrevivências, há inovações, que não devem ser vistas como o outro lado da moeda. Permanência e movediço se misturam. Mas seu espaço e repertório estavam ali me envolvendo de todo.

O impulso foi o de botar a mão e a boca no mundo sensível, de escrutinar e conversar com as coisas. Se eu queria entrar no mar, adernar, não bastava desistir de brigar com a onda e nem mesmo submergir e interagir com a água. Eu tinha que tomar emprestado guelra e nadadeira. Quiçá guardar reservas de tinta de sépia, para confundir e despistar possíveis predadores.

---

to, é uma homenagem ao Jardim Zoológico e aos Parques Animais. Uma vitória da falsa economia sobre a normalidade da alimentação. Do 'progresso' contra a tradição valorizadora da refeição. Comer de pé, elegendo os pratos pela pressão de uma mola, é modalidade de pasto, indispensável, justo, mas não-humano, não-natural, não-social. Anúncio de refeições em latas, pastilhas, comprimidos, cápsulas, água sintética, pílulas contendo essência de café e chá, para findar, é uma padronização do robot sobre o sapiens. A mesa substituída pela mecânica dos self-services. Poema deglutível. Música aspirável." CASCUDO, Luís da Câmara. *História da Alimentação no Brasil.* São Paulo: Global, 2004. p. 37.

29 BARREIRO, José Carlos. "A rua e a taberna. Algumas considerações teóricas sobre cultura popular e cultura política (1820-1880)". *História*, São Paulo, v. 16, 1997, p. 173-184.

1. A África começa ao sul dos Pirineus: leitura dos viajantes sobre o comer e o beber madrilenos

Viajar! Perder países!
Ser outro constantemente,
Não pertencer nem a mim!

Fernando Pessoa

Afinal, a melhor maneira de viajar é sentir.
Sentir tudo de todas as maneiras.
Sentir tudo excessivamente,
Porque todas as coisas são, em verdade, excessivas
E toda a realidade é um excesso, uma violência.

Álvaro de Campos

Outrar: poucas criaturas no mundo souberam o que é mergulhar no mundo da experiência como Fernando Pessoa, o criador desse verbo. E o que é viajar senão se deixar tocar pelos sentidos e potências do outro? Mas que tarefa difícil essa de despir-se de si mesmo, ainda mais quando se trata de um olhar centro-europeu e – particularmente parisiense – em relação a uma periferia considerada pobre e retrógada.

Entre os relatos dos viajantes do século XIX, muitos dão conta do atraso da história da Espanha e especificamente de Madri, sobretudo por culpa do "orientalismo", herança que carrega traços de corrupção, fanatismo religioso, crueldade e indolência.

Esses escritores, às vezes, resvalam alguns poucos comentários sobre uma questão enfrentada por qualquer viajante: encontrar alojamento e comida. A maneira com que lêem os hábitos (incluindo o de comer e beber) está entranhada numa infusão de valorações culturais e estéticas. Estavam embebidos da noção de que Paris era o centro irradiador de modernidade e elegância. A cidade industrializada e repleta de grandes obras urbanas e arquitetônicas reivindica também para si o posto de rainha da mesa e dos *gourmets*.

Vale retomar o pensamento de Walter Benjamin, que focaliza Paris como a cidade-mãe oitocentista, cujos problemas e relações culturais interagem com as outras cidades de periferia, como é o caso de Madri.

A metrópole seria a miniatura do universo, o molde da imagem da modernidade em volta da qual o mundo circula, como coloca Willi Bolle, em seu estudo sobre *Passagens*, de Benjamin:

> Em suma, a imagem da metrópole como abreviatura do universo está condensada nesta tripla definição das passagens como 'uma cidade, um mundo em miniatura', 'templo do capital mercantil' e 'o molde oco a partir do qual se cunhou a imagem de modernidade'.[1]

---

1 BOLLE, Willi. "Um painel com milhares de lâmpadas: metrópole megacidade". In: BENJAMIN, Walter. *Passagens*. Belo Horizonte/São Paulo: UFMG/ Imprensa Oficial, 2006. p. 1.141-1.167, p. 1.143. Pode-se dizer que os padrões franceses tornaram-se referência por toda a Europa e América, por conta do impacto das reformas efetuadas por Georges-Eugéne Haussmann, prefeito de Paris entre 1853 e 1870, como coloca Heloísa Barbuy: "Vários planos urbanísticos, para dar nova conformação às principais cidades da Europa e das Américas, tiveram lugar no século XIX. Traduzindo a maturação desse processo, estabeleceu-se uma nova expressão, que passou a ser de uso corrente: planejamento urbano. 'As expressões town planning, city planning, [...], urbanisme, urbanistica, stadsplanering, stedebouw e gradostroitel'stvo, todas entraram em uso geral entre aproximadamente 1890 e 1914.' O século XIX – o longo século XIX, estendido até 1914 - foi, assim, a era de ouro das reurbanizações planejadas. [...]Criava-se um modelo de 'cidade moderna',

O conceito de metrópole como cidade-mãe emerge, portanto, no período do imperialismo oitocentista, sobretudo no que diz respeito a Paris, propulsora de aprumos, mas desvelando também o seu contrapeso: o contorno e os marginalizados que nela habitam. Dentro desse contexto, enquanto derredor europeu, a Espanha é vista como pitoresca e por vezes ameaçadora.

Para os centro-europeus, visitar a Espanha era como desbravar o Egito. Há muito que ver com o fascínio do exótico e, nesse departamento, a Península não estava longe da África. Eu quero dizer com isso que era um território por descobrir. No século XIX, as viagens pelo país viraram moda, inclusive nos meios literários. Houve um *boom* de publicações de relatos de viagens fazendo referências ao medo dos bandoleiros e ladrões de tocaia pelas estradas, pulgas e o exagero maléfico e envenenado do uso de azeite e do alho.

Essa onda de exploradores também está relacionada com a atração despertada pelo orientalismo[2] e um imaginário repleto de odaliscas

---

caracterizado pelas grandes avenidas ordenadoras do tráfego, de linhas retas e axiais, pela presença de esculturas monumentais e imponentes edifícios públicos estrategicamente situados para ser referências espaciais, pelos parques e jardins também minuciosamente planejados, entremeando o tecido urbano. Visibilidade e uniformidade eram os vetores pelos quais se imprimia uma racionalidade funcionalista e se fortalecia a imagem do Estado." BARBUY, Heloisa. *A cidade–exposição: comércio e cosmopolitismo em São Paulo (1860-1914).* São Paulo: EDUSP, 2006. p. 70. Mas está claro que o raio de influência parisiense não se limitou ao urbanismo, posto que tornou-se referência em diversos campos da cultura e do consumo, tais como nos modos de vestir, comer e beber.

2 Tomo aqui por orientalismo uma ideia formulada pelo olhar eurocêntrico em relação às sociedades de "fora" do contexto ocidental da cultura européia, muitas vezes abordadas como misteriosas, exóticas e perigosas. Sobre o assunto ver SAID, Edward. *Orientalismo: o Oriente como invenção do Ocidente.* São Paulo: Companhia das Letras, 2007. Essa visão despertou no século XIX a curiosidade de uma geração que buscava desertos evocadores de Síria e Turquia, edificações orientais (como a Alhambra e Mesquitas);

e narguilés. Claro que esses cenários típicos de haréns não existiam mais na Espanha desse período, mas sobreviveram os incríveis palácios mouros e o perfume do oriente na comida atrevidamente condimentada.

Essa inclinação pelo "pitoresco" também tem de ser vista sob o contexto da colonização. Foi nesse período que França ocupou Argélia, Tunísia e parte de Marrocos.[3] Todo esse fluxo se converteu numa verdadeira horda de inflação de turistas.

O transporte em ferro-carril começa a ser instalado, substituindo, pouco a pouco, as diligências de carruagens, muito mais lentas. A primeira linha, que envolvia o percurso entre Barcelona e Mataró, foi inaugurada em abril de 1848. Em fevereiro de 1851 passou a funcionar o trecho entre Madri e Aranjuez. A rede foi se ampliando rapidamente no decorrer das décadas seguintes até que no ano de 1875 o espanhol confiava com um itinerário que dava conta de todo seu território.[4] Esse aumento das velocidades e a facilitação e segurança das viagens também aqueceram o número de viajantes recebidos pela Espanha.

Julia Clara Pitt Byrne (Mrs. William Pitt Byrne), uma britânica, nascida em Busk, publicou em 1866 um livro intitulado *Cosas de España*. Byrne era esposa do proprietário do *The Morning Post* e visitou o país, donde redigiu um raconto importante. Já havia escrito vários livros sobre outras nações (*Interiores Flamencos*, 1856; *Castelos de França*, 1869, entre outros).[5] Apesar de manter a famigerada aversão ao abuso do azeite, que considera repugnante, é dotada de um espírito inquieto. É um dos relatos que mais fazem menção às casas de comida

---

em suma, todo um "espírito oriental" que os românticos perseguiam. BRENAN, Gerald. Prólogo de FORD, Richard. *Las Cosas de España*. Madrid: Turner, 1988, p. 1.

3 BESAS, Peter. *Historia y anécdotas de las fondas madrileñas*. Madrid: Ediciones La Librería, 2009, p. 153-154.

4 *Ibidem*, p. 185-186, 226.

5 *Ibidem*, p. 180.

para as classes mais baixas, de lugares mais simples, inclusive aqueles em que as pessoas levavam víveres para cozinhar e compravam bebidas do estabelecimento:

> Nos subúrbios, um grande número entre os restaurantes de classe baixa têm fixados uns cartazes anunciando que as pessoas podem trazer seus próprios comestíveis e cozinhá-los no estabelecimento. Este sem dúvida é um vestígio da prática, ainda não obsoleta e tão essencialmente espanhola, em virtude da qual o fadigado viajante não encontrou nenhum alojamento além de quatro paredes nuas e um teto, e tinha que chegar abastecido, não só com o apetite bem aberto, mas também com tudo o que era necessário para satisfazê-lo.[6]

Ao que parece, Byrne se aventurou por esses espaços mais populares, onde, segundo a escritora, podia-se jantar sopa, três pratos, sobremesa e vinho por apenas seis *reales* ou comer um *cocido* previamente encomendado com todos os rituais que esse prato demanda: caldo, *chorizo*, toucinho, aves e mais quatro classes de carne.[7]

Christian Augustus Fischer, alemão, 26 anos, médico, esteve em Madri de outubro de 1797 até maio de 1798. Hospedou-se na Fonda de La Cruz de Malta, calle de Alcalá, que segundo o autor era um dos únicos lugares em que um estrangeiro encontraria "cozinha não espanhola".[8] Leia-se: com o empunho mais comedido de alho e azeite. Sobre o mesmo assunto, o viajante Richard Ford, que visitou a cidade no ano de 1830,[9] referindo-se ao uso excessivo desses condi-

---

6 BYRNE, Julia Clara Pitt. *Cosas de España.* London, New York: Alexander Strahan, 1866, p. 17.

7 *Ibidem*, p. 17.

8 Citado in: BESAS, *Op. Cit.*, p. 41-42.

9 Richard Ford nasceu em Londres em 1796, primogênito de sir. Richard Ford, membro ultraconservador do Parlamento Britânico. Como era costume, por ocasião de sua formatura em Oxford trilhou a já decantada viagem por

mentos, blasfema: "Oh! O estômago de ferro dos lavradores!", apontando para o que considera comida miserável.[10]

Franz Xavier Rigel[11] expõe em sua fala o olhar pejorativo do estrangeiro em relação ao comércio popular e à taberna que segundo ele não poderia estar mesclado a edifícios luxuosos: "Desta forma se vê junto à magnífica Real Casa da Alfândega e dos Depósitos uma pequena casa indigente e em frente uma lamentável "botillería" de um taberneiro de Valdepeñas."[12]

França, Suíça e norte da Itália. Em 1824 casou-se com uma mulher, filha do Conde de Essex. No ano de 1830 a saúde de sua esposa sofreu um baque e seu marido, na contramão do caminho que carregava a Lisboa boa parte dos doentes britânicos, levou-a para Sevilha, onde a família (o casal tinha então três filhos) se instalou por três anos. No decorrer dessa estadia, Ford, muito inquieto e curioso, realizou muitas viagens por todo o país, sempre tomando notas minuciosas acerca de qualquer ocorrência. Posteriormente, em 1833, voltou para a Inglaterra, tendo se divorciado de sua primeira mulher. Comprou uma velha casa de campo onde se dedicou a construir uma miniatura de jardim del Generalife artificial, repleto de flores, ciprestes, uma torre hexagonal de estilo árabe adornada de arabescos. Na década de 1840 começou a escrever, por encomenda de John Murray (editor amigo de Byron que publicava então uma coleção de guias de países europeus intitulada Handbook), um guia sobre a Espanha. Quando terminou a empreitada, em 1844, deu-se conta que o texto ficara muito extenso. 'A Handbook for travellers in Spain', era constituído por dois volumes de 1064 páginas, extremamente volumoso para o perfil da coleção de guias editados por Murray. À parte esse entrave, várias edições, muitas abreviadas, foram esgotadas muito rapidamente. Antes disso, porém, Ford antecipando essas edições mais resumidas, preparou e organizou o material do Handbook que havia sido obrigado a suprimir. Esses enxertos foram publicados em 1846 com o nome de "Gathering from Spain", *Las Cosas de España*. GERALD BRENAN em FORD, Richard. *Las Cosas de España*. Madrid: Turner, 1988.

10 FORD, Richard. *Las Cosas de España*. Madrid: Turner, 1988, p. 150.

11 Franz Xavier Rigel (1783-1852) esteve em Madri em 1808.

12 RIGEL, *Der siebenjährige Kampf auf der Pyrenäischen Halbinsel vom Jahre 1807 bis 1814*. Rastatt: Auf Kosten des Verfassers und bei ihm selbst, 1810, p. 31.

Fica claro que o desprendimento de Julia Clara Pitt Byrne não era regra entre os escritos abordados. Grande parte dos turistas centro-europeus preferiam comer nas *fondas* onde se hospedavam (de preferência as gerenciadas por franceses ou outra estirpe mais valorizada do ramo) do que se arriscar em lugares desconhecidos e de classe baixa que horrorizariam o turista de elite.

O grande *chef*, *gourmet* e especialista gastronômico: Alexandre Dumas

Alexandre Dumas[13] vai a Madri em 1846 para cobrir a cerimônia do casamento da rainha Isabel com Don Francisco de Asís e de sua irmã Luísa Fernanda com um nobre francês, duque de Montpensier. Foi enviado como correspondente pelos periódicos parisienses *La Presse* e *Le Constitutionel*. A essa altura já tinha *status* de celebridade com direito a viagem de alto conforto e circunstância, acompanhado de séquito que incluía alguns escritores e artistas parisienses (como Louis Boulanger, Auguste Maquet) e um filho ilegítimo (de Dumas), Alexandre (autor de *A Dama das Camélias*). Quando chegou à capital a tal comitiva (abastecida com três baús de roupas e seis cofres com escopetas e pistolas) foi engrossada pelos pintores Adolphe Desbarolles e Eugène Giraud.

Suas impressões, publicadas em *De Paris a Cádiz* foram escritas em formato de cartas destinadas a uma amiga imaginária fixada na capital francesa, o que reporta para onde seu mundo gira. De todos os escritos recolhidos é o que mais depura detalhes gastronômicos da viagem e é também o que mais toma a superioridade da comida francesa como uma verdadeira fé. Dumas considerava-se um *gourmet*,

13 Dumas Davy de la Pailleterie (Villers-Cotterêts, próximo a Paris, 1802 – Puys, 1870). Era neto do marquês de Antoine-Alexandre Davy de la Pailleterie e filho do General Dumas. Escreveu peças de teatro, romances e crônicas históricas que lhe renderam fama, tais como: *O Conde de Monte Cristo* e *Os Três Mosqueteiros*.

tendo inclusive escrito um guia de gastronomia intitulado *O Grande Dicionário da Cozinha*.

Sua narrativa é constituída de um elenco de reclamações e estranhamentos. Seu estômago não consegue se entender com o *garbanzo* (grão-de-bico). Critica a miscelânea que acredita representar o *puchero*. No final decide cozinhar sua própria comida:

> Compõe-se de um quarto de vaca – em Espanha, do ponto de vista da alimentação, o boi parece ser completamente desconhecido –, um pedaço de ovelha, uma galinha e fatias de uma salsicha chamada chouriço; tudo isso acompanhado com panceta, jamón, tomates, açafrão e repolho. É, como se vê, uma macedônia de coisas bastante boas se tomadas em separado, mas cuja reunião me pareceu bastante desafortunada ao ponto de não haver podido jamais habituar-me a ela. Procure fazer melhor que eu, Madame, pois, se não gostas do puchero, se verá obrigada a contentar-se com o grão-de-bico. [...] Esta comida nos inspirou a firme resolução de preprar, dali em diante, sempre que fosse possível, a nossa própria comida. [14]

Dumas, que já era um escritor célebre, só frequentou o casamento real, a embaixada e no máximo o Lhardy, que aliás deplorou, com direito a zombaria escrita e lançada a Théophile Gautier. Nem esse restaurante afrancesado ou "franco-espanhol" ou "hispano-francês" conseguiu cumprir as demandas de seu requinte:

> Todos os nossos companheiros foram jantar no Lardi [sic], conduzidos por Téophile Gautier, a quem encontraram vagando pelas ruas e que presume que conhece a Espanha melhor que os espanhóis. Portanto, eu presumi que jantariam muito mal.[15]

---

14 DUMAS, Alexandre. *De París a Cádiz: impressiones de viaje*. Valencia: Pre-textos, 2002, p. 53-54.

15 *Ibidem*, p. 86.

Ainda reitera em outra passagem seu descontentamento com o Lhardy, acreditando que fosse de um italiano. Aproveita também para reclamar do serviço quanto ao chocolate, bebida que ele aprecia, mas considera a quantidade absurdamente mesquinha:

> É bom que se diga, Madame, que os espanhóis tomam seu chocolate em dedáis. E quanto ao jantar, monsier Monnier nos havia indicado um restaurante italiano, chamado Lardi [sic], no qual devíamos encontrar uma comida honrosa. Na Itália, onde se come mal, os bons restaurantes são franceses; na Espanha, onde não se come em absoluto, os bons restaurantes são italianos.[16]

Mal sabia Dumas, que se dizia muito iniciado em assuntos culinários, que o Lhardy era de propriedade de um conterrâneo. Foi Casimir Monnier, um livreiro francês que alojou a caravana do escritor, quem recomendou o estabelecimento. Localizado na Carrera San Jeronimo, n. 12, foi o primeiro restaurante aberto na cidade de Madri. Seu fundador era um francês de pais suíços, Émile Huguenin, que estudou pastelaria em Besançon e trabalhou como cozinheiro em Paris. Há indícios inclusive de que foi Prósper Merimée quem sugeriu a Huguenin que abrisse uma casa na capital espanhola. O nome Lhardy é, provavelmente , uma alusão a um restaurante parisiense inaugurado em 1795 no Bolevard des Italiens chamado Café Hardy.

Tratava-se de um local extremamente "afrancesado". Mas nem o Lhardy agradava os franceses. Serviam *vol-au-vents* e *consommés*, é certo. Mas o senão ficava por conta do vinho nacional e do cheiro do azeite espanhol, que segundo Dumas era em geral de baixa qualidade,[17] sempre ele assombrando os amantes da manteiga.[18]

16 *Ibidem*, p. 72.

17 "Se alguma vez viajares por Espanha, Madame, onde o azeite é impossível e o vinagre inexistente, eu recomendo as saladas sem azeite e sem vinagre." *Ibidem*, p. 77.

18 BESAS, Peter. *Op. Cit.*, p. 177.

As peripécias de Dumas pelas cozinhas madrilenas passam de uma crítica gastronômica ao *puchero* até a quase extorsão (a partir da pressão exercida por fuzis) de costeletas de carneiro, batatas e uma omelete gigante,[19] que eram oferecidas a hóspedes ingleses na *Posada* de Calisto Burquillos, localizada nos arredores da capital:

> Achard se apoderou de uma frigideira, e Giraud de uma caçarola. Mestre Calisto Burguillos olhou-nos estupefato; mas como era um contra oito, e não tinha outra arma além de uma grande colher contra cinco fuzis, não havia modo de resistir. Por um instante ele teve a ideia de chamar os ingleses em sua ajuda; mas era um homem bem instruído o mestre Calisto, e recordou que, na guerra da Península, os espanhóis padeceram mais por causa dos ingleses, seus aliados, do que por seus inimigos franceses. De modo que decidiu conservá-los em sua casa a título de hóspedes somente.[20]

Foi com essa receptividade que Dumas se atracou com os sabores capitalinos. Fez questão de deixar muito claro que considerava a comida e a bebida servidos ali aquém da altura do "conforto", "luxo" e o "*joie de vivre*" das grandes capitais centro-europeias. Alimentar-se em Madri significava aventura, tormento e quase uma operação de guerra.

---

19 Provavelmente tratava-se de uma tortilla.

20 DUMAS, Alexandre. *Op. Cit.*, p.157.

Em busca do narguilé perdido: Théophile Gautier

Um dos mais célebres visitantes de Madri do XIX foi Théophile Gautier,[21] esse dândi mágico e engenhoso obcecado por haxixe e para quem Charles Baudelaire dedicou suas flores doentias.[22] Seu livro sobre a viagem à Espanha de pronto tornou-se guia para os viajantes franceses.

Os motivos que levaram Gautier a esse país vão além de seus interesses pessoais e artísticos, influenciados pela leitura de uma Espanha romântica tracejada por Vitor Hugo em *Os Orientais* e dos escritos de Merimée. Por ocasião de sua primeira viagem, acompanhou seu amigo, Eugène Piot, que era colecionador de livros antigos e obras de arte. No ano de 1840, com a aproximação do fim da Guerra Carlista[23] e a secularização de conventos em 1836, os dois pensaram que seria um bom momento para angariar acervos que haviam saído do mercado.

Gautier chegou em Madri em 22 de maio de 1840, por diligência. Juntamente com Piot, se instalou na Fonda de la Amistad, localizada na calle del Caballero de Gracia, administrada por um francês. Em outubro de 1846 volta a Madri, desta feita para cobrir o mesmo matrimônio de que fora incumbido Dumas, também enviado como correspondente do periódico *La Presse*.[24]

A brincadeira de Dumas relatada anteriormente, de que Gautier presumia conhecer a Espanha melhor que os espanhóis, não é

21 Pierre Jules Théophile Gautier (Tarbes, 1811 – Paris, 1872). Escritor, poeta e crítico literário. Dentre a vasta obra é autor de *O Clube dos Haxixins*.

22 Charles Baudelaire dedica sua obra mestra, *As Flores do Mal*, a Gautier: "Ao poeta impecável/ao perfeito mágico das letras francesas/ a meu caríssimo e veneradíssimo mestre e amigo THÉOPHILE GAUTIER/ com os sentimentos da mais profunda humildade/dedico estas flores doentias." BAUDELAIRE, Charles. *As Flores do Mal.* Rio de Janeiro: Nova Fronteira, 1985, p. 97.

23 Série de conflitos ocorridos no decorrer do século XIX na Espanha, entre os Carlistas, partidários de Carlos Isidro de Bourbon e sua sobrinha, Isabel da Espanha.

24 BESAS, Peter. *Op. Cit.*, p. 157 e162.

de todo vã. Gautier era hispanista pelo Instituto de Cultura Hispânica. Escreveu o original desse livro, *Viaje por España*, obviamente em sua língua materna, mas é bastante emblemático que tenha mantido muitas palavras grafadas em castelhano, como se a sua tradução significasse uma perda. No campo da comida e da bebida o vocabulário mantido é grande, entre puchero, garbanzos, horchata de chufas.

Não vou aqui me adentrar nos caminhos literários, mas assim como Merimée, depois de seus relatos de viagem e de volta à nave mãe francesa, também escreveu ficções baseadas em suas impressões de Espanha. É o caso de Casilda Hijinosa, mal-casada de Sevilha que refogou sua sogra com direito a saboroso molho de salsa e pimenta como finalização.[25] Nota-se aí, de um lado, uma fantasia enrustida de qualquer mulher que tenha lhe cruzado o caminho, e de outro uma leitura imaginativa e exótica do ser espanhol.

Gautier chegou a passear por bairros populares como El Rastro e sem dúvida se horrorizou com a "pobreza" das pessoas nas ruas:

> Um dia, percorrendo El Rastro, o Templo de Madri, depois de haver saltado por cima de um grande número de mendigos que dormiam estendidos no chão, em meio a horrríveis andrajos, me encontrei em uma viela deserta.[26]

Escreve também sobre os cafés e botillerías da Calle de Alcalá, que segundo sua impressão são verdadeiros "tabernuchos" perto dos cafés parisienses. Mais uma vez é perceptível a sombra da cidade – mãe e a expectativa de se encontrar sua casa fora de casa:

> Os cafés de Madri parecem verdadeiros tabernuchos, comparados ao luxo deslumbrante e mágico dos de Paris; a maneira

25 Montalban, prefácio de GAUTIER, Teófilo. *Viaje por España*. Barcelona: Mateu, 1971, p. 12.

26 GAUTIER, Teófilo. *Viaje por España*. Barcelona: Mateu, 1971, p. 117.

> como estão decorados lembram muito as barracas em que se exibem mulheres barbadas e sereias vivas.[27]

Apesar de seu repúdio em relação à "pobreza" do ambiente decorativo, percebe-se que Gautier circula um pouco mais pelas lojas de bebidas, se deliciando com sorvetes, cafés, mas sobretudo as cervejas de Santa Bárbara com limão e o vinho Jerez, de "pureza de neve", segundo o escritor.[28]

Embora de maneira bem mais diminuta e desatenciosa do que a minúcia com que detalha os cafés, Gautier implica com as tabernas que ofereciam jogos de bilhar, mas também descreve alguns ambientes mais populares como *Tiendas de Vinos*, onde provou Valdepeñas e vinhos licorosos:

> Uma coisa verdadeiramente surpreendente é a freqüência da inscrição "Jogo de Bilhar", que se vê repetida a cada vinte passos. Não figurem que essas três palavras sacramentais têm algo de misterioso; são simplesmente o anúncio de onde se joga bilhar. Não me explico para quê demônios podem servir tantos bilhares; o universo inteiro poderia jogar sua partida. Depois dos jogos de bilhar, o anúncio mais freqüente é "Despacho de Vinho". Ali vende-se Valdepeñas e vinhos generosos. As prateleiras estão pintadas com cores brilhantes e adornadas com tapeçarias penduradas e ramagens.[29]

Nota-se que Gautier se deu muito bem com os líquidos madrilenos, mas, assim como Dumas, ataca o *puchero*. De maneira mordaz e impiedosa, o escritor utiliza esse prato como critério inverso de civilização: "Os civilizados não sabem fazer um puchero, nem uma esteira e nem arreios".[30]

---

27 *Ibidem*, p. 119.

28 *Ibidem*, p. 120.

29 *Ibidem*, p. 125.

30 *Ibidem*, p. 126.

Impressiona-se vivamente com Goya, sobretudo com a tela *El Tres de Maio*, cuja pauta é o conflito entre franceses e espanhóis que se dá em Madri durante a Guerra da Independência, também chamada de Guerra da Península, a mesma citada por Dumas, por ocasião das ameaças ao cozinheiro espanhol que servia os ingleses:

> Com uma colher à guisa de pincel pintou uma cena do Dois de Maio, na qual se vêem vários franceses que estão fuzilando alguns espanhóis. É uma obra de uma fibra e de um caráter incríveis.[31]

Mas os relatos de viagem de Gautier e sua busca pelos espelhos parisienses sem dúvida alguma reiteram uma crença por parte da Europa que se auto intitula "essencial" em relação à Europa marginal, a saber: a África começa ao sul dos Pirineus.[32] Essa questão permeia a leitura desses viajantes franceses do século XIX e certamente expressa a concepção de uma Europa periférica, e óbvio, a Espanha aí inclusa.

Vale lembrar que a noção de fronteira é uma construção cultural. Para uns o Atlântico pode ser limite e para outros caminho e passagem. Do mesmo modo, o sol e o vento escaldantes que pairam sobre a Ibéria são indícios de pertencimento ao mundo africano e não uma extensão europeia. Entre parisienses e madrilenos as divisas parecem estabelecidas entre o grão-de-bico e a manteiga.

Tabacos, touros, naipes e vinhos: Jean-Charles Davillier

Do livro *Viaje a España* os relatos escritos são de Jean-Charles Davillier,[33] um estudioso apaixonado por cerâmica, o que despertou seu interesse pela Espanha, país que visitou em muitas ocasiões. Seu com-

31 *Ibidem*, p. 135.

32 MONTALBAN (prefácio), *Ibidem*, p. 13.

33 Jean-Charles Davillier (Ruan, 1823 – Paris, 1883).

panheiro de viagem, Gustave Doré,[34] grande desenhista e litógrafo, há muito ansiava presenciar o país pois já alimentava projeto de ilustrar *Dom Quixote* de Cervantes e para tanto, carecia de inspiração *in loco.* No decorrer da jornada Doré visualiza e ilustra os relatos de Davillier.

Mais uma vez percebe-se uma atitude de procurar a França, a sua origem, no outro. Nessa passagem emblemática, Davillier pondera que a Península ainda está a espera de um seu François Vatel,[35] cozinheiro da aristocracia e da realeza, inventor do creme de chantilly, que deu cabo de sua própria vida por conta da tragédia do atraso da entrega do peixe que utilizaria para um jantar:

> A Península, que conta com tantos grandes homens, não produziu um grande cozinheiro e espera ainda seu Vatel. Sancho Panza, glutão por natureza, gabava-se de resistir uma semana inteira com um punhado de nozes ou de bellotas.[36]

O autor ainda atira em direção a Sancho Panza, representante do populacho, acusado de uma falta de seletividade, ao comer *bellotas*, comida que tradicionalmente é distribuída aos porcos criados para produção do *jamón.* Antes esses viajantes fossem tão receptivos e dados a novos sabores e aventuras tal qual o desobediente Panza.

Uma vez que chegaram em Madri, Davillier e Doré hospedaram – se na Fonda de París, onde pagaram por uma habitação única no primeiro piso o preço de cento e vinte *reales,* incluindo a mesa redonda[37] do hotel a disposição, embora não tenham utilizado os ser-

---

34 Paul Gustave Doré (Estrasburgo, 1832 – Paris, 1883).

35 François Vatel (Paris, 1631-Chantilly, 1671).

36 DAVILLIER, Barón Ch.; DORÉ, Gustavo. *Viaje por España.* Madrid: Adalia, 1984. v. 1, p. 16.

37 Toma-se como Mesa Redonda o modo de servir comida e bebida no XIX na Espanha: todos se serviam numa mesma mesa e num mesmo turno, onde se oferecia um menu igual a preço fixo. BESAS, Peter. *Op. Cit.*, p. 20.

viços porque todos os dias eram convidados a comer e beber em casa de amigos. Segundo Daviller o quarto em que se instalaram dava para a Calle de Alcalá e era muito ordinário.[38]

Escritor e desenhista adentraram os bairros mais populares de Madri, repleto de *posadas* e tabernas. Davillier também lança um olhar bastante ácido em relação a esses estabelecimentos:

> Deixemos a calle Mayor para ir até a de Toledo. (...) Não longe dali, na calle de Segovia, estão os "mesones" onde se alojam os arrieiros e as pessoas do povo que chegam das províncias. É preciso admitir que essas *posadas* não progrediram desde os tempos de Dom Quixote, e seu aspecto não pode ser menos atraente.[39]

A sua visão é extremamente pejorativa, relatando cenas "pitorescas", de uma multidão perigosa repleta de barbeiros, criaturas vendendo de tudo pelas ruas, de água a carvão, hortaliças, frutas, castanhas, todos gritando como num pregão e comportando-se como uma manada de asnos.[40]

Mas a sua maior repulsa Davillier reserva ao bairro do El Rastro, que em meio a uma fábrica de tabaco, é um reduto de tabernas, recheadas de ladrões em busca de vinho e comida ruins, um gueto de sujeira e miséria, frequentado por gente da pior espécie, segundo sua mirada:

> El Rastro é o bairro do vício e da miséria, a residência dos revendedores, trapeiros e sucateiros. Os agiotas são aqui ainda mais numerosos que no resto da cidade, que não é dizer pouco! A cada passo vemos um Despacho de Vinho, onde se vende vinho em botas e em cântaros de barro, ou uma taberna cuja cozinha, pouco apetitosa, lembra os arlequins de algumas pocilgas de Paris. Estes 'santuários de Baco', segundo expressão de Cervantes,

38 DAVILLIER, Barón Ch.; DORÉ, Gustavo. *Op. Cit.*, p. 186.

39 *Ibidem*, p. 214.

40 *Ibidem*, p. 216.

> são frequentados por uma população doente e mal vestida, parte da qual pertence ao grêmio dos ladrões, numeroso e temível aqui, como em todas as grandes cidades, e que se chama em gíria marginal "la cherinola".[41]

É nesse ponto que Doré complementa o relato de Davillier com o desenho do interior de uma taberna em El Rastro:

Gustave Doré. Interior de una taberna del Rastro. *Viaje por España*. Madrid: Adalia, 1984. v. 2 p. 218.

No traço de nuance sofisticado já famigerado desse desenhista, vem à tona um ambiente constituído de um mobiliário diminuto (apenas um banco e uma mesa), frequentado por uma clientela masculina. Apenas uma pessoa está sentada, de costas para o receptor, o que

41 *Ibidem*, p. 216.

nos deixa numa curiosidade lancinante sobre sua participação na cena. Estaria jogando? Bebendo? No que diz respeito aos trajes, a pobreza predomina, a parte um homem que usa turbante e trajes que parecem assumir vestígios orientais (à direita). Os rostos são cansados, sinistros e caídos para os lados pelo peso do fumo e do vinho. Na mesma página sentencia Davillier: "Tabaco, touros, baralhos e vinho. Levam o homem a São Bernardino", referindo-se a uma fábrica de tabaco localizada nesse bairro, aos jogos e vinho consumidos nas tabernas e ao hospício San Bernardino para pobres existente em Madri, fado certo dos que usufruem de todas as alternativas anteriores.[42]

Vinho detestável, mulheres que dormem com cebolas na boca: Prosper Merimée

Prosper Merimée nasceu em Paris no ano de 1803. Seu pai era um pintor de certa reputação e sua mãe procedia de uma família versada em literatura e artes. A Espanha sempre o fascinou e esteve sete vezes neste país entre os anos de 1830 e 1864. De todas essas experiências deixou vasta documentação epistolar . Essa compilação que encontrei em Madri foi organizada, traduzida e comentada por Gabino Ramos de Gonzalez .[43] Muitas dessas cartas são endereçadas a Sra. De Montijo, uma andaluza que tornou-se sua grande amiga e confidente. Outros correspondentes que constam no volume são: Estébanez Calderón (também andaluz e com quem travou profunda amizade), Víctor Cousin, León de Laborde, Próspero de Bofarull, Fanny Lagden, Jenny Dacquin, Enrique Beyle, Louis de La Saussaye, entre outros com quem tinha laços estreitos.

Merimée, como os demais escritores abordados, segue para a Espanha na saga por impressões intensas, mas o resultado é um misto

42 *Ibidem*, p. 216 e 218.

43 MERIMÉE, Prosper. *Viajes a España*. Madrid: Aguilar, 1988.

de enamoramento com resmunguice em relação aos hábitos locais. Sua leitura tem algumas especificidades, como sua crença na superioridade das classes populares em detrimento das mais elevadas: "Há entre a canalha uma elevação de sentimentos e uma cortesia natural que me encantam e me atraem tanto quanto me repelem e me aborrecem os convencionalismos dos salões."[44] Também admira a prodigalidade dos madrilenos, considerando-os uma aula de sinceridade e autenticidade:

> Aqui se pensa em voz alta e não se sentem coibidos por quase ninguém. Tem-se uma franqueza que a nós franceses nos surpreendem muito. [...] Deveriam dar uma volta para além dos Pirineus para tomar uma lição de veracidade.[45]

Entretanto, faz coro quanto aos protestos contra as hospedarias que considera ruins e cheias de pulgas.[46] No mais, não é perceptível em seus escritos muita empolgação pelo comer e beber de Madri. É certo que se encrespou com Dumas e suas críticas publicadas em *De París a Cádiz,* em relação ao tamanho dos copos com que se servia chocolate. Sobre o *puchero*, verdadeira obsessão temática entre os escritores românticos do XIX, relata que comeu acompanhado de *garbanzos,* mas laconicamente, sem tecer grandes descrições e o mesmo ocorre sobre os pimentões. [47]Alguns comentários são bem mais generalizantes, como quando diz que vive em ócio, apenas come, dorme e pensa pouco.[48] Por várias vezes afirma que a comida não lhe agrada, que desejaria ser servido com pescado e carne todos os dias.[49] Em sua última estadia em Madri, no ano de 1864, relata: "A cozinha é tão ruim e o

44 *Ibidem*, p. 259.

45 *Ibidem*, p. 168.

46 *Ibidem*, p. 362.

47 *Ibidem*, p. 227 e 274.

48 *Ibidem*, p. 229 e 264.

49 *Ibidem*, p. 292.

chocolate tão bom como antanho."[50] Confessa saudades do chocolate, mas reitera suas objeções em relação à comida de uma maneira geral. Dá-se a impressão, até por sua peleja com Dumas, que essa bebida espessa de cacau foi uma das poucas coisas que Merimée gostou de colocar na boca na capital espanhola.

Uma das únicas vezes em que avalia a força do meneio exorbitante dos condimentos, como o alho e pimentão, Merimée os considera como um perigo à saúde, como quando comeu em casa de seu amigo Calderón e descreve com argúcia o que parece se assemelhar a uma *paella*:

> Dois pratos imensos de sopa de arroz em que havia de tudo: carne, mariscos, etc., e pescado, com um molho horrível feito com alho e pimentão (que me fez ficar sedento por toda a noite) e outros vinte pratos nesse estilo. Apresentou-me a cozinheira, que era miúda de corpo, com cara muito sorridente, muito redonda e recheada como um pudim. Realmente tinha um grande talento, mas em breve matará seu patrão.[51]

Também não parece ter se dado muito bem com os álcoois. Considera o vinho da terra tão forte como aguardente.[52] Do que se bebe em Madri, ironiza supostas falsificações e afirma que um grupo bem seleto toma manzanilla, o que parece ser fantasioso.

> O vinho que se bebe em Madri é inimaginável. Não falo do Bordeaux e do Champagne, fabricados – creio – com substâncias muito alheias à videira, mas do vinho de Jerez. É detestável. O único potável é a manzanilla; mas só o bebemos os andaluzes, as putas e eu.[53]

50 *Ibidem*, p. 338.

51 *Ibidem*, p. 334.

52 *Ibidem*, p. 226.

53 *Ibidem*, p. 361.

Ainda assim não faltam estereótipos sobre as mulheres e o que são capazes de fazer com a boca e alguns tipos de alimentos. De Madri escreve: "Há aquí uma viúva andaluza linda que ao deitar-se põe cebola nos lábios 'para que fiquem mais frescos'".[54]

A escrita de *Carmen*, bem como as ilustrações de Doré feitas para a edição de *Dom Quixote* são desdobramentos criativos que foram elaborados a partir dos relatos e impressões. Sua força espalhou por toda a Europa a visão de uma Espanha exótica. Evidente que *Carmen*, obra ficcional, não pode ser vista no mesmo prisma que um relato de viagem. Mas trata-se de uma leitura síntese dos hábitos espanhóis observados no raconto de várias viagens que Merimée fez à Espanha. Não vou analisar aqui o estereótipo do sangue destemperado na literatura de Merimée, da imagem construída da mulher que carrega uma navalha escondida na cinta-liga, que durante a noite soca ovos moles na parede por um homem e no dia seguinte atravessa a rua para não cruzar com seu rosto. *Carmen* é um mito, uma Medéia espanhola.

Mas o que é interessante ponderar é que nessa obra – talvez porque Merimée tenha de fato tentado penetrar na Espanha com sua paixão, suas sucessivas viagens e o domínio da língua castelhana - a taberna é o lugar onde tudo acontece. A cena da taberna é a mais importante de *Carmen*: é onde se consumam as desavenças, declara-se o amor, reúnem-se os contrabandistas, os personagens tiram suas máscaras e dizem a que vieram e quem são.

O lado avesso da lenda negra

O notório Alexandre Dumas nem sequer entrou numa taberna de Madri. E se entrou não contou para ninguém. Gautier atravessou sua soleira e provou Valdepeñas e vinhos generosos, mas se encastoou com os jogos de bilhar. Davillier não parece ter ficado bem impres-

54 *Ibidem*, p. 255.

sionado com o reduto de tabernas de El Rastro. A ilustração de Doré retrata-nas como ambientes sombrios. Quanto a Merimée, talvez nunca saberemos se sua cena de taberna em *Carmen* é fruto tão somente de sua imaginação.

E não faltou quem criticasse de maneira corrosiva as exigências desses viajantes famosos. Edmundo De Amicis[55] foi à Espanha no ano de 1871 e percorreu boa parte do país em cinco meses de viagem. Não há dúvida de que este escritor italiano coloca um olhar muito mais benevolente e afetivo, chegando a defender a Ibéria dos impropérios desferidos pelos franceses.

Na altura dessa segunda edição espanhola a que tive acesso, datada de 1883 e traduzida diretamente do italiano por Augusto Suarez de Figueroa, esse livro já havia sido publicado na Alemanha, Inglaterra, França e Áustria.

É incrível como esse relato é quase uma carta-resposta aos outros vistos até aqui. De Amicis atenta para que o viajante tem de abrir o olho para penetrar na língua e na cultura locais.[56]

Sobre o consumo de comida e vinho, De Amicis elabora uma leitura bem distinta dos demais autores abordados até aqui a propósito do *puchero*, tão ofendido sobretudo pela inserção dos *garbanzos*, talvez por sua remetência moura. Ironicamente, o *garbanzo* é parte cultural do mesmo orientalismo que causava tanto *frisson* entre os escritores românticos. E ao invés de considerar o prato uma miscelânea tresloucada, como classificou Dumas, De Amicis reputa-lhe estatuto de antologia culinária. Aproveita inclusive, para alfinetar os franceses, que considera crianças mimadas, e em especial aos queixumes de Alexandre Dumas:

---

55 Edmundo De Amicis, (Oneglia, 21 de outubro de 1846 – Bordighera, 11 de março de 1908).

56 DE AMICIS, Edmundo. *España. Viaje durante el Reinado de Don Amadeo I*. Madrid: Librería de Vicente Lopes, 1883. p. 132.

> Os franceses, que no que diz respeito a comer são impertinentes como crianças mal acostumadas, são maledicentes; Alexandre Dumas afirma que passou fome na Espanha; e um livro sobre este país, que tenho em minha vista, sustenta que os espanhóis não vivem mais que de mel, cogumelos, uvas e legumes. São tolices. [...] Ademais, o puchero, ele devorava com glutonaria. O puchero é, na arte culinária, o que corresponde a uma ontologia na literatura: há um pouco de tudo, e do melhor. Uma boa fatia de vaca fervida forma como o número do prato; ao redor uma asa de frango, um pedaço de chouriço (o chouriço com prodigalidade), ervas e pernil; em cima, debaixo, e em todos os interstícios, grão-de-bico. [...] Um bom puchero e uma garrafa de Valdepeñas podem bastar para qualquer um.[57]

Outro ponto interessante é que onde os demais viajantes viram impertinência para receber e servir (com exceção de Merimée), De Amicis enxerga uma atitude de altivez. No campo da hospitalidade desmente completamente a petulância que os demais disseram encontrar e entende as pessoas como discretas, afetivas e sinceras:

> E possuem maneiras francas e gentis; acaso menos finas, mas na realidade mais amavelmente ingênuas que aquelas por que são louvados os franceses. Ao invés de dirigir um sorriso, estendem um cigarro; ao invés de dizerem um cumprimento, apertam a mão; e são mais hospitaleiros em ações do que em ofertas. [...] O povo tem uma saudação afetuosa de - Vá com Deus, - que vale mais que todos os beijos nas mãos.[58]

Essa busca por uma atitude serviçal - comportamento que não é típico da cultura espanhola – é uma conduta bastante perceptível nesses viajantes abordados, entre outros. Southern (inglês de classe alta), na procura de casas de hóspedes, tenta se acostumar com o que

---

57 *Ibidem*, p. 134-135.

58 *Ibidem*, p. 253.

ouve quando bate nas portas em busca de informação: "Quem é você? O que você quer?"[59]

O britânico Henry Blackburn, secretário de um deputado parlamentar, que passou outono e inverno de 1864 na Espanha, hospedou-se na fonda de los Principes, na Puerta del Sol. Queixa-se do vinho, que considerava muito forte. Já o serviço, foi avaliado como "muito espanhol". Traduz essa última expressão com língua envenenada: "Na Espanha tudo são contrariedades".[60]

Em suma, esses escritores cultos, todos advindos de uma classe média ou alta, supunham que suas respectivas "civilizações" eram extremamente sofisticadas e propensas ao conforto.

Entretanto, esse suposto olhar refinado pode também ser visto como um enclave de abertura das culturas centro-europeias em entender o outro, com diferentes costumes e maneiras de interagir. Esses viajantes queriam encontrar na Espanha a reprodução de seu habitat natural e não um outro mundo por desvendar.

Lamentam-se com a sujeira, a falta de móveis, a promiscuidade dos lugares para dormir, comer, beber, da saga pela busca da comida "não espanhola", da ranhetice dos serviços, mas são abrigados nas casas particulares, singularidade da hospitalidade ibérica vista de maneira equivocada pelos estrangeiros. Também não entendem muito bem sobre os lugares para comer: eles buscam a *brasserie* e o *restaurant, a* "cultura gastronômica parisiense". No aparte, como se verá adiante, existe toda uma resistência em Madri em relação à imposição da culinária francesa no que diz respeito à cultura popular.

Como já foi colocado, comida e bebida é cultura, envolvendo heranças e recusas. Os franceses ficavam apavorados com os cérebros de boi fritos, *manitas* de porco, as misturas do *puchero*, os *garbanzos*, o

59 Southern, citado in: BESAS, Peter. *Op. Cit.*, p. 103.

60 BLACKBURN, Henry. *Travelling in Spain in the Present Day.* Londres: Sampson Low, Son & Marston, 1866, p. 36, 38, 45, 48, 50.

despendimento hiperbólico do alho com o azeite. E por outro lado, a busca de sofisticações do cardápio francês não corresponde à elegância simples da comida ibérica.

No mais, a ojeriza ao uso sobrecarregado do azeite e do alho, a ponto de tornarem-se elementos mal cheirosos e indigestos, sobreviveu em algumas regiões europeias até dias mais recentes.[61] Levando em conta essas passagens, bem como a atual valorização e mesmo a alta moda da cozinha espanhola, pode-se remeter a uma história das mudanças do gosto, de novos elementos que ora são objetos de repulsas e ora são abraçados.

A história da mesa, do que se come e bebe, pode ser vista como microcosmo da sociedade e inserida no campo da história dos sentidos e da sociabilidade, em que vigoram saberes acumulados, trocas culturais, pelejas e perdas. Quem já não se sentiu arrebatado ou coagido por meio de um sabor?

Sorver não é tão somente um gesto nutricional. Se fosse esse o caso quando eu falo de memória gustativa estaria narrando uma história da língua e desprezando toda a larga dimensão social e cultural que envolve condutas, hábitos, costumes e herança afetiva. O ato de comer e beber, aparentemente tão trivial, pode verter-se num turbilhão de sinestesia mnemônica.

---

61 É provável que a implicância dos franceses é voltada mais para o que consideram o abuso da quantidade de alho e azeite utilizados pela cozinha espanhola. Já no caso dos ingleses, por exemplo, como Byrne e Richard Ford (menos tocados pela cultura mediterrânea), a ojeriza a esses ingredientes é mais explícita. Como diz Carlos Spínola: *aunque aún quedan ingleses que opinan despectivamente que España huele a ajos.* SPÍNOLA, Carlos. *Op. Cit.*, p. 1.

2. Virando a mesa: o confronto com a leitura de um cronista madrileno

Pepe não quer
Nenhuma muchacha.
Ele quer deitar-se...
Com uma garrafa.

Cântico Popular

Não há dúvida de que Dumas, Gautier, Davillier e Merimée hegemonizam uma visão do comer, beber, receber que vem de fora, desenhando uma lenda negra estereotipada sobre o *puchero*, o vinho, as casas de comida, o ambiente e entornos das tabernas de Madri.[1]

Lógico que considera-se aqui que ocorre uma percepção plural de um mesmo espaço que não é uniforme nem linear, com forte contraste entre os viajantes ilustrados (provavelmente mais incitados e atraídos pelos jardins botânicos, museus de arte e científicos, como é o complexo que envolve o Paseo Del Prado do que se engalfinhar entre tipos pouco célebres numa taberna) e uma leitura popular da sociabilidade que esses escritores apenas resvalaram e com olhar bastante enviesado.

1 DÍAZ, Lorenzo. *Diez siglos de cocina en Madrid: de los mesones de ayer a los restaurantes de hoy*. Barcelona: Folio, 1994, p. 77.

O contra-golpe

Uma contramedida a esse *parisinismo* que os viajantes procuravam em Madri é apresentada pelo cronista Enrique Sepúlveda, extremamente envolvido com o que se denominou Costumbrismo. Esse movimento, inicialmente associado à Espanha nos séculos XVIII e XIX, espalhou-se por todos os países de língua castelhana da América. A proposta era a interpretação literária ou pictórica da vida cotidiana e local, seus costumes e hábitos. Quando não assume um tom satírico, pode perpassar para uma abordagem dos detalhes folclóricos, muitas vezes tendendo para uma romantização. Muitos foram os costumbristas espanhóis que, juntamente com Enrique Sepúlveda, escreveram crônicas de modalidade descritiva na segunda metade do XIX, como: Carlos Frontaura, Eusebio Blasco, Ramón de Navarrete, Nacís Oller e Sabino de Goicochea.

O conjunto de textos que acessei é constituído de crônicas reunidas em livros: *La Vida en Madrid en 1886* e *La Vida en Madrid en 1888*. Há um artigo de nome *Diners Lhardy* em que Enrique aponta para o afrancesamento presente nesse local ao registrar um menu do *restaurant,* datado de 18 de novembro de 1886, constituído de comida francesa com um toque espanhol quase inaudito, talvez mais pela presença do Jerez como vestígio: "Puré Chasseur; Consomme; Aguiles financieres; Roast-beef aux legumes; Apies Langostinos; Petit pois a l'anglaise; Dessert; Vins; Jerez, Saint –Julien; Champagne."[2]

Com esse cardápio, segundo Sepúlveda, o *Lhardy* cravou a insígnia em sua casa de reduto vacilante da geração de *gourmets*.[3] No artigo *La Taberna*, Sepúlveda lamenta que, segundo ele, esse lugar memorável e bonachão estaria com os fins contados, por culpa da civilização, que tudo modifica. Segundo a aflição do cronista, esses es-

2 SEPÚLVEDA, Enrique. *La vida en Madrid en 1886*. Madrid: Librería de Fernando Fé; Librería de Hijos de Fé, 1887, p. 463.

3 *Ibidem*, p. 463.

tabelecimentos seriam substituídos por casas de comidas mais limpas, finas e menos desastradas:

> Essa taberna, tipo embrião da Casa de socorro moderna, reminiscência da hospedaria conventual, e mãe fundadora do café com torrada, já não existe mais que na memória de alguns veneráveis bêbados, carregados de anos e de triunfos.[4]

Malgrado os tempos do progresso, conforme Sepúlveda, nas tabernas desse final do XIX havia menos movimento e algazarra. As bebedeiras estavam cultas e mornas. Suspirava por uma taberna que ele mesmo não havia conhecido, aquelas visitadas por Dom Ramon de La Cruz e Francisco de Goya. Para o escritor, entretanto, elas ficaram sozinhas inscritas nos livros de registro da polícia e nas memórias inéditas dos taberneiros.

Mas a reclamação e correspondente ansiedade ficam mais explícitas numa altura do texto em que o cronista diz que o problema é que a taberna, vítima de modismos, agora dava para se disfarçar de café:

> Mas se a taberna se vestiu à moda disfarcando-se de café, o vinho existe mesmo com filoxera, e enquanto o sumo de Noé ou da química vulgar estão engarrafados para alegrar aos mortais deste lado meridional do planeta, tem de haver brincadeiras e pândegas e borracherias de livro e lombada.[5]

Não há dúvidas de que esta referência meridional, onde os mortais se divertem com *juergas y parrandas y borracheras,* é uma tomada de posição manifesta de situar-se ao sul dos Pirineus, assim como o receio do autor de que a tradição tabernal não viveria às contaminações da Europa do norte.

---

4 *Ibidem*, p. 487.

5 *Ibidem*, p. 489.

Já no artigo *La vida moderna : La mesa* – esse sim uma resposta a todas as ofensas atiradas ao *cocido* (ou *puchero*) –, Sepúlveda critica os costumes gastronômicos da nova burguesia madrilena que abandona pratos típicos em troca de expoentes da cozinha francesa:

> Nas mesas de nossos personagens à moda, já não se serve o *cocido* nacional por ser considerado ordinário, ainda que não tenha deixado de ser higiênico, restaurador e suculento.[...] Pois diriam a tal senhora [que servisse o *cocido*] que ela é uma 'provinciana' impossível de civilizar.[...] Onde quer que haja vergonha nacional existe cozinha própria. Um inglês disse que do *cocido* espanhol pode-se fazer 'quinze' pratos saborosos e substanciais, quer dizer, toda uma comida. Por que, então, possuindo um arsenal de manjares tão interessantes e insubstituíveis temos de ser feudatários do exótico 'menu' onde campeam descaradamente os 'cannelones' à la Richelieu, as 'mauvistes' em 'croustade', o 'Rissoto', à la Regencia e os 'profiterolles' au 'chocolats'? Isso não tem sentido comum nem nada que justifique. Se se chega a perder, como ameaça, o clássico *cocido* à madrilena ou à andaluza, não haverá restado de nossa raça nem sequer uma lembrança de sua existência culinária passada, porque tudo, tudo será francês em nossas casas: roupas, utensílios, móveis, manjares, vinhos, refrescos, pastelaria, confeitaria, e até modo de falar e de... nomear. Por piedade, senhores da vida moderna! Deixemos algo à pátria, ainda que somente as sopas de alho e uns ovos (não artificiais) passados por água.[6]

Para finalizar a crônica, Sepúlveda relata uma passagem na qual seus amigos vão comer no hotel e ele lhes acompanha até o local do banquete. De pronto, vê surgir na porta o chefe do comedor que lhes saúda: "*Madame est servie.*" Resta a conclusão derradeira do contista: "Como progredimos!"[7]

---

6 Idem, *La vida en Madrid en 1888*. Madrid: Librería de Ricardo Fé,1889. p. 143 – 148.

7 *Ibidem*, p. 148.

E o campo das disputas dá-se na mesa

Enrique Sepúlveda não está ilhado. Se os viajantes achavam a comida e bebida capitalinas "muito espanholas", um bom contingente de madrilenos julgavam que ela estava a se transmutar em francesa por demasia.

É preciso sublinhar que ocorre uma resistência da cozinha popular frente ao afrancesamento adotado pela aristocracia. As influências dos gostos galicistas invadem Madri juntamente com a corte dos primeiros Bourbons,[8] desfilando um festival de *consommés* e *ragouts* entre as altas rodas. Desde a segunda metade do século XVIII no palácio Real imperava a cozinha francesa, comportamento mimetizado pela nobreza e pela alta burguesia, cujo sonho de consumo era ter um *chef* aquartelado em sua despensa.[9] Enquanto isso, a cozinha popular se levantará em armas, utilizando como munição açafrão e pimentões.[10]

Para entender esse debate é necessário contextualizar, ainda que muito brevemente, a Guerra da Independência ou Guerra da Península (1807-1814), conflito inserido nas chamadas Guerras Napoleônicas.

Tudo começou com um xeque-mate enviado por Napoleão Bonaparte aos reis de Portugal e Espanha. A disputa entre as revoluções industriais inglesa e francesa começou a adquirir uma maior dimensão quando cada uma das potências passou a se empenhar para que seu concorrente caísse privado de mercado. Durante um certo período Portugal fez jogo duplo ao acolher navios ingleses em seus portos e estabelecer comércio com países ligados à França. Em 1807

8 Filipe V da Espanha foi o primeiro da dinastia Bourbon a governar Espanha, tendo iniciado seu reinado em 1700. Essa casa Real europeia foi derrubada e restaurada no país por diversas vezes, tendo reinado de 1700 a 1808, de 1813 a 1868, de 1875 a 1931 e de 1975 até os dias atuais.

9 DÍAZ, Lorenzo. *Madrid: bodegones, mesones, fondas y restaurantes. Cocina y sociedad (1412-1990).* Madrid: Espasa Calpe. 1990. p. 232.

10 LUJÁN, Néstor. *Historia de la gastronomia.* Barcelona: Folio, 1997.

Napoleão enviou um ultimato a Lisboa para que fossem fechados os acessos à Grã-Bretanha.

França e Espanha assinaram o Tratado de Fontainebleau, a partir do qual pactuavam que invadiriam juntos e repartiriam Portugal. O desfecho dessa tramóia nós bem conhecemos. Enquanto as tropas napoleônicas cruzam a Espanha para dirigir-se a Lisboa, o regente João embarcou com a família real, corte, arquivos e acervos de livros valiosos em direção ao Rio de Janeiro.

Quando o general Jean-Andoche Junot, a mando de Napoleão, chegou a Lisboa já era tarde: os Braganças não estavam mais na cidade, que tornou-se um satélite francês administrado por um militar. O sul de Portugal foi invadido pelos espanhóis, onde ficariam até 1808, quando regressaram à Andaluzia para combater os franceses. Nesse mesmo ano o povo português enfrentou o esquadrão francês, sobretudo na cidade do Porto. Ingleses juntaram-se aos lusos e Junot capitulou.

Na sequência, Napoleão envia batalhões para o norte de Espanha com o pretexto de apoiar a ocupação em Portugal, e toma as cidades de Pamplona, Barcelona, Figueres e San Sebastian. O marechal Joaquim Murat, cunhado de Napoleão, marcha com cem mil soldados em direção a Madri. Antes de sua chegada, porém, uma rebelião em Aranjuez depõe o rei Carlos IV e afasta Manuel de Godoy (primeiro ministro e provável amante da rainha María Luisa de Parma). O príncipe das Astúrias assume o trono espanhol como Fernando VII, que recebe o marechal Murat como aliado, acreditando que Napoleão cumpriria o Tratado de Fontainebleau. Entretanto, Fernando VII é forçado a abdicar e reconhecer José Bonaparte, irmão de Napoleão, como rei da Espanha.

É nesse momento que toda essa sucessão episódica começa a interessar aqui. E talvez aí clareie a irritação com a impertinência dos espanhóis frente aos viajantes, contestando, como relatou Southern, citado anteriormente: "Quem é você? O que você quer?"[11] E quem

11 Southern, citado in: BESAS, Peter. *Op. Cit.* p. 103.

diria então da atitude de Dumas arrancando das bocas de hóspedes ingleses um pouco de vinho e costeletas na ponta de fuzis, em meio a um estabelecimento manchego, entranhando uma heroicização de si.

Como reação à anulação da Casa Real Espanhola o povo de Madri realiza o levante de 2 de Maio, resistindo aos franceses com todas as suas entranhas, de primeiro amotinado no Palácio, e depois atacando os invasores em vários sítios da cidade, como Puerta del Sol e o Parque Monteleón. A consequência é a ordenação de Murat ao fuzilamento de milhares de espanhóis. Posteriormente Francisco Goya homenageou os resistentes em *Os fuzilamentos de 3 de maio*, que tanto impressionou Gautier em sua visita ao Museo Del Prado. Nos meses de maio e junho (1808) pululam insurreições populares contra os regimentos franceses em muitas cidades de Portugal e Espanha.

Resumindo a questão, a França só seria derrotada no ano de 1814 pelos exércitos britânico, português e espanhol e Fernando VII retorna ao trono.[12] Mas a saga com que a raia miúda madrilena enfrentou os franceses e a crueldade com que foi reprimida deixaram marcas pela cidade ainda visíveis em tempos recentes. Nos quase quatro anos em que José Bonaparte permanece em Madri, lança mão de uma picareta urbana. Derruba conventos (como das monjas carmelitas de Santa Ana e dos monges de San Norberto), cria e amplia praças (entre as quais Santa Ana, Mostenses, Oriente, de Las Cortes), propõe a retirada dos cemitérios (todos então localizados dentro ou ao lado das igrejas) para fora dos limites da cidade, tomando para si o discurso de busca de uma *urbe* com espaços livres, mais salubre e sã.[13] Mas o populacho jamais o perdoaria, atribuindo-lhe alcunhas de *Rey Pepino* e *Pepe Botella* (Pepe Garrafa, por sua fama de beberrão), entre outros

12 LUCENA SAMORAL, Manuel. "El siglo XIX: la utopía de libertad, orden y progreso" In: LUCENA SAMORAL, Manuel. (org.) *Historia de Iberoamerica* III. Madri: Cátedra, 2008, p. 47-55.

13 REVILLA, Fidel; RAMOS, Rosalía. *Historia Breve de Madrid.* Madrid: Ediciones La Librería, 2012, p. 162-163.

codinomes pernósticos.[14] A respeito desse último apelido, várias são as canções populares que desenvolvem o tema, como esse cântico:

Pepe Garrafa
Baixar ao despacho.
— Não posso agora
Que estou borracho.
Pepe Garrafa,
Não andas com tino.
— Naturalmente,
O que impede é o vinho.
Pepe Garrafa,
Quantos suores
Para nos governar!
— São os vapores.
Pepe não quer
Nenhuma muchacha.
Ele quer deitar-se...
Com uma garrafa.[15]

Essa reputação de borrachice é explicada por um episódio em que houve um recolhimento de vinho de Arganda e Chinchón pelas tabernas das calles de Toledo e Cebada por conta de uma suposta urgência de prover uma expedição real durante uma viagem, sendo que todo o estoque havia sido roubado pela noite por "saqueadores" espanhóis.[16]

---

14 LÓPEZ CARCELÉN, Pedro. *Atlas Ilustrado de la historia de Madrid*. Madrid: Ediciones La Librería, 2013, p. 50.

15 MACHADO, Leocadio. *Historia del vino de Madrid*. Madrid: La Librería, 2002, p. 118.

16 *Ibidem*, p. 118.

Sátira de José Bonaparte. Museo de Historia. Ayuntamiento de Madrid.

A Madri sob a administração de *Rey Pepino* assentava quatro cafés: La Fontana de Oro, del Ángel, San Luis e de la Cruz. Na calle Toledo organizam-se mercados onde vende-se especiarias de Extremadura, vinho manchego, frutas e toda sorte de comestíveis (ou não). Possuía cerca de 175.000[17] habitantes e mais de 800 tabernas,[18] ou seja, uma por 220 pessoas.

Voltando à Guerra da Independência, uma de suas consequências duradouras é que a Espanha ficaria dividida entre os afrancesados, que apoiariam a ocupação, e a resistência. Por outro lado, o contexto do período que sucede o conflito traz à luz novas classes médias que, segundo Lorenzo Díaz, são bastante distintas do contexto atual:

---

17 REVILLA, Fidel; RAMOS, Rosalía, *Op. Cit.*, p. 163.

18 DÍAZ, Lorenzo. *Madrid, tabernas, botillerías y cafés (1476-1991)*. Madrid: Espasa Calpe, 1991, p. 51-52.

> E quem formava esses novos estratos intermediários? O conceito de classe média atual não correspondia à noção que se tinha naquele contexto de então. Atualmente, o termo é utilizado para referir-se à chamada pequena burguesia, profissionais liberais em geral. Antanho, no século XIX, o conceito era utilizado para designar os que não pertenciam à aristocracia e nem ao áspero mundo do trabalho manual em quaisquer de seus aspectos, tanto urbano como rural. Portanto, essa classe média era uma espécie de burguesia medíocre e conformada.[19]

O cenário evidente para esses grupos seria o já descrito restaurante Lhardy, estabelecimento fundado e conduzido por um francês que buscou reproduzir o *parisinismo* em campo inimigo.

Lorenzo Díaz, em seu estudo, aponta para alguns alimentos de luxo consumidos pelas camadas mais abastadas do XIX, entre eles: pescado fresco (transportado de Bilbao), aguardente, açúcar, café, cacau, marzipã, mel, queijo, leite.[20] Montoliú Camps também faz um inventário do que era servido nas mesas da aristocracia:

> Nas casas dos nobres, os principais pratos também eram feitos com carne, já que os caminhos difíceis e a distância das costas impediam o consumo de pescado fresco, motivo pelo qual tinham que conformar-se com pescado de rio, em especial trutas, além de bacalhau seco e salgado. Isso não impedia que, em determinadas celebrações, se consumissem garoupas, camarões, atuns, lagostas, polvos e até sardinhas. Mas isso era possível com prévia salga dos produtos ou mediante seu transporte dentro de caixas cheias de neve mesclada com palha.[21]

---

19 *Idem*, *Op. Cit.*, 1994, p. 118.

20 *Ibidem*, p. 69.

21 MONTOLIÚ CAMPS, Pedro. *Enciclopedia de Madrid*. Barcelona: Planeta, 2002, p. 217.

Por outro lado, destacam-se nas mesas e estabelecimentos frequentados pelos pobres:[22] pão (de trigo ou uma mescla de cevada, centeio e outros grãos menos nobres), carne (sobretudo de cordeiro ou porco), azeite de oliva e *garbanzos*, cebola, alho e ovo fresco.[23] Não se pode deixar de aferir que tratam-se dos ingredientes principais do *cocido* (ou *puchero*), prato que era a dieta básica dos populares, como coloca Lorenzo Díaz:

> Esta exígua dieta se restringia a um café da manhã com pão fresco, depois do qual o pão que sobrava e outros ingredientes eram refogados em um "puchero" frio ou quente, dependendo do preço do carvão. Este puchero constituía tanto o almoço como o jantar.[24]

O escritor Ricardo Sepúlveda reitera para o que se comia nas tabernas do XIX: *cocido*, sopa, carnes, *garbanzos*, vinho.[25] Enfim, segundo fontes variadas, o *cocido* – já na versão que tanto agredia os narizes e estômagos sensíveis dos franceses, composto de grão-de-bico, verduras, vaca, carneiro, pernil, galinha, *chorizo*, toucinho, orelha e pé de porco – era um prato popular:

> Entretanto, o povo seguia comendo legumes – o *cocido* madrileno fazia parte dos pratos cotidianos já no século XV –, bolos de carne feitos com massa de sopa, empanadas e carnes executadas de diversas maneiras (em temperos, cozida, assada ou refogada).[26]

---

22 Grupo que corresponde a 70% da população da cidade de Madri, cuja renda constava de menos de 2 mil reales anuais. DÍAZ, Lorenzo. *Op. Cit.*, 1994, p. 69.

23 *Ibidem*, p. 69-70.

24 DÍAZ, Lorenzo *Diez siglos de cocina en Madrid*: de los mesones de ayer a los restaurantes de hoy. Barcelona: Folio, 1994, p. 71.

25 SEPÚLVEDA, Ricardo. *Madrid Viejo: cronicas, avisos, costumbres, leyendas y descripciones...* Madrid: Librería de Fernando, 1888, p. 349-350.

26 MONTOLIÚ CAMPS, Pedro. *Op. Cit.*, p. 217.

Lógico que os abastados também comiam o *cocido*, com variações de ingredientes mais caros. Ademais, o vinho era uma bebida comum, com farto fornecimento e consumida por todos os setores da população, tendo sido sempre o líquido de predileção dos setores populares.[27] Nesse período (XIX) algumas tabernas sinalizavam as procedências dos vinhos que comercializavam: de Arganda, Mósteles, San Martín, Hortaleza, Navalcarnero, Chinchón ou apenas um Vinho da Terra.[28]

Mas o que cabe observar aqui é que engalfinham-se duas etnias nas mesas e ruas de Madri do XIX. De um lado os *gabachos,* maneira depreciativa, entre os espanhóis, de referir-se aos franceses.[29] São os imitadores de moda forasteira, *connoisseurs* de perfumes e penteados. Na outra cabeceira estão os *manolos.*[30] O termo é utilizado para designar os tipos populares, formados por sapateiros, ferreiros, taberneiros, açougueiros, trapeiros.[31] São os devoradores de carne e vinho tabernais locais, como coloca Lorenzo Díaz:

> O petimetre[32], esse afrancesado que enlouquece pela vestimenta gabacha, está na última do que está fora do país. Sabe tudo sobre penteados, cintas, tecidos, perfumes, encaixes, cores... Tudo vale para conseguir um êxito social que se considera acessível somente mediante a imitação do francês. Comidas de cutelo de

---

27 DÍAZ, Lorenzo. *Op. Cit.* 1994, p. 70 e 90.

28 MACHADO, Leocadio, *Op. Cit.*, p. 143.

29 A origem da palavra vem de *gavatx*, que em catalão significa estrangeiro. É uma maneira depreciativa, entre os espanhóis, de referir-se aos franceses e tudo que tenha a ver com França.

30 Hipocorístico de Manuel na Espanha. Segundo o *Dicionario da Real Academia Española*: "Pessoa das classes populares de Madri, que se distinguía por seu traje e desenfado." Disponível em: <http://dle.rae.es/?id=OFKDI0J> Acesso em: 4 out. 2012.

31 DIAZ, Lorenzo, *Op. Cit.* p. 108.

32 Pessoa que se preocupa em seguir modas. *Dicionario da Real Academia Española.* Disponível em: <http://dle.rae.es/?id=Spm4Won > Acesso em: 4 out. 2012.

> gabacho é o que trouxe à Corte Borbônica. O manolo é carne de tasca, de estalagem, de 'caracoles' e 'callos'. O manolo é o verdadeiro filho de Madri, arrogante e leal, temerário e indolente, sarcástico e meio revolucionário, que desdenha da riqueza e ri da desgraça, mescla de fanatismo oriental, de vaidade, indolência e valor espanhóis. Os manolos, que de primeiro eram chamados de 'majos'[33], formavam um povo à parte, estranho, violento, libertino, intolerante, inimigo jurado dos estrangeiros, mas zeloso de sua independência, revoltoso incorrigível, patriota entusiasta, cem vezes mais vivo e interessante que o nobre ou o togado, entontecido pelo ambiente da Corte.[34]

Os cronistas da cidade do período contrariam em absoluto as versões de penúria relatadas por Dumas, Merimée, Gautier e Davillier. Há interpretações de que comia-se muito bem nas tabernas e casas de comida de Madrid do XIX. Juan Antonio Cabezas[35] e Ricardo Sepúlveda referem-se aos *cocidos* (ou *puchero*) bem servidos nesses estabelecimentos, bem como pratos regionais (galegos, asturianos, bascos, andaluzes, catalães, etc.).

Deve-se levar em conta, evidentemente, que esses viajantes endinheirados pouco se aproximariam desses espaços (apenas Gautier se atreveu a provar algo e mesmo assim resignou-se nos líquidos) que sempre foram os mais aceitos entre os populares, por conta do hábito de tomar vinho ou um trago de aguardente pela manhã, entre outras bebidas. Sobre o assunto, Montoliú Camps relata:

> Era muito habitual consumir nas manhãs de muito frio um copo de aguardente acompanhado de um prato de "letuario"

33 Vistoso, bem vestido, mas vulgar. Coloquial: carinhoso, agradável. *Dicionario da Real Academia Española.* Disponível em: < http://dle.rae.es/?id=Nxznzus> Acesso em: 4 out. 2012.

34 *Idem, Op. Cit.* 1994, p. 75-76.

35 CABEZAS, Juan Antonio. *Madrid, escenarios y personajes (selección de crónicas Madrid al día).* Madrid: Editorial Prensa Española, 1968.

> (uma confitura de laranja), de um biscoito ou de um bolo com calda de mel. Posteriormente surgiram os "rosolís", confeccionados em Valdemoro, cujos ingredientes eram aguardente misturada com açúcar, canela e anis. [36]

No XVIII, além do *cocido*, insurgem na cozinha popular madrilena: *callos*[37] *a la madrileña, gallina en pepitoria, sopas de ajo, puré de garbanzos, espárragos madrileños, huevos cocidos, bacalao a la cazuela, churros, buñuelos, barquillos rellenos de nata,* dentre um rico leque de pratos que superavam 35 especialidades.[38]

Esse cardápio relatado ainda é a base do que se come nas tabernas mais castiças da cidade. E ainda é possível tomar um vinho de Chinchón ou San Martín. E pelo que se percebe da comida tabernal atual, pelo menos no que diz respeito aos estabelecimentos mais tradicionais, é certo que permanece a resistência contra esse medo atávico dos viajantes quanto ao uso extrapolado do alho e do azeite. A cozinheira da taberna continua preparando a sopa como quer. Sancho Panza respondia a Cervantes que não obedece nenhum rei porque só ele (Panza) é seu senhor e dono. E os madrilenos continuam, conforme ensinaram suas avós, esfregando alho cru no pão despudoradamente para preparar seus *bocadillos.*

36 MONTOLIÚ CAMPS, Pedro, *Op. Cit.*, p. 214-215.

37 Bucho, dobradinha.

38 *Ibidem*, p. 218.

3. Geografia das sociabilidades. A taberna no espaço público madrileno

Transgredir o mapa equivale a revisar o mundo,
porque o mapa não é senão o produto de certo desenho "a carta"
que se propõe e impõe desde o poder.

Estrella de Diego

Conforme destilam algumas línguas afiadas, trata-se de um espaço mais modesto que um hotel de luxo de Montecarlo e menos que as latrinas de uma carceragem turca, onde se oferta vinho, outras bebidas e quiçá comidas.[1] Já segundo o *Dicionário da Real Academia Espanhola*, é um estabelecimento público, de caráter popular e barato. Também sempre foi constante a venda de aguardente a retalho no local, muitas vezes acompanhando tapas.[2]

---

1 DÍEZ DE PALMA, Jesús. *Bares, tascas y tabernas de Madrid.* Madrid: Ediciones La Librería, 1999, p. 55.

2 Segundo o *Dicionario da Real Academia Española*: "Pequena porcão de algum alimento que se serve como acompanhamento de uma bebida." Disponível em: <http://dle.rae.es/?id=Z6OAAxV|Z6OF72b> Acesso em: 4 out. 2012. Ver também: LOUSADA, Maria Alexandre. "Sobre a alimentação urbana no início do século XIX: tabernas e casas de pasto lisboetas" In: PINHEIRO, Magda A.; FERREIRA, Maria Fátima S.M. (orgs.). *Desenvol-*

As primeiras tabernas surgiram na Espanha mais romanizada.[3] Não obstante, os apontamentos históricos mais longevos datam da dominação cristã. A designação da vila como capital do império[4] impulsionou as localidades circundantes a fabricarem vinho para abastecer a Corte.

E as tabernas de espalharam por todo o espaço urbano. Se no começo do XIX a cidade era servida por mais de 800 lojas, ou seja, uma por 220 pessoas, na entrada do XX, o número havia saltado para 1437. No ano de 1885 há registros de 1732 endereços.[5] Em 1910, uma inspeção promovida pela *Ley Del Descanso Dominical* contabilizou 1977 tabernas. No ano de 1919 quase treze por cento dos comerciantes dedicavam-se às famosas *Tiendas de Vinos*.[6]

Durante o século XIX Madri era pouco industrializada. A maior parte dos que trabalhavam estavam no setor de artesanato e comércio. A burguesia, cada vez mais numerosa, era formada por fabricantes incipientes, grandes comerciantes, especuladores. A vida dos trabalhadores, assim como na maioria das cidades espanholas, era difícil, implicando numa jornada que ultrapassava dez ou onze horas diárias e salários baixos.[7] Ademais, houve um aumento da migração de outras regiões para a capital e o mercado de trabalho não

---

vimento econômico e mudança social. Portugal nos últimos dois séculos. Lisboa: ICS. 2009, p. 227-248. p. 233.

3 ROMERO, Luis. *Libro de las tabernas de España*. Barcelona: AHR. 1956, p. 16-17.

4 Em 1561, o Rei Filipe II (1527-1598) mudou a corte de Sevilha para Madri, tornando essa cidade a capital de Espanha.

5 *Anuario Del Comercio, de La Industria, de la Magistratura y de la Administración*. Madri: Carlos Bailly-Bailliere, 1885, p. 301-307.

6 *Estadística del Trabajo. Anuario de 1919*. Madri: Imprenta Municipal, 1920.

7 Média de cinco ou seis *reales* diários, sendo que um quilo de pão custava dois *reales* e meio no ano de 1855. REVILLA, Fidel; RAMOS, Rosalía, *Op. Cit.*, p. 181.

dava conta de absorver toda essa população, que em 1860 chegava a 300.000 habitantes.

De outra monta, um grupo copioso de nobres que seguiam mantendo um certo prestígio ditavam as modas de comportamento, levando uma vida social intensa e *glamourosa*, disfrutando do Paseo del Prado e de Recoletos, bailes e outras festas. Os cafés, cada vez mais numerosos, eram os espaços onde a nata da sociedade madrilena discutia literatura, política e, nos tempos do absolutismo fernandino, abrigaram conspirações contra o monarca.

Mas o número de tabernas também seguia num crescente e acolhia os que não podiam e os que não queriam frequentar os cafés.[8] A cozinha *manola* de resistência domina claramente o espaço de sociabilidade popular. Mas no final do XIX e começo do XX havia uma concentração muito mais intensa de tabernas, junto com lojas de ferragens e de bebidas alcoólicas, nos bairros de Lavapiés, El Rastro, Delicias, Pacifico, Quatro Caminos e Chamberi.[9]

Optou-se aqui por abordar os bairros de Lavapiés e El Rastro, por suas tipicidades históricas. Mesonero Romanos indica para a condensação de tabernas nessa região, principalmente na calle de Toledo e Plaza de la Cebada.[10]

Os Anuários também dão conta da densidade maior desses estabelecimentos nessa região, evidentemente mais popular. No ano de 1885[11], das já citadas 1732 registradas pela cidade, 411 eram assentadas nesses dois bairros, sendo 44 na Calle de Toledo, 17 em Mesón de Paredes, 31 na calle de Embajadores, 10 na Ribera de Curtidores, 24

8 *Ibidem*, p. 180-182 e 185.

9 DÍAZ, Lorenzo, *Op. Cit.*, 1994, p. 142.

10 MESONERO ROMANOS, Ramon de. *Escenas matritenses*. Alicante: Miguel de Cervantes, 2000, p. 167.

11 Ver anexo I: Lista de tabernas e lojas de aguardentes localizadas nos bairros de El Rastro e Lavapiés no ano de 1885.

entre a calle e a Praça de Lavapiés e 17 em Cebada, além de 24 lojas de aguardentes espalhadas entre esses logradouros.[12] No ano de 1894 o número total de tabernas pula para 2190, sendo 441 localizadas na dita região e 50 na Calle de Toledo.[13]

O bairro de Lavapiés desenhou-se extramuros no decorrer do século XVI. Nesse período era denominado El Avapiés, nome que parece ter origem judaica. Esse nicho acomodava sobretudo hebreus e mouros suspeitamente convertidos. Paulatinamente suas ruas passam a abrigar associações de toda sorte de comerciantes locais, vindos de outras regiões da Península e às vezes de colônias de ultramar.

Instala-se também o Matadouro e uma feira de gado nos arredores da Puerta de Toledo.[14] Nos séculos XVII e XVIII as *posadas* localizavam-se em torno das calles San Bernardo, Desengaño, Tudescos e Mesonero Romanos, carrera de San Francisco y Postas e sobretudo Cava Baja e Calle de Toledo. A concentração desses estabelecimentos nessa região da cidade é explicada por ali estarem posicionados os pontos finais das linhas de diligência que chegavam na cidade.[15]

Essas *posadas* acomodam muitos forasteiros seduzidos pelas ofertas de trabalho das primeiras indústrias, entre as quais: Fábricas de Salitre, de Coches e de Tabacos (de que fala Davillier, quando se horroriza com o perfil do bairro, "antro de vício e miséria", segundo o escritor).

Era pela Puerta de Toledo que entravam boa parte dos vinhos e muitos desses caldos já ficavam entre as tabernas desse sítio da cidade.[16] O comércio é intensificado pelo mercado de rua de El Rastro,

---

12 *Anuario Del Comercio, de La Industria, de la Magistratura y de la Administración*. Madri: Carlos Bailly-Bailliere, 1885. p. 301-307. Ver em Anexo I relação completa das tabernas e lojas de aguardentes estabelecidas nesses dois bairros.

13 *Anuario de Comercio, de la Industria, de la Magistratura y de la Administración*. Madrid: Bailly Bailliere e Hijos, 1894. p. 431-438.

14 LÓPEZ CARCELÉN, Pedro, *Op. Cit.*, p. 58.

15 MONTOLIÚ CAMPS, Pedro, *Op. Cit.*, p.211-212.

16 MACHADO, Leocadio, *Op. Cit.*, p. 122.

que funciona aos domingos na Ribera de Curtidores e cercanias (cujo perfil horrorizou Gautier), de registros longínquos, que vende roupas, comestíveis, móveis e produtos de trapeiros.

Essas tabernas que pululam nesse burburinho atendem os recém chegados, a população mais pobre residente, os trabalhadores das fábricas, os que estão de passagem e a circulação diária. Para dentro de suas soleiras muitas vezes havia música de guitarra, cantes flamencos, conversação sobre assuntos cotidianos e muitos jogos a dinheiro: dados, bilhar e baralho.[17]

Havia também as *botillerías,* que eram lojas de bebidas, mas de passagem, isto é, não havia lugar para sentar-se. Surgem no final de século XVIII e passam a fazer parte da paisagem urbana de Madri por todo o XIX e começo do XX. Eram espaços populares, onde qualquer um podia tomar um trago de vinho encostado num mostrador de zinco ou num balcão de madeira. Entre as mais conhecidas está a Bottilería de Canosa, situada na carrera de San Jerônimo, esquina com calle del Lobo (atual Echegaray), aberta no final do XVIII. Os cidadãos mais "prósperos" também consumiam nas *botillerías,* mas não entravam no recinto, tampouco uma dama. As bebidas eram tomadas fora, nas carruagens que estacionavam em frente à loja.[18]

Já os *bodegones* são sítios de comércio de vinhos, muito semelhantes aos ambientes tabernais, onde também se servem algumas comidas ordinárias. O nome *Tienda de Vinos,* ainda bastante utilizado nos dias de hoje em Madri, é também frequentemente igualado à taberna, ou seja, espaço simples e com comida barata. Vendia vinho e costumeiramente era o lugar onde comiam os trabalhadores. Essa denominação era utilizada na Península Ibérica em geral.[19]

---

17 GÓMEZ FERNANDEZ, Francisco José. "Las tabernas del viejo Madrid." *Madrid Historico.* Madrid. n.13, jan./fev. 2008, p. 48-53, p. 51-53.

18 DÍAZ, Lorenzo. *Op. Cit.,* 1991, p. 55.

19 LOUSADA, Maria Alexandre, *Op. Cit.*, 2009, p. 232.

***Un bodegón de Madrid a las doce del día.* Litografia procedente da Revista *El Mosco. Fondo Gráfico Madri Historico.* Percebe-se na cena um ambiente e serviços similares com os da taberna.**

Os viajantes franceses deviam se ressentir da ausência de estabelecimentos que eles chamam de restaurantes. Antes da inauguração do mais famoso de Madri, o já citado Lhardy (1837), frequentado por Dumas e Gautier, comer fora significava escolher entre casas de comida, tabernas, *botillerías* e alguns cafés.[20] Na segunda metade do XIX surgiram outros. No ano de 1894 havia 25 restaurantes em Madri, tal como registra o Anuário de Comércio e Indústria:

> Anchia (Francisco), Ventas del Espiritu Santo, puente.
> Bertol Campos (Juan), Tetuan, 15.
> Camara (Vicenta), Montera, 29.
> Conejo (Liberto). Ventas del Espíritu Santo,1 prov.
> Duval y comp.ª, Veneras, 6 .
> Esteves (José), S. Vicente, 19.

20 BESAS, Peter, *Op. Cit.*, p. 74.

Español, Gomez (Manuela), Montera,15.
Estéban (Emilio), Alcalá, 178 provisional.
Fernandez (Jorge), Ventas del Espíritu
Santo, puente.
Fomento, Robledo (Enrique), Carretas,16.
García (Victoriano), Ventas del Espíritu Santo.
Hernandez (Jose), Tudescos, 1.
Inglés Ibarra (Agustin), Echegaray,10.
Italiano, Durio (Eduardo), Carr. de S. Jerónimo, 32.
Lauda (Florencio), Alcalá, 17 dupl.
Las Tuberias, Pl. de Matute, 6 .
León Cantón (Antonio), Aduana, 4.
Lhardy (De), Lardhy (Agustín), Corr. de S. Jerónimo, 6.
Lopez (Lázaro), Pasadizo do S. Ginés, 5.
Moran (Wenceslao), Peligros, 3.
Nacionol, Graell (Josó), Montera, núm. 17.
Parisien, Alcalá, 4.
Pascual Sanz (Joaquin), Principe, núm. 20.
Prado (Del), Meneses (Manuel), Prado, 16 y 18.
Rodriguéz (Hermenegildo), Barcelona,12.[21]

Mas na cultura madrilena sempre foram considerados ambientes muito caros e luxuosos que servem para banquetes e celebrações especiais dos mais abastados. Ainda no começo do XX poucos pisavam em restaurantes, à parte a burguesia ilustrada, intelectuais e outras camadas mais endinheiradas.[22]

Cabe aqui reiterar, portanto, um olhar sobre a taberna como um território de sociabilidade popular polifuncional. Nesse lugar a bebida, fraternidade e peleja se misturam,[23] seja nos jogos ou nos desa-

21 *Anuario de Comercio, de la Industria, de la Magistratura y de la Administración*. Madrid: Bailly Bailliere e Hijos, 1894, p. 426.

22 DÍAZ, Lorenzo, *Op. Cit.*, 1994, p. 135.

23 SCHIVELBUSCH, Wolfgang. *Historia de los estimulantes*. Barcelona: Anagrama, 1995, p. 208.

fios de flamenco. Os ataques e leis que buscavam reger e organizar esses ambientes, da Espanha às Américas, de Inglaterra a Portugal, pelo mundo a fora, mascarados sob uma preocupação em relação ao uso do álcool, em verdade maquiavam uma atitude receosa das classes dominantes em relação a um ambiente da raia miúda, difíceis de interferir e controlar.[24] O traçado desses espaços no tecido urbano representa o mundo passado a limpo porque trata-se de uma transgressão de um mapa desenhado desde o poder, instaurado pelo discurso da ordem.

***Sketches in Spain: A tavern in the suburbs of Madrid.* 1868.**
Fonte: *Fondo gráfico Amieva*, México.

Nesses locais também preparava-se receitas transmitidas por tradição oral que atravessou gerações. Essa cozinha de resistência madrilena que vigora no final do século XIX e começo do XX abraça

24 URÍA, Jorge. "La taberna. Un espacio multifuncional de sociabilidad popular en la restauración española." *Hispania*, Madrid, n. 214, v. LXIII, 2003, p. 571-604, p. 571-572.

heranças árabes, mescladas por outras culturas regionais que também aportaram nos comércios.[25]

Nesse sentido, a taberna pode ser vista como estrutura microssocial da urbanidade, onde compunham-se múltiplas identidades: de madrilenos mas também de migrantes vindos de outras províncias espanholas e de outras paragens mais longínquas.[26]

O tremor do cronista Enrique Sepúlveda de que a taberna capitulasse não se cumpriu. Vários são os casos de tabernas localizadas nesses bairros que suportaram até os dias atuais sob a gerência de madrilenos e de descendentes de errantes procedentes de locais diversos que entremearam a cultura manchega com outros pratos, bebidas e temperos.

E há uma clara atitude de reiterar a taberna como lugar frequentado por tipos populares, borrachos e *manolos.* Foi dessas adegas entre as calles de Cebada, Toledo e Meson de Paredes, repletas de fumo, cante, vinho, jogos e rumores que *Pepe Botella* mandou recolher vinho à revelia para sua expedição real, enquanto a ralé se safava cantando: "Lá se vai pelas vendas o Rei Pepino, com um par de garrafas para o caminho."[27] Foi das mesmas tascas que o povo saiu no dia 2 de maio de 1808 para enfrentar os franceses.[28]

Embora Dumas, Gautier, Davillier e Merimée tenham torcido seus narizes e paladares, como não poderia deixar de ser, o confronto entre os franceses e espanhóis foi resolvido no interior da taberna. Há relatos de um vinho especial que era vendido na Taberna de Antonio Sánchez. O tal Néctar de Baco era denominado o de *"la cuba del francês"* e era extraído de um grande recipiente que levava o número seis. Conta a lenda que durante a Guerra da Independência os vizinhos

25 DÍAZ, Lorenzo. *Op. Cit.*, 1994, p. 134-135

26 CANCLINI, Néstor García. *Culturas híbridas: estratégias para entrar e sair da modernidade.* São Paulo: EDUSP, 2008, p. 286.

27 MACHADO, Leocadio, *Op. Cit.*, p. 119.

28 GÓMEZ FERNANDEZ, Francisco José, *Op. Cit.*, p. 53.

trucidaram um soldado de Napoleão. Para rechaçar desforras, esconderam-no dentro de uma das cubas de vinho. Dizem que o contido líquido poderoso gozava de um *parfum* extraordinário e peculiar.[29]

29 GARCÍA DE OTEYZA, Carlos Osório. *Tabernas y tapas en Madrid* (*Guia de tabernas madrileñas con historia).* Madrid: Ediciones La Librería, 2010, p. 41

4. O diabo que falsifica vinho

Mas, não é então um crime
Digo eu, assim que Deus me salve!
Que tendo em nossa terra,
E em quantidade abundante,
A uva, que dá glória ver-lhe
Pendurada nesses parreirais
Nos sirvam esse raio de vinagre
Feito com pós de tinta
E com pimentas picantes?...

Ángel Lázaro

Uma das pessoas mais sábias e livres que já conheci foi Antonio Barbosa, de família de taberneiros e que continua na vindima. Já provei do seu néctar de Baco e sei do que estou a falar. Ao me servir mais um copo de vinho verde, produzido à beira do Minho, vivia me repetindo: "Bebe o que tu queres."

Isso diz muito sobre a imagem que temos a respeito desse espírito: comunicativo, bonachão e afável. Denomina-se taberneiro aquele que despacha vinho nas tabernas e que quase sempre costuma ser o proprietário.

Na Grécia e Roma da antiguidade, o ofício era considerado infame e a taberna era equiparada ao prostíbulo. Alfonso IV de Portugal recomendava aos superiores eclesiásticos que não permitissem aos clérigos que desempenhassem ofícios de taberneiro, menestrel ou bufão. Quevedo em 'Las Zahurdas de Plutón', zomba de tal ocupação, dedicando-lhe essa passagem: "Mas causou-me riso ver uns taberneiros, que andavam soltos por todo o Inferno."[1]

E, de fato, eles chegaram a ser acusados de diabos adulteradores de vinho. Mas o taberneiro e o vinho são os eixos da taberna, pelo qual aquele deve ser honrado, atencioso e polido, na mesma medida em que o vinho tem que ser no mínimo o que promete ser: vinho.[2]

Claro que a clientela barulhenta também compõe o amálgama do sopro vital tabernil. Mas o caráter e a composição da taberna vocalizam a alma do taberneiro, um timoneiro no comando, misto de psicólogo, amigo e enólogo. Não seria nada esperto, porém, traçar um estudo generalizante acerca desse ser emblemático. O que se fez aqui foi, nas vestes e pele de um mergulhador, siderar na taberna para desvendar algumas faces e falas desses personagens.

O toureiro que era tão valente que virou taberneiro

Foi na Taberna de Antonio Sánchez que um soldado de Napoleão foi afogado no líquido de Baco durante a Guerra da Península.[3] Mas esse lugar também conta a história de um toureiro que era tão corajoso que virou taberneiro.

O estabelecimento localiza-se na *Calle* Mesón de Paredes, 13, não longe da Praça Tirso de Molina e nem da cabeceira do popular

1 ROMERO, Luis. *Libro de las tabernas de España*. Barcelona: AHR, 1956. p. 52-53.

2 *Ibidem*, p. 49-54.

3 Ver capítulo: Geografia das sociabilidades: a taberna no espaço público madrileno.

bairro de *El Rastro*, que, como já dito, tanto causou repulsa ao escritor francês Jean-Charles Davillier.[4]

O nome da rua faz menção a um *mesón*[5] que teria pertencido a José María Pérez, de sobrenome Paredes, emigrado de um povoado de *La Mancha* onde uma autoridade teria cortejado sua mulher enquanto ele dormia de uma bebedice feroz. Pois esse Mesón de Paredes, instalado em *El Rastro*, após estratégica diáspora, era célebre por seus bons vinhos e cozinha. Pelo fato do comedor ter criado boa fama, tornou-se referência, o que levou os populares a designarem o logradouro com seu nome. Ana, a esposa aliciada, inventou o famoso *emparedado*, cujo segredo era deitar uma fatia de *jámon* entre dois pedaços de pão.[6]

Sabe-se que a Taberna Antonio Sánchez já existia no ano de 1830. O primeiro dono de que se tem notícia foi um matador de touros chamado Cara Ancha, sucedido pelo *picador*[7] Colita, que a adquiriu por volta de 1870. Converteu-se com o tempo em um dos sítios mais taurinos de Madri.

Em 1884 foi comprada por Antonio Sánchez Ruiz, um comerciante de vinho de Valdepeñas, que a batizou pela alcunha por qual é conhecida na atualidade. Há referências dessa taberna já instalada

4 Sobre o assunto ver capítulo intitulado A ÁFRICA COMEÇA AO SUL DOS PIRINEUS: LEITURA DOS VIAJANTES SOBRE O COMER E O BEBER MADRILENOS.

5 Os *mesones* albergavam os viajantes com cavalos. MONTOLIÚ CAMPS, Pedro, *Op. Cit.*, p. 212. Trata-se de uma instituição muito espanhola fundada no medievo. É um assento onde se vende vinho, serve-se comida cozida ou em forno de assar e ocasionalmente se oferece alojamento. GARCÍA DE OTEYZA, Carlos Osório, *Op. Cit.*, p. 105.

6 DÍAZ, Lorenzo. *Lucio : historia de un tabernero*. Madrid: Ediciones B, 1996, p. 89-90.

7 Toureiro que, montado a cavalo, pica os touros com uma vara. *Diccionario de la Real Academia Española*. Disponível em: <http://lema.rae.es/drae/?val=picador>. Acesso em: 20 ago. 2015.

nesse endereço e a titulação de Antonio Sánchez nos almanaques de Madri de 1894, 1905 e 1911.[8]

A família do taberneiro morava nos fundos, onde hoje é o comedor.[9] Ainda no século XX, período a partir do qual as divisões de espaço passam a ter um caráter mais burguês e compartimentado, grande parte dos taberneiros residiam nas traseiras e altos desses estabelecimentos, denotando uma mistura de usos e funções, muito característica desses negócios populares, de trabalho e moradia, público e privado, circulação e bebedeiras.

8 Sanchez (Antonio), Mesón de Paredes,15. *Anuario del Comercio, de la Industria, de la Magistratura y de la Administración.* Madrid: Bailly Bailliere e Hijos, 1894. p. 438; Vinos Sánchez (Antonio), Mesón de Paredes, 15. *Anuario Almanaque del Comercio de la industria de la magistratura y de la administracion de España, sus colonias Cuba, Puerto Rico y Filipinas, estados hispano-americanos y Portugal.* Madrid: Bailly-Bailliere, 1905. p. 733;Vinos Sanchez (Antonio), Mesón de Paredes, 15. *Anuario Almanaque del Comercio de la industria de la magistratura y de la administracion de España, sus colonias Cuba, Puerto Rico y Filipinas, estados hispano-americanos y Portugal.* Madrid: Bailly-Bailliere, 1911. p. 811.

9 DÍAZ-CAÑABATE, Antonio. *Historia de una taberna.* Madrid: Espasa-Calpe, 1963, p. 34.

Fachada da Taberna de Antonio Sánchez. 2013. Foto: Daisy de Camargo

Interior da Taberna de Antonio Sánchez, 2011. Foto: Daisy de Camargo

As especialidades da casa não mudaram muito desde sua fundação: são pratos caseiros como o *rabo de toro, cocido madrileño, caracoles, morcilla con pasas, huevos estrelados, torrija*, muito vinho, tomado por motivos múltiplos, inclusive para impedir a constipação.[10]

Essa última iguaria, vultuosamente difundida por Dolores Ugarte, mulher de Antonio Sánchez Ruiz, era constituída por um pedaço de pão frito com leite e açúcar, perfeita para rebater o vinho, a preço de quinze céntimos, suprassumo da sofisticação da necessidade na sua plenitude. Segundo o escritor Díaz-Cañabate, que escreveu um romance balizado na taberna de Antonio Sánchez, a *torrija* era a verdadeira riqueza dos bairros baixos:

> A "torrija", como todo manjar simples, é deliciosa. A "torrija" não é nada: é um pedaço de pão frito com adição de leite e açúcar. (...) As "torrijas" não são alimento. A "torrija" é o supérfluo. Um luxo que valia dez, quinze cêntimos. (...) A glória da divulgação das "torrijas" entre o povo madrileno deve-se inteiramente à senhora Dolores Ugarte, mulher de Antônio Sánchez Ruiz. Ela foi a artífice perfeita desta jóia culinária insuperável. (...) E as gentes caíram sobre elas com a voracidade de um Pizarro no Perú, e de um Hernán Cortés no México, assombrados, a boca cheia de água. Haviam descoberto o tesouro das delícias ao preço de quinze cêntimos. Uma fonte de "torrijas" da casa de Antônio Sánchez era o Peru dos bairros baixos.[11]

No mais, o estabelecimento é uma verdadeira entidade madrilena. Ainda vigoram os bancos corridos – quinta-essência da simplicidade e da versatilidade – voltados para uso coletivo e um balcão original de madeira onde serve-se vinhos.

Até os anos de 1970 havia fregueses que traziam pão e chouriço (era permitido carregar merenda da rua) e pediam vinho para acom-

---

10 DÍAZ CAÑABATE, Antonio, *Op. Cit.*, p. 19, 45, 177.

11 *Ibidem*, p. 19-22.

panhar, hábito bastante espanhol relatado por Clara Pitt Byrne em sua passagem por Madri na década de 1860, onde se aquecia a comida carregada de casa. A conversação ultrapassava as mesas e os paroquianos em grande parte se conheciam. Embora atualmente não se possa dizer que todos têm familiaridade e a clientela, típica de uma metrópole, é plural, juntando vizinhos íntimos e estrangeiros curiosos, quando a taberna está cheia, ainda é comum que estranhos sejam ajeitados numa mesma mesa.[12]

Essa descrição atual de arranjo do espaço interno e dos objetos é a mesma relatada por Antônio Díaz–Cañabate em seu livro. O escritor era assíduo frequentador desse comércio e tornou-se amigo de Antonio Sanchez, com quem dividia vinhos, gargalhadas, barulhos e borracherias na bodega:

> Antônio Sánchez enfrasca vinho. O vinho, enquanto cai da "tinaja" para a jarra, sempre ri; e o riso do vinho é uma gargalhada dos quinze anos, daquelas que soltamos sem saber o porquê. Chegam até a bodega silenciosa os ruídos da rua. [...] Na bodega chegam todos esses ruídos como eco de um mundo distantíssimo. A bodega parece estar fora da cidade, e as "tinajas" e nós estranhamos esses ruídos que perturbam o sossego íntimo em que nos encontramos ante o vinho puro e bom, dormindo tranquilo no seu leito de barro cozido de Colmenar de Oreja. [...] Por isso bebemos os copos que nos serve Antônio Sánchez, para provar o vinho das diferentes "tinajas" com tento e moderação, ritualmente, como corresponde ao ambiente de convento laico que é uma bodega. [13]

O filho mais velho de Sánchez, Antonio Sánchez Ugarte, tornou-se toureiro. Dessa época são as duas impressionantes cabeças de touro que vigiam a entrada do alto de suas paredes. Um deles é de

12 GARCÍA DE OTEYZA, Carlos Osório, *Op. Cit.*, p. 39-41.

13 DÍAZ-CAÑABATE, Antonio, *Op. Cit.*, p. 43 e 45.

Fogoso, com o qual tomou a alternativa o toureiro-taberneiro Sánchez em 1922. A outra é de um animal enfrentado em 1902 por outro toureiro do bairro: Vicente Pastor, *El Chico de la Blusa*.

Sánchez Ugarte retirou-se na temporada de 1929, quando foi ferido de morte levando mais de vinte corneadas de um touro. Depois desse acidente ficou prostrado por mais de dois anos e meio, sustentado por morfina. Durante esse intervalo começou a pintar e fez amizade com o artista Ignácio Zuloaga,[14] que estabeleceu na taberna a sede de suas tertúlias e onde realizou exposições. Uma vez recuperado e curado dos danos, Ugarte voltou para a taberna e para o vinho, que tomava durante todos os dias até sua morte.[15]

Deste episódio criou-se toda uma hipótese de que Antonio Sánchez era muito polivalente e corajoso para ser toureiro e por isso voltou a ser taberneiro, como explica Carlos Osorio García de Oteyza:

> O taberneiro perfeito deveria exercer quase tantos ofícios quanto Leonardo Da Vinci. Teria que ser bom cozinheiro, bom enólogo, bom decorador, um grande psicólogo para atender a todo tipo de clientes, um orador que saiba entreter com sua conversação, um periodista que esteja por dentro do que se comenta nas conversas públicas, e teria que ser aficcionado por música, pintura, tourada... Imagina-se que era assim Antônio Sánchez, o genial proprietário da tasca de mesmo nome durante boa parte do século XX. O que queria Antônio Sánchez era ser toureiro, o que tentou repetidas vezes. Mas o bom Antônio era demasiado valente e os touros chifraram-no até vinte vezes.[16]

---

14 Ignacio Zuloaga Zabaleta (Eibar, País Basco, 1870 – Madri, 1945) foi um importante pintor espanhol conhecido por uma obra marcada pelo costumbrismo.

15 GARCÍA DE OTEYZA, Carlos Osório. *Op. Cit.*, p. 39-40 e DÍAZ CAÑABATE, Antonio. *Op. Cit.*, p. 70.

16 GARCÍA DE OTEYZA, Carlos Osório; BENÍTEZ, Álvaro. *Tabernas de Madrid*. Madri: Ediciones La Librería, 2008, p. 14-15.

Mas também é certo que algumas tabernas são taurinas, frequentadas por gente do *métier* e inclusive o vocabulário inerente a esse universo e o tabernal muitas vezes se misturam. É o caso da *banderilla*, objeto que se utiliza para perfurar o touro, termo emprestado do repertório da tauromaquia e que na arena tabernária se refere a um palito em que se espeta várias conservas, pescados ou moluscos. Essa iguaria também é denominada *torera.* Outro verbete em que os dois mundos se mesclam é a *tinaja*, recipiente para armazenamento de vinho que, inadvertidamente, nas bodegas madrilenas estão sempre pintadas de cor do sangue de touro.[17]

De todo modo, é inteligível que haja a crença de que é mais fácil ser toureiro do que taberneiro. Trata-se de uma vida difícil, em que é necessário driblar clientes, adversidades e conflitos. Além do mais, o taberneiro tem de estar sempre presente no estabelecimento. Dizia Antonio Sánchez: "Se não estou na taberna, não se bebe tanto vinho; tomam um copo, perguntam por mim e vão embora."[18]

Pede premência a pólvora da coragem e destreza, sem que nada nem ninguém lhe passe por um piscar de olhos. É como se ele sempre tivesse que pousar o olhar de sobreaviso na porta de chiqueiros de onde saem os touros para a batalha, atento para enfrentar qualquer surpresa desembestada.

Fale com eles: o taberneiro marcial

Fui recebida por Don José Alberto, dono da taberna *Malacatín*, entre os barulhos de pratos, copos e panelas da cozinha, que já na altura das 11 horas da manhã, girava a todo o vapor em torno do *cocido*. O estabelecimento fica na *Calle* Ruda, n. 5.

---

17 DÍEZ DE PALMA, Jesús, *Op. Cit.*, p.13, 56-57. Esse objeto será tratado mais detidamente no capítulo Armadilhas de virtude e perversão.

18 DÍAZ-CAÑABATE, Antonio, *Op. Cit.*, p. 73.

Essa rua[19] localiza-se em *El Rastro*, que, como já descrito anteriormente, é um nicho tabernal popular. José A. Nieto descreve-a como uma entrada para o bairro, pela *Plaza del Rastro*. Nesse logradouro, já no final do XIX e começo do XX, reinavam os vendedores ambulantes de verduras (entre limões, repolhos, escarolas) e pescados, dispostos em cestas.[20] E, claro, haviam muitas tabernas que recebiam o vinho que chegava na cidade pela *Calle de Toledo*, uma das portas de Madri.

Portada da Taberna *Malacatín*. 2013. Foto: Daisy de Camargo

19 Calle de la Ruda (Entre la plaza de Cascorro y la Calle de Toledo) *"No plano de Teixeira (1656) aparece sem nome; no de Espinosa (1769) com o atual. Até aqui se estendia até o convento da Latina no qual havia um importante canteiro de arrudas. [em espanhol, "ruda"] Posteriormente, quando se construíram casas estas foram dando forma à rua que tomou o nome de Ruda."* SANCHES BLÁSQUEZ. Eloy. *Calles del centro histórico de Madrid con rótulos en cerámica*. Madrid: Visión Libros, 2012, p. 439.

20 SANCHES, José A. Nieto. *Historia del Rastro: La Forja de un símbolo de Madrid* (1905-1936). Madrid: Editorial Vision Net, 2004, p. 25.

A *Malacatín* foi fundada por Julián Díaz García, proveniente de Horcajo de Santiago, Cuenca, em 1895. Foram encontradas algumas citações sobre o estabelecimento em alguns registros de almanaques:

> **1905: (Vinhos)** Díaz (Julian), Ruda, 5.[21]
> **1911: (Vinhos)** Díaz (Julian), Ruda, 5.[22]

Conchita, a mãe de José Alberto, faleceu muito jovem e ele assumiu o serviço numa idade bastante pueril. Entretanto, narra a herança do trabalho prematuro com muita naturalidade, pois segundo ele, estava sendo preparado desde pequeno para o ofício.[23]

A taberna continua, portanto, sendo gerenciada pela mesma família, tradição tabernal ainda existente em vários estabelecimentos madrilenos como *Oliveros, El Anciano, Paco, El Abuelo*. Trata-se da transmissão de geração para geração de um saber acumulado secular presente nos rituais do beber, comer e também no ofício de taberneiro.[24]

21 *Anuario Almanaque del Comercio de la industria de la magistratura y de la administracion de España, sus colonias Cuba, Puerto Rico y Filipinas, estados hispano-americanos y Portugal.* Madrid: Bailly-Bailliere, 1905, p. 729.

22 *Anuario Almanaque del Comercio de la industria de la magistratura y de la administracion de España, sus colonias Cuba, Puerto Rico y Filipinas, estados hispano-americanos y Portugal.* Madrid: Bailly-Bailliere, 1911, p. 806.

23 RODRÍGUEZ, José Alberto. Entrevista concedida a Daisy de Camargo. Madri, 27 jun. 2013.

24 GARCÍA DE OTEYZA, Carlos Osório; BENÍTEZ ÁLVEZ, Álvaro, *Op. Cit.*, p. 15.

Interior da Taberna *Malacatín*. 2013. Foto: Daisy de Camargo

José Alberto, da quarta geração no comércio, conta sobre os primórdios de sua taberna e sobre seu bisavô:

> Julián Díaz era meu bisavô e ele veio de um povoado de la Mancha para trabalhar de empregado. Ele começou aqui de empregado, de menino de recados. O dono disto, que ainda não era uma taberna, era uma venda, deixou-lhe o negócio e ele decidiu montar uma taberna. Mas não tinha luz, não tinha água, não tinha gás. Então ele começou.... O restaurante chegava até aqui, até esse arco... E começou a servir vinhos, a servir licores e começou a funcionar bem. E logo quando começou a ganhar dinheiro, comprou o piso de cima e ampliou o restaurante até mais para lá. Ele teve dez filhos. E, exceto um, eram todas mulheres; uma delas era minha avó, que foi a única que quis continuar o negócio.[25]

25 RODRÍGUEZ, José Alberto. Entrevista concedida a Daisy de Camargo. Madri, 27 jun. 2013.

O trabalho de Julián foi continuado por duas gerações de mulheres: Florita (sua filha) e Conchi (neta). Devido à predominância da presença feminina, a tasca foi chamada de *Las Chicas*. De primeiro, e durante uns quinze anos, era conhecida como *Vínos Díaz*, sobrenome do proprietário. Entretanto, no começo do século XX ganhou outro apelido popular, por conta de uma música repetitiva entoada com guitarra por um tipo de rua que frequentava o estabelecimento para tomar vinhos:

> O nome Malacatín começou em 1910. Tudo veio com um amigo que vinha tocar com uma guitarra e sempre cantava a mesma canção, sempre cantando. As pessoas, para que ele cantasse, pagavam-lhe vinhos. Meus bisavós também pagavam-lhe vinhos e ele ficava por aqui no ambiente da taberna. Mas só sabia tocar uma canção. E uma parte da canção era: "Tiriri Malacatín, vamos onde vai Malacatín para que cante". (Risos) E por isso deram ao lugar o nome de Malacatín, por conta do homem que vinha aqui tocar guitarra.[26]

A filha mais nova de Díaz, Florita, se encarregou do negócio juntamente com seu marido Isidro. Florita conheceu Isidro no *Malacatín*, e como este fez muita algazarra e arrasta-pés, ela expulsou-o do local. Foi o suficiente para que Isidro se apaixonasse pela taberneira:

> Foi a única de todos os irmãos que quis trabalhar aqui. E aqui conheceu meu avô. Sim, porque no dia em que eles se conheceram minha avó colocou-o para fora da taberna. Porque meu avô veio com uns militares aqui, e puseram-se a cantar. Então minha avó expulsou-o da taberna. E no dia seguinte meu avô

26 RODRÍGUEZ, José Alberto. Entrevista concedida a Daisy de Camargo. Madri, 27 jun. 2013.

> veio pedir desculpas e para falar com meu bisavô para pedir para sair com minha avó...[27]

Ocorre que Isidro era militar e seguiu servindo a caserna por algum tempo mesmo depois de esposar Florita. Mas foi abduzido pelo espaço tabernal e, também dominado pela pólvora da coragem, tornou-se taberneiro. Foi com esse casal que o *Malacatín* começou a ganhar nome com o preparo do *cocido*, costume passado por sucessivas gerações que se iniciou quando se esquentavam na casa as marmitas de *puchero* dos trabalhadores do entorno,[28] e tornou-se o prato que demarca a fama do estabelecimento.

Logo depois do matrimônio Isidro assumiu o balcão a servir os vinhos. Por conta de hábitos resquícios de ex-legionário, tratava os paroquianos de maneira muito bélica e marcial, tal como lidava com seus recrutas.

Florita, por sua vez, ao perceber a falta de molejo nos modos do marido ex-sargento, gritava-lhe em conselhos: "Fale com eles! Fale com eles!"[29] Lógico que Florita, de família tradicional no ramo, sabia que para ser um taberneiro é necessário muito mais do que a bravura de se libertar do quartel. É preciso ser múltiplo. Não trata-se simplesmente de vender um vinho ou uma cerveja. Há que saber ouvir, beber, falar, interagir.

Puxando para os dias atuais, essa demanda da arte da conversação parece bastante avessa às figuras robóticas espalhadas e replicadas à exaustão pelas franquias do *fast food*, como esmiuçarei mais adiante.

Pedro Almodóvar bebeu dali,[30] de alguma criatura similar a Florita Díaz Garcia, um ensinamento auspicioso que qualquer cria-

---

27 RODRÍGUEZ, José Alberto. Entrevista concedida a Daisy de Camargo. Madri, 27 jun. 2013.

28 GARCÍA DE OTEYZA, Carlos Osorio, *Op. Cit.*, p. 70.

29 *Ibidem*, p. 70 e RODRÍGUEZ, José Alberto. Entrevista concedida a Daisy de Camargo. Madri, 27 jun. 2013.

30 Referência ao filme *Fale com Ela*, de Pedro Almodóvar, Madri, 2002.

tura humana deveria aprender em voz repetidamente interpelada: "Fale com eles!"

O namorado da guitarra

Na primeira vez que fui à taberna *Tienda Vinos* - localizada na *Calle* Augusto Figueroa, n. 35 - suas portas sólidas e pesadas de madeira vermelha estavam fechadas. Nenhum acudido serviçal surgiu resfolegante para me sequestrar da rua. Mas insisti com um safanão brusco. Rompi as antigas trancas e adentrei naquele mundo, dando com um pequeno mostrador onde se pode tomar um trago enquanto se espera vagas em uma mesa, e que abre caminho para um sóbrio comedor com cortinas sempre fechadas e que cheira a comida caseira e vinho.

Passei pela entrada, cruzei o ambiente socializante do balcão e sentei numa sala onde se arranjavam mesas e bancos coletivos, que comparti com simpáticos estranhos. Tomei vinho tinto da casa. Comi alcachofra, *pisto* (abóbora pisoteada com picantes), coelho com molho de tomate e batatas bravas, pratos típicos da cozinha popular madrilena.

Detalhe da fachada da Taberna *Tienda de Vinos.* 2011.
Foto: Daisy de Camargo.

Essa taberna foi fundada em 1888 por Francisco Gómez e Jacinta Pinto, procedentes de Medinaceli. Consta no *Anuário Del Comércio y de la Industria* do ano de 1911 o registro do estabelecimento já instalado com o nome desse comerciante:

> **VINHOS**
> Gómez (Francisco), Augusto Figueroa, 41.

Batizaram-na com o nome de *Tienda de Vinos* porque nela se despachava o vinho de *pellejo*[31] de Valdepeñas, que, como informa Joaquim Brotóns, era um dos mais afamados líquidos servidos nas tabernas da cidade:

> Séculos antes, quando Felipe II converte Madri em capital do reino, já chegava em carros na Corte; mas especialmente a partir de 1860, passou a funcionar o Trem do Vinho, que vinha repleto de "pellejos" de dourado néctar. Saía diariamente de Valdepeñas para repartir-se na Ciudad del Oso e Madroño, em tabernas, "mesones", "figones", "fondas", bodegas.[32]

O negócio sempre carregou esse título oficialmente. No entanto, recebeu outros apelidos populares. Nos anos 1950 a 1970 foi denominado de *Taberna Del Comunista*, por conta das reuniões de paroquianos de esquerda e anti-franquistas. Costumavam comer e beber ali os socialistas frequentadores da sede do PSOE[33] (vizinho da taberna) e do sindicato UGT,[34] além de artistas e intelectuais que visitavam amiúde o *Café Gijón*.[35] Sobre o assunto abona Ángel de Miguel, bisneto do fundador e atual taberneiro responsável pelo comércio:

---

31 Pellejo, segundo o *Diccionario da Real Academia Española*: (De pelleja). Odre (couro para líquidos). O odre de vinho ou pellejo é um dos mais antigos recipientes utilizados pelo homem. Existem vestígios de seu uso na Grécia e no Egito Antigo. Elaborado com pele curtida de animal, é utilizado para armazenar e transportar vinhos. Disponível em: < http://dle.rae.es/?id=SOoiHow>. Acesso em: 4 out. 2012.

32 BROTÓNS, Joaquín. "La Tienda de Vinos o El Comunista: vino y comidas". *Canfali*, Valdepeñas, Viernes, 31 ago. 2003, Especial Feria de agosto de 2003. p. 4.

33 Partido Socialista Operário Espanhol.

34 *Unión General de Trabajadores* (UGT), organização sindical espanhola fundada durante o *Congreso Obrero* de Barcelona de 1888.

35 Café Literário fundado em 1888 pelo gijonês Don Gumersindo García, localizado na *Paseo de Recoletos*, n. 21, Madri.

> Foi a partir dos anos 1950 quando lhe chamaram A Taberna do Comunista. Porque na época de Franco, na ditadura, aqui se juntava muita gente que era de esquerda. Então, vinha muito universitário, escritores, gente da Rádio, da Televisão. E toda essa gente lhes chamavam comunistas. Esses são comunistas! Sabe? E então ficou com o nome de Comunista, por causa da gente que vinha. Eles mesmos, os próprios clientes, um grupo de boêmios do Café Gijón, começou a chamar assim: O Comunista, Comunista. E ficou com esse nome desde os anos 1950 ou 1955, por aí. Foi quando se conheceu por O Comunista, mas sempre foram nomes populares. O seu nome mesmo de todo o sempre foi Tienda de Vinos. Por isso chamam com o nome: "La Tienda de Vinos: El Comunista."[36]

Alguns equivocados lograram dizer que esse aposto (El Comunista) é devido à portada vermelha. Na verdade era tradicional entre as tabernas, desde há muito, pintar suas fachadas da cor do vinho tinto para sinalizar que ali se vendia a bebida e, inclusive, pagava-se imposto para se ter direito a esse comércio.

Anteriormente, na década de 1930, era conhecida por *Taberna Del Guitarrista* porque o seu segundo dono, Vicente Gómez (filho de Francisco, o fundador, e tio-avô de Ángel de Miguel) era mestre nesse instrumento, que teria começado a praticar com seis anos de idade. O local era um espaço onde se tomava vinho e ouvia-se música flamenca, como muitas casas que havia em Madri nesse período.[37] A atuação passional de Vicente rendeu-lhe o codinome de "namorado da guitarra", para a qual dedicava um amor sonoro e oculto.

---

36 GÓMEZ, Ángel de Miguel. Entrevista concedida a Daisy de Camargo. Madri, 8 jul. 2013.

37 VILLÁN, Javier. "Memoria de tablaos, tabernas, cafés cantantes y colmaos: Madrid, cátedra de la copla y el cante." *Ilustración de Madrid: revista trimestral de la cultura matritense.* Madrid: n. 4, jul./set. 2007, p. 61 - 66, p. 61.

Interior da Taberna *Tienda de Vinos*: comedor, 2013.
Foto: Daisy de Camargo

Interior da Taberna *Tienda de Vinos*: comedor e balcão, 2011.
Foto: Carlos Alberto Barbosa

No ano de 1936, com o estouro da Guerra Civil Espanhola, o taberneiro guitarrista Vicente traçou uma linha de fuga do franquismo, regime do qual era crítico ferrenho, tendo imigrado de primeiro para o México e posteriormente para os Estados Unidos, onde difundiu o flamenco e a cultura espanhola. Gómez participou como compositor e intérprete de vários filmes de Hollywood. Fundou em Los Angeles a Academia de Artes da Espanha, que incluía aulas de guitarra, danças, o idioma espanhol e até corridas de touros.

Na década de 1970, quando ainda vigorava o longo exílio do "namorado da guitarra", a *Tienda de Vinos* foi gerenciada por Carmen Abad[38] e Asunción, que atendiam ao comedor e ao balcão com muita personalidade. A taberna sobreviveu à noite louca do bairro de *Chueca* e à *Movida Madrileña,*[39] com a explosão de jovens nas ruas e noites que ganham mais fôlego para respirar e se expressar (sobretudo no campo das culturas alternativas e subterrâneas) no encadeamento da Espanha pós-Franco.

Como já foi dito, atualmente está no comando Ángel de Miguel, filho de Carmen, mas essa última continua no compasso da cozinha (juntamente com a esposa de Ángel, Cristina), o que soma mais de sessenta anos de saber acumulado na feitura da comida.

A *Tienda* também sobrerrestou à ditadura e seus tentáculos nebulosos, assim como Vicente Goméz, o guitarrista, que voltou para Madri e sua taberna depois que Franco se foi, reunindo toda a família para vinhos e música.

---

38 Conforme o que foi aferido da árvore genealógica familiar, Saturnino, filho dos fundadores, seguiu os passos dos pais na regência da taberna. De seus três filhos, Ángel, pai de Ángel de Miguel, foi quem continuou o negócio. Posteriormente, Carmen, vinda de Guadalajara, foi contratada para ajudar nos serviços. Carmen e Ángel se apaixonaram e se casaram, donde nasceu Ángel de Miguel.

39 Movimento contra-cultural que eclodiu nos primeiros anos da Espanha pós-franquista.

Ele nunca esqueceu que as rodadas de vinho e aguardente estão para as *juergas* de flamenco: ambas são preceitos de oferenda, intercâmbios e rixas amistosas. Esses rituais de competição e fraternidade subsistem nas bordas do mundo cotidiano ultrapassando capas recentes de "civilização".[40]

Um anjo contra o dragão do exibicionismo

— Se entrega, Corisco!
— Eu não me entrego, não!
Sérgio Ricardo

Quando me aldravei à porta da taberna *Tienda de Vinos* para procurar Ángel de Miguel, o responsável pelo estabelecimento, sua mãe interrompeu a limpeza do recinto para ir ter comigo. Posteriormente aproximou-se o seu primo, retrucando minhas perguntas com contestações, daquelas de que os viajantes do século XIX tanto reclamavam: "De onde você é? Da parte de quem? O que você quer?"[41] Diante das minhas justificativas, ouvi que Ángel estava no mercado para as compras da comida do dia e que voltaria mais tarde, podendo me atender só depois do serviço do almoço.

Mas já desde minha experiência iniciática, de pronto a lição que tomei era que a *Tienda de Vinos* não era lugar para amadores. Era para espertos. O território não é do tipo que se oferece descaradamente ou engole turistas como um rodamoinho truculento. Como explica Ángel de Miguel, a taberna não é uma vitrine que expõe quem está por dentro e traga quem passa por fora:

40 SCHIVELBUSCH, Wolfgang, *Op. Cit.*, p. 208.

41 Sobre o assunto ver capítulo intitulado A África começa ao sul dos Pirineus: leitura dos viajantes sobre o comer e o beber madrilenos.

> Sempre dizem que gente chama gente. Então você tem um local com vitrines, todo aberto, e você vê que há gente dentro, você vai e entra. Então nós seguimos mantendo a tradição como se fazia antigamente, por isso as cortinas. Não temos muita publicidade lá fora, nem todas essas coisas. Porque antigamente era o que se fazia, você ia a um sítio porque você gostava, não porque via gente ou por moda e nem sabe onde entra. Hoje em dia é a moda, as pessoas vão por ir, sabe? Simplesmente viu gente e pronto! "Se há gente, nós entramos." Então, nós, nesse aspecto, seguimos mantendo como antigamente: o balcão, a área de comedor... Há muita gente que vai para as janelas e pega a cortina e diz: "Olhe! Por que não deixam aberto para que se veja?" Pois eu digo: "Porque não. Porque realmente isso não era assim antigamente." Uma cafeteria sim. Você ia a uma cafeteria para tomar um café e estavam todas as vitrines. Mas... Você está comendo aqui e não gosta que lhe estejam observando pela rua. Hoje em dia isso não se usa mais, sabe? Digamos que as pessoas estão virando, como se diz, mais exibicionistas, não?[42]

Nesse sentido, pode-se dizer que o taberneiro Ángel de Miguel, esse jovem quase imberbe, é um anjo que não se entrega ao dragão do exibicionismo, à dramatização da cena pública e de uma sociedade que gira em torno e cria uma identidade movediça a partir do consumo, como coloca Michel de Certeau:

> Sabe-se que não há carteira de identidade nos EUA; é substituído pela carteira de motorista e pelo cartão de crédito, ou seja, pela capacidade de atravessar o espaço e pela participação em um jogo de contratos fiduciários entre cidadãos norte-americanos.[43]

---

42 GÓMEZ, Ángel de Miguel. Entrevista concedida a Daisy de Camargo. Madri, 8 jul. 2013.

43 MICHEL DE CERTEAU, "Californie, um Théâtre de Passants", *Autrement*, Paris, n. 31, abr. 1981, p. 10-18, p. 17.

Fredric Jameson também ajuda a entender esse fenômeno da espetacularização dos ambientes quando coloca que a economia transforma-se em questão cultural, com o culto do perdulário, quando um indivíduo passa a querer o que o outro tem, a ir onde o outro vai e assim sucessivamente, numa réplica estéril:

> A serialidade também desempenha um papel importante: a imagem que os outros fazem do carro ou do cortador de grama influenciam minha decisão de compra (e assim podemos perceber como o cultural e o econômico se transmudam, de novo, no social). Nesse sentido, a economia se transforma em uma questão cultural, e talvez seja possível pensar que, nos grandes mercados financeiros, a imagem cultural acompanha a firma cujas ações compramos ou deixamos de comprar.[44]

O território tabernal não pode ser visto só como espaço físico, mas como campo de cultura que confronta uma infantilização dos hábitos de dilapidação no mundo contemporâneo, cuja fugacidade parte da espera da próxima pose para a foto. Trata-se, portanto, de um embate frente ao empobrecimento da experiência.

Acredito que vale a pena nesse momento situar essa resistência da taberna ao mundo da encenação pavonada sob a luz de outras colocações de Jameson sobre o momento pós-moderno, no qual o capitalismo impregna-se de tal maneira na esfera cultural, que ocorre um enfraquecimento da temporalidade e da historicidade, uma descontextualização dos objetos, uma predileção pela superfície e uma neutralização dos conteúdos.

Nesse encadeamento, a arquitetura, a organização dos espaços e as relações de troca não são mais pensadas para o homem, mas sim para o *business*. É diante desse panorama que vivemos atualmente

---

44 JAMESON, Fredric. *A cultura do dinheiro: ensaios sobre a globalização.* Petrópolis: Vozes, 2001, p. 22.

num panóptico globalizado, em que, sem dúvida alguma, se insere o mundo fácil, disseminado e superficial do *fast food*, que não guarda tradições e nem experiências, no avesso das tabernas históricas, que guardam um largo e longo aforamento de hábitos e saberes.

E foi na noite surda da crise dos referenciais da modernidade que Jameson traçou uma quase metáfora, de um salto para um abismo sem fundo e sem volta na distância percorrida entre duas imagens: *Sapatos de Camponês* de Van Gogh e os *Diamond dust shoes* de Andy Warhol. A primeira é pura historicidade que aflora no cheiro da terra e na remetência de um universo do trabalho e do campo. Traz à tona um universo ausente na estridência de um colorido utópico. Sobre o assunto, relata Van Gogh, em carta endereçada a seu irmão, Théo: "Se uma pintura de camponeses cheira a toucinho, a comida, a batatas, perfeito! Isso não é nocivo; se um estábulo cheira a esterco, bom! É por isso mesmo que é um estábulo."[45]

Sapatos de *Camponês* de Vicent Van Gogh, 1887. Baltimore Museum of Art.

45 VAN GOGH, Vicent. *Cartas a Théo*. Porto Alegre: L&PM, 1991, p. 100-101.

***Diamond dust shoes*, Andy Warhol, 1980.**
Fundação Andy Warhol. Nova Iorque.

Já os Sapatos de Warhol são um pedaço de vitrine congelada. Não apresentam sinais de sua vida anterior; não remetem a nada, não se relacionam, como explana Jameson:

> Aqui, ao contrário, é como se a superfície externa colorida das coisas – aviltada e previamente contaminada por sua assimilação ao falso brilho das imagens da propaganda fosse retirada para revelar o substrato mortal branco e preto do negativo fotográfico, que as subtende.[46]

Cabe aqui ainda mais um paralelo, estabelecido por Jameson, entre as sequências de Marilyn Monroe de Warhol e *O Grito* de Edvard Munch. Mais uma vez percorre-se um *zap* entre as séries mercadológicas que sobrevivem até na representação de figuras humanas, imagens

46 JAMESON, Fredric. *Pós-Modernismo: a lógica cultural do capitalismo tardio.* São Paulo: Ática, 2004. p. 34.

típicas da cultura pós moderna, em desconcerto com um quadro do alto modernismo, que é puro sentimento. Seu nome faz juz à sua vibração icônica. É literal: chegamos a ouvir o grito que se despreende de uma boca desesperada e repleta de angústias. Trata-se de uma arte que tem como tema o caráter problemático da existência humana no mundo moderno. Já no pós-modernismo, com o fim do ego burguês, do estilo, da pincelada individual, ocorre o esvaziamento dos problemas, o esmaecimento dos afetos, a liberação de qualquer tipo de emoção, o esnobismo puro. Não que os produtos culturais pós-modernos sejam de todo destituídos desses sentimentos, mas sim que eles são auto-sustentados e impessoais.

Edvard Munch, *O Grito*, 1893. Galeria Nacional. Oslo.

Marilyn Monroe, Andy Warhol. 1967c.
Fundação Andy Warhol. Nova Iorque.

Mas o esmaecimento dos afetos é também o embotamento da temporalidade, da historicidade. Agora o que vigora não é mais o tempo, mas as categorias de espaço:

> Entretanto, foi-nos dito com frequência que agora habitamos a sincronia e não a diacronia, e penso que é possível argumentar, ao menos empiricamente, que nossa vida cotidiana, nossas experiências psíquicas, nossas linguagens culturais são hoje dominadas pelas categorias de espaço e não pelas de tempo, como o eram no período anterior do alto modernismo.[47]

Essa regressão, essa falta de depuração das sensibilidades é demarcada pelo fim da diacronia (o não contemporâneo, o vir a ser, a prospecção, o sujeito como projeto) que foi zerada no estado bruto.

47 *Ibidem*, p. 43.

Hoje o que prevalece é a sincronia, o contemporâneo, o bombardeio de imagens que não dizem, os mostradores gritantes de narcisismos ambulantes, os lugares de vidro de que fala Ángel, onde as pessoas não vão para comer, beber, encontrar conhecidos, trocar impressões, interagir, mas sim para serem vistas.

Os sítios do exibicionismo têm um roteiro estabelecido, um texto pré-fabricado, como a voz eletrônica que nos fala no terminal bancário, esse discurso robótico que serve para um e para todos e leva à fabricação de um homem sem rosto e sem individuação. Eles necessitam de um vocabulário generalizado que funcione em qualquer circunstância. Por isso não se relacionam nem com o entorno imediato e nem com a história. Mais especificamente, enquanto o lugar-vitrine é clonável, é sempre o mesmo, a taberna é um conjunto único de improvisações e soluções sobrepostas. As regras, táticas e comportamentos que norteiam o ato de beber e comer nesses estabelecimentos são, portanto, vestígios de tempos remotos, que são recriados e reatualizados, com outras ordenações, fórmulas, libações, saudações, dizeres.

Tudo na taberna, a comida, a bebida, o vocabulário gestual – é de resistência. Resistência a quê? À pasteurização dos modos de vida, à gastronomia empertigada, à *gourmetização*, à decoração *clean*, ao atendimento roteirizado (cumprimentar, sugerir, anotar, registrar, montar, entregar, agradecer, comer, rua),[48] à uniformidade e padronização, à bazófia cabotina e barata.

Pois bem, diante desse cotejamento, pode-se dizer que os lugares de vidro são os *Diamond dust Shoes* e as sequências de Marilyn de Andy Warhol: recorte de vitrine intangível a-histórica e esvaziada. A taberna são os *Sapatos de Camponês* de Van Gogh e *O Grito* de Munch:

---

48 ALVES, Carmen Lucia Rodrigues. *O Evangelho segundo o McDonald's: um estudo sobre o processo de produção da fast food.* Dissertação (mestrado em História), PUC/SP, São Paulo, 2006. p. 58.

temporalidade, vida pulsando e história dos sentidos que jorram contra a correnteza.

5. Armadilhas de virtude e perversão: sobreviver no universo das normas sanitárias e numa sociedade bulímica

Tudo engarrafado e etiquetado: as normas sanitárias da comunidade européia

> Aqui se impõe uma primeira constatação: o cuidado do corpo, ou, inclusive, a atitude preventiva contra o mal não foram inventados pelo mundo contemporâneo. São inumeráveis os procedimentos antigos tendentes a ativar os órgãos, a preservá-los de qualquer ataque externo. Segunda constatação: sobrevivem os grandes pontos de referência; a vontade de depuração, por exemplo, atravessa os tempos, unida ao temor dos desejos que ameaçam o corpo com uma decomposição inexorável. As imagens de força também atravessam o tempo: a imagem, imediata, dos alimentos ou das bebidas; ou a imagem, mais elaborada, que provém do exercício, o regime de vida ou a farmacopéia. Força e depuração: dois princípios que, desde há muito, regem o cuidado do corpo.
>
> Georges Vigarello

Dos miados dos gatos aos gritos dos engenheiros

Até o final do século XIX e avançando pelo XX o mascote tabernal madrileno predominante era o gato, que também se dispunha a capturar ratos e insetos pedestres dos quais é melhor nem mencionar o nome. Era um costume antigo, inclusive, atirar cascas e sobras ao chão, hábito que era visto como sinal assertivo de abundância e fartura.[1] Hoje em dia, entretanto, os taberneiros recebem vistorias rotineiras de autoridades sanitárias a ponto de sofrerem de *stress* por conta das amarras entrelaçadas pelos tratados normativos de higiene.

Sobre o assunto, relata José Alberto Rodríguez, dono do Malacatín: "Está bastante controlado em Madrid, estamos bastante controlados. Há muitas inspeções, raro é o mês que não vem a polícía para averiguar os seguros, os extintores, a higiene... Está muito mais controlada."[2]

De fato, são recorrentes as visitas de agentes aos estabelecimentos, a fim de verificar o de acordo com os regulamentos da Comunidade Europeia. As tabernas são fechadas em retaliação ao uso de barris, recipientes de barro e madeira, por conta do vinho e bebidas espirituosas que não são de proveniência identificada ou que não tenham informações sobre sua procedência, forma de produção e outras especificações. Destaca-se que muitas dessas lojas tradicionais até pouco tempo eram abastecidas por fornecedores únicos de produtores das cercanias, que por vezes não tinham denominação de origem controlada,[3] sem contar os pequenos alambiques de fabricação própria que ferviam nos fundos dos comércios.

---

1 GARCÍA DE OTEYZA, Carlos Osório, *Op. Cit.*, p. 22-23.

2 RODRÍGUEZ, José Alberto. Entrevista concedida a Daisy de Camargo. Madri, 27 jun. 2013.

3 GARCÍA DE OTEYZA, Carlos Osório, *Op. Cit.*, p. 32.

Segundo os taberneiros, as mudanças nos hábitos de distribuição e venda de líquidos foram as principais consequências das regras estabelecidas recentemente na zona do Euro. Em tempos idos o vinho era trazido em *tinajas* ou barris e servido em jarras. Atualmente, porém, segundo as normas vigentes da União Europeia, a garrafa é o único recipiente legalmente consentido e sancionado. Sobre o assunto, relata Ángel de Miguel:

> Ángel: Antigamente nos traziam em "tinajas", em seguida em garrafas. Hoje vem tudo já engarrafado, por normativa européia, vem tudo engarrafado. Mas seguimos tendo o mesmo vinho, a mesma casa, o mesmo vinho, há cinquenta, sessenta, há cem anos.
>
> Daisy: E você não pode mais vender vinho de barril?
>
> Ángel: Não, hoje em dia já tem de estar tudo etiquetado e tudo engarrafado. Já, como digo, a granel, isso de granel já se acabou. Há que ter toda sua denominação de origem. Se não tem denominação de origem, pelo menos que venha de onde foi feito, o distribuidor e isso...[4]

Conforme o Regulamento n. 479 de 2008 do Conselho Europeu, que estabelece a organização comum no mercado vinícola, as denominações de origem e indicações geográficas protegidas no território comunitário deverão estar sujeitas a controles.[5] No que diz respeito às regras de rotulagem e apresentação, a mesma legislação es-

---

4 GÓMEZ, Ángel de Miguel. Entrevista concedida a Daisy de Camargo. Madri, 8 jul. 2013.

5 REGULAMENTO (CE) N. o 479/2008 DO CONSELHO de 29 de Abril de 2008 que estabelece a organização comum do mercado vitivinícola, que altera os Regulamentos (CE) n.o 1493/1999, (CE) n.o 1782/2003, (CE) n.o 1290/2005 e (CE) n.o 3/2008 e que revoga os Regulamentos (CEE) n.o 2392/86 e (CE) n.o 1493/1999. Disponível em: <div style=""><img alt="" id="DCSIMG" width="1" height="1" src="http:// eurlex.europa.eu/dcszgmkqs100008qxd83quum3_9q5x/njs.gif?dcsuri=/

pecifica uma série de indicações obrigatórias somadas à exigência de documentos de acompanhamento para circulação na comunidade:

> 1. A rotulagem e a apresentação dos produtos referidos[...] comercializados na Comunidade ou destinados à exportação, ostentam as seguintes indicações obrigatórias:
>
> a) Denominação da categoria do produto vitivinícola;
>
> b) Para vinhos com denominação de origem protegida ou indicação geográfica protegida:
>
> i) termos "denominação de origem protegida" ou "indicação geográfica protegida", e
>
> ii) nome da denominação de origem protegida ou da indicação geográfica protegida;
>
> c) Título alcoométrico volúmico adquirido;
>
> d) Indicação da proveniência;
>
> e) Indicação do engarrafador ou, em caso de vinho espumante natural, vinho espumante gaseificado, vinho espumante de qualidade ou vinho espumante de qualidade aromático, o nome do produtor ou do vendedor;
>
> f) Indicação do importador, em caso de vinhos importados;
>
> g) Indicação do teor de açúcar em caso de vinho espumante natural, vinho espumante gaseificado, vinho espumante de qualidade ou vinho espumante de qualidade aromático.[6]

---

nojavascript&WT.js=No&WT.tv=9.4.0&dcssip=www.eur-lex.europa.eu"/></div> Acesso em: 20 out. 2016.

6 REGULAMENTO (CE) N. o 479/2008 DO CONSELHO de 29 de Abril de 2008 que estabelece a organização comum do mercado vitivinícola, que altera os Regulamentos (CE) n.o 1493/1999, (CE) n.o 1782/2003, (CE) n.o 1290/2005 e (CE) n.o 3/2008 e que revoga os Regulamentos (CEE) n.o 2392/86 e (CE) n.o 1493/1999. Disponível em: <div style=""><img alt="" id="DCSIMG" width="1" height="1"src="http://eurlex.europa.eu/dcszgmkqs100008qxd83quum3_9q5x/njs.gif?dcsuri=/nojavascript&WT.js=No&WT.tv=9.4.0&dcssip=www.eur-lex.europa.eu"/></div> Acesso em: 20 out. 2016.

No que tange aos licores e bebidas espirituosas, Ángel também aponta os câmbios ocasionados pelas referidas exigências, pautadas pela febre das garrafas e etiquetas:

> Ángel: Antigamente os licores que se faziam, "aguardiente de guindas", "pacharán", "embrujo de yerbas", era você mesmo que fazia. Meus avós faziam, sabe? Isso você já não pode fazer.
>
> Daisy: Sim, você tinha um pequeno alambique...
>
> Ángel: Sim, claro. Você pegava a aguardente que se vendia. Antigamente havia bodegas em Madri que você comprava a aguardente pura. E em seguida você ia ao mercado e comprava as "endrinas", o açúcar, o que fosse. Colocava nas garrafas, deixava ali seis meses e você tinha seu licor de "guindas" ou seu "pacharán". Isso já não se pode. Você pode fazer para você para tomar em sua casa. Mas hoje em dia, qualquer coisa que você serve tem que estar etiquetado e engarrafado e essas coisas. O "pacharán" se pode fazer em uma aldeia, mas em Madri vem a Sanitária... E fecham o local, multam e fecham o local, abrem processo. Então não vale a pena, sabe? As pessoas sentem falta, mas basta que venha uma pessoa e... Então deixamos isso. Antigamente tínhamos umas garrafas grandes de cinco litros, antigas, muito grandes. E tínhamos ali o licor, as pessoas viam. E muita gente diz: "Ei, já não tem 'aguardiente de guindas'"? E digo: "Acabou". E não dizemos mais nada, sabe? Porque não se pode, tem as normas sanitárias, umas normas de engarrafados, umas coisas que... Já não se pode. Então isso foi extinto. Então com a Normativa Européia, o que se passou é que esses produtos que você mesmo fazia, caseiros, você já não pode fazer. A comida não tem problema. Você prepara o que quiser. Mas as bebidas e essas coisas engarrafadas tem que ter homologação e essas coisas. E bem! Uso as mesmas distribuidoras de vinhos de antigamente. Mas agora tudo tem que vir engarrafado na garrafa de litro e com

> rolha... Ou seja, já é muito difícil. Vamos! Nenhuma bodega agora te vende um vinho a granel em garrafões.[7]

O Regulamento n. 110 de 2008 do Parlamento Europeu e do Conselho, relativo à definição, designação, apresentação, rotulagem e proteção das indicações geográficas das bebidas espirituosas preceitua padrões específicos relativos às denominações de venda, que seriam inverossímeis no âmbito das pequenas produções de alambiques caseiros e tabernais:

> 1. Caso a designação, apresentação ou rotulagem de uma bebida espirituosa indique a matéria-prima utilizada na produção do álcool etílico de origem agrícola, cada álcool agrícola utilizado é mencionado por ordem decrescente das quantidades utilizadas.
>
> 2. A designação, apresentação ou rotulagem de uma bebida espirituosa só pode ser completada pelos termos «lote», «lotação» ou "lotado" quando a bebida espirituosa tiver sido objecto de lotação.
>
> 3. Sem prejuízo de qualquer derrogação aprovada pelo procedimento de regulamentação com controlo a que se refere o n.o 3 do artigo 25.o, na designação, apresentação ou rotulagem de uma bebida espirituosa só podem ser especificados o período de maturação ou a idade se se referirem ao mais recente dos constituintes alcoólicos e na condição de a bebida espirituosa ter sido envelhecida sob controlo oficial ou sob um controlo que ofereça garantias equivalentes.[8]

---

7 GÓMEZ, Ángel de Miguel. Entrevista concedida a Daisy de Camargo. Madri, 8 jul. 2013.

8 Regulamento (CE) n.º 110/2008 do Parlamento Europeu e do Conselho, de 15 de Janeiro de 2008 , relativo à definição, designação, apresentação, rotulagem e protecção das indicações geográficas das bebidas espirituosas e que revoga o Regulamento (CEE) n.º 1576/89 do Conselho. Disponível em: <div style=""><img alt=""id="DCSIMG"width="1"height="1"src="http://eurlex.europa.eu/dcszgmkqs100008qxd83quum3_9q5x/njs.gif?dcsuri=/

A essa altura, e para se ter uma idéia do impacto que essas alterações podem causar em legados profundos, cabe aqui historiar minimamente a tradição milenar que envolve as bebidas espirituosas e o processo de destilação. Essa técnica engloba a vaporização e posterior condensação de um novo líquido com o fim de separar e depurar suas partes constituintes. Suas origens são longínquas, com registros de vestígios arqueológicos (equipamentos de destilação) localizados na Mesopotâmia no quarto milênio a. C. Mas foram os árabes que sistematizaram e disseminaram esse saber.

Índex dessa dupla herança é a palavra *alambique*, que denomina uma espécie de destilaria. Deriva do arábico *al-ambiq*, que por sua monta advém do termo grego *ambix*, que concerne ao recipiente especialmente modelado para ser utilizado na destilação. No mesmo esteio, o vocábulo álcool traz à tona a linhagem dos líquidos destilados pelos alquimistas árabes. Descende de *al-koh'l*, um pó negro do antimônio refinado usado para maquiagem dos olhos e que passou a ser empregado pelos iniciados para nomear outras substâncias purificadas, até mesmo as líquidas.[9]

E, por sua vez, o vinho destilado, por seu alto poder de combustão, passou a ser denominado de *aqua ardens, 'água ardente'*. Evidentemente, a palavra 'ardente' denota o incêndio causado na garganta do corajoso que sorvesse esse enérgico medicamento. Essa conflagração interna, muitas vezes matizada pelo uso de ervas – como bem explica o citado Ángel de Miguel a respeito de tal alquimia exercida por seus avós – era contrapesada pela sensação de alegria e vida que sobrevinha.

Uma vez que o vinho era largamente utilizado como remédio, era um decurso natural que fossem atribuídos poderes terapêuticos

nojavascript&WT.js=No&WT.tv=9.4.0&dcssip=www.eur-lex.europa.eu"/></div> Acesso em 20 out. 2016.

9 STANDAGE, Tom. *História do mundo em 6 copos*. Rio de Janeiro: Jorge Zahar, 2005, p. 78-79.

majorados a sua versão concentrada e filtrada. Braudel cita o médico itinerante Arnaud de Villeneuve, que no século XIV deixa um escrito denominado *A Conservação da Juventude*, em que enaltece as propriedades curativas dessa água de fogo:

> A aguardente, aqua vitae, realiza este milagre, dissipa os humores supérfluos, reanima o coração, cura a cólica, a hidropisia, a paralisia, o paludismo; acalma as dores de dentes, preserva da peste.[10]

Mas é evidente que a *aqua vitae* também ganhou forte apelo popular nas tabernas por sua potência e velocidade de embriaguez, com a vantagem de poder ser produzida ou incrementada com ingredientes locais, assim como o licor de *yerbas* da taberna *Tienda de Vinos*. Braudel também aborda o espalhamento e a popularização dessa produção, inclusive na Espanha: "Gradualmente, a aguardente será fabricada em breve por todo o lado onde se encontra a matéria prima. Brotará forçosamente dos países vinícolas do Sul: a Andaluzia perto de Jerez, a Catalunha, o Languedoc."[11]

O *Almanak Mercantil* de 1808, publicado em Madri, relaciona entre os produtos taxados o *Espírito de licor de vida*.[12] De maneira quase literal, as bebidas espirituosas – tão propaladas, produzidas e consumidas em meio às tabernas – são líquidos quentes, posto que guardam o calor da água da vida, como uma vela que se afoga em seu próprio alimento.[13] A propósito do tema, observa Bachelard:

> Uma das contradições fenomenológicas mais manifestas produziu-se com a descoberta do álcool, triunfo da atividade tauma-

---

10 BRAUDEL, Fernand, *Op. Cit.*, p. 196.

11 *Ibidem*, p. 197.

12 *Almanak Mercantil ó guia de comerciantes para el año de 1808*. Madrid: Imprenta de Veja y Compañía. p. 72.

13 PONGE, Francis. *O Partido das coisas*. São Paulo: Iluminuras, 2000, p. 63.

> turga do pensamento humano. A aguardente é a água de fogo. É uma água que queima a língua e se inflama à menor faísca. Não se limita a dissolver e a destruir como a 'água-forte'. Desaparece com o que ele queima. É a comunhão da vida e do fogo. O álcool é também, um alimento 'imediato' que prontamente instala seu calor na cavidade do peito; comparadas ao álcool, as próprias carnes são 'morosas'. O álcool é, portanto, objeto de uma valorização substancial evidente. Também ele manifesta sua ação em pequenas quantidades: supera em concentração os 'consommés' mais requintados. Segue a regra dos desejos de posse realista: conservar uma grande potência num pequeno volume. Visto que a aguardente queima diante dos olhos extasiados, visto que aquece o ser inteiro na cavidade do estômago, ela demonstra a convergência das experiências íntimas objetivas.[14]

A água da vida, portanto, essa congruência de dois elementos vitais, remete à felicidade, pois ambos são quentes. O calor é um bem e uma retenção, um gozo penetrante e íntimo, mais intenso do que o olhar, a boca, a mão ou a palavra.

Em suma, com as novas diretrizes da Comunidade Européia caem por terra partes microscópicas de tradições das produções dessas bebidas espirituosas e incendiárias apontadas por Ángel, como os licores de *yerbas* e *aguardientes de guindas*, elaboradas em pequenos alambiques muitas vezes nas próprias tabernas, tal como ocorria na *Tienda de Vinos*.

Apenas para estabelecer uma combinação quanto à estética da assepsia dos restaurantes de comida rápida, refletida nos serviços padronizados, simplificados e numa imagem assentada na idéia de que o postulado "alinho" é sinônimo de ordem, há que se ressaltar que na verdade esse padrão da limpeza é o da descartabilidade, em que quase

---

14 BACHELARD, Gaston. *A Psicanálise do fogo*. São Paulo: Martins Fontes, 1994. p. 123-124.

nenhum objeto precisa ser lavado.[15] Ao contrário, na taberna, só se troca o que se quebra, como confirma Ángel: "O que está deteriorando você tem que trocar, mas é só isso. O resto tentamos manter e conservar como está há cento e vinte anos."[16]

Note-se que essa imagem "purgada" também se espalha no que diz respeito ao puritanismo, que procura depurar esses ambientes como quase castos, familiares, diria assexuados, inclusive livres de consumo de bebidas alcoólicas.[17]

Mas essa presunção higiênica não passa de especulação e estratégia de *marketing*. A verdade é que nessas lojas a situação também não é tão "imaculada" assim. Os relatos que Eric Schlosser colhe sobre a fantasia da desinfecção dos restaurantes e pontos de venda não são muito animadores. Em seu estudo a respeito das redes de *fast food*, o autor entrevistou diversos funcionários que narraram detalhes sórdidos sobre infestações de baratas e ratos[18] em meio às máquinas e mesas tão supostamente gélidas e arejadas.

Nas pistas da madeira e do barro

Havia todo um contorno de cultura material ligado às bebidas vendidas a retalho que compunha a paisagem do espaço tabernal até meados do século XX.[19] Esse cabedal perdeu um pouco de sua instrumentalidade com a regência das novas regras de higiene já citadas. Um desses objetos é a *tinaja*. Trata-se de um recipiente de barro cozido usado para guardar vinho.[20] Sua matéria-prima, a cerâmica, assume

15 FONTENELLE, Isleide Arruda, *Op. Cit.*, p. 97 e 316.

16 GÓMEZ, Ángel de Miguel. Entrevista concedida a Daisy de Camargo. Madri, 8 jul. 2013.

17 Cujo exemplo óbvio é o McDonald's.

18 SCHLOSSER, Eric. *País Fast Food.* São Paulo: Ática, 2001, p. 281.

19 MACHADO, Leocadio, *Op. Cit.*, p. 158.

20 DÍEZ DE PALMA, Jesús, *Op. Cit.*, p. 56-57. Segundo o *Dicionario da Real Academia Española*: "Vasilha grande de barro cozido, e às vezes vidrado,

acepção simbólica identificada com o claustro materno, como uma parte fêmea protetora.[21]

Também transmutou-se em quase penduricalho a *frasca* (jarra), artefato com a boca estreita e base quadrada, em geral feita de vidro, e que era muito utilizada para servir vinho.[22] Seu volume de uso caiu, posto que essa bebida tem de ser fornecida ao comerciante já engarrafada. O papel desse utensílio está mais para um veículo do líquido, como uma espécie de arca, fazendo as vezes de uma calha ou corpo provisório.

Frasca de vinho. Casa Alberto. Madri. 2011. Autor: Daisy de Camargo.

Outro componente que merece relevância é o barril, reservatório abobadado, utilizado para armazenar e transportar líquidos. É de-

muito mais largo no meio do que no fundo e na boca. [...]. Serve ordinariamente para guardar água, azeite ou outros líquidos." Disponível em: <http://dle.rae.es/?id=ZmQkoxB>. Acesso em: 4 out. 2012.

21 CHEVALIER, Jean; GHEERBRANT, Alain. *Dicionário de símbolos*. Rio de Janeiro: José Olympio, 1997, p. 221.

22 DÍEZ DE PALMA, Jesús. *Op. Cit.*, p. 29.

marcada a recorrência de alcoóis comercializados nesses contentores.[23] A madeira, do que é confeccionado,[24] desdobra em camadas de significados. É a matéria por excelência, posto que é a vegetação que vinga da terra, uma manifestação genuína da substância primal. Ela acolhe o continente bom e o calor, como uma espécie de útero, um repositório de vida.[25] Atualmente, diante da presença vigilante dos agentes sanitários, esse tonel assume outras serventias: para sentar, sustentar copos e garrafas, para enfeitar, enfim, por boniteza.

Sua conotação também perambula para outras searas voltadas sobretudo para referências metafóricas de pessoas que bebem demais do que nele está contido. Fulano é um barril. Obelix veste um barril, por ser só o que lhe cabe em suas medidas. Inúmeras e ilimitadas vezes reutilizado, ele tem muitas vidas, é forte e não exige cuidados. Tanto que é comum vê-lo junto ao chão e aos pés. Trata-se, enfim, de uma indumentária que se refaz. É submetido e passado à prova dos fluídos repetidamente sem rebentar ou rasgar, guardando cheiros e outras cores frutadas. A força é a razão de ser desse casco, envoltório que tudo supera. Nesse quesito (o da potência), ai do vidro e do barro.

---

23 *Almanak Mercantil ó guia de comerciantes para el año de 1808*. Madrid: Imprenta de Veja y Compañía, p. 201.

24 Material que na atualidade é muitas vezes substituído pelo inox.

25 CHEVALIER, Jean; GHEERBRANT, Alain, *Op. Cit.*, p. 579-580.

Barris em frente a estabelecimento. Madri. 2013.
Autor: Daisy de Camargo.

Resta-nos a sobrevivente garrafa, esse captador repleto de significações, hermeticamente cerrada e etiquetada, tal como prescrevem as tratativas dos regulamentos da União Europeia. A alusão a esse objeto é metonímico. Ele nunca é um simples invólucro. É elixir da alegria, embriaguez, e dependendo da situação, está associado ao símbolo do segredo e do sagrado, que pode ser guardado ou violado, uma vez enterrado, escondido ou lançado ao mar.[26]

Nesse continente a força do álcool transborda em efeito placebo, posto que o vidro, onde a luz deita, é translúcido. A beleza da impressão é panorâmica, o que desencadeia o "ver" e, por consequência, o antecipar do sentir e do gosto. Sem flexibilidade, não esgarça e quando rompe é perda e desgraça total.

26 *Ibidem*, p. 461.

Felinos e Dionísio: a bom bordo e na proa

Se até o começo do século XX o bicho tabernal era o gato predador de movimentos suspeitos, hoje os felinos não mais rapinam pragas ou comidas pelos assoalhos. Mas muitos hábitos não foram totalmente extirpados e resistem, sobretudo por conta da demanda de uma clientela que continua fiel. A taberna, mesmo numa cidade grande como Madri, ainda é um local de encontro dos vizinhos e da população do entorno imediato, um sítio de comunicação.

Eliminaram-se os pequenos alambiques, com suas produções de sabores e odores desabrochados no uso frequente dos barris, *tinajas* e *frascas*. Muitas fecharam, não há dúvida, sucumbidas pela miscelânea de *coffee houses* e *wine bars*. Mas outras, centenárias, na contramão do policiamento constante, são apropriadas pelos frequentadores e continuam sendo o lugar onde se atina com os amigos e toma-se vinho. Em grande parte, foram esses consumidores os responsáveis pela conservação das tabernas madrilenas tradicionais.

Releva-se que todas essas interferências técnicas e científicas relatadas, adentrando cada greta desses espaços, fazem parte de um pensamento homogeneizante em relação a hábitos históricos locais. São as regras da Comunidade Européia impondo os sistemas de higiene. Mais uma vez a engenharia a determinar normas e sufocar costumes. Mais uma vez uma ciência que vem de fora a se impor num espaço em que não lhe cabe, a saber: todo um campo de experiências coletivamente criadas e compartilhadas. [27]

Em *A Felicidade Paradoxal*, Gilles Lipovetsky faz algumas colocações interessantes acerca da dilatação das preocupações sanitárias no mundo contemporâneo. Sobre o assunto, examina o autor:

---

27 SANT'ANNA, Denise Bernuzzi. "Transformações das intolerâncias alimentares (1850-1920)." In: *História & Debates*, Curitiba, n. 1, vol. 42, 2005, p. 81-93, p. 85.

> Em semelhante contexto de sanitarização, alonga-se a lista dos elementos causadores de medos e de ansiedades. Ondas do telefone móvel, OGM (organismo geneticamente modificado), sexo, canabis, acarídeos, cigarros, raios de sol, o ar que se respira, a água que se bebe, a carne que se come, tudo é cada vez mais percebido em função dos riscos sanitários. As condições sanitárias podem ser mais seguras do que nunca, mas as ameaças são sentidas em toda parte, "tudo constitui perigo".[28]

O conceito atual de segurança sanitária atinge altos níveis de conhecimentos acerca de controle do que se consome. No entanto, paradoxalmente, esse mesmo *espertise* parece multiplicar novas manias de desordens, novos medos, advertências e histerias de domínio, bem como demandas de cuidados com o corpo de maneira autoritária e exógena. Acerca dessa "intolerância higiênica", muitas vezes embrulhada com referentes morais e imaginários, explana Georges Vigarello:

> As práticas defensivas mudam com o tempo como mudam os referentes à eficácia orgânica. A história do são e do malsão, tal como havíamos previsto, expõe em cena a história das representações do corpo, mesclando referências científicas com referências imaginárias. [...] A desconfiança em direção a uma intolerância que se pratica em nome da higiene ou a desconfiança em direção ao ressurgimento de certa ordem moral que faz da higiene uma virtude cívica.[29]

Ou seja, no parque temático do mundo contemporâneo, o gozo dionisíaco é substituído por um Narciso paranóico, adestrado, medicalizado, fixado no fanatismo de prolongamento da limpeza e da saúde do corpo. É certo que os clientes da *Tienda de Vinos* se ressen-

---

28 LIPOVETSKY, Gilles. *A felicidade paradoxal: ensaio sobre a sociedade de hiperconsumo.* São Paulo: Companhia das Letras, 2007, p. 238.

29 VIGARELLO, Georges. *Lo sano y lo malsano (Historia de las practicas de La salud desde La Edad Media hasta nuestros días).* Madrid: Abada, 2006, p.406.

tem e blasfemam contra a ausência da *aguardiente de guindas* da casa. Mas a taberna ainda é território do avesso, contra-espaço de festa, de margem. E nesse navio que trafega nas bordas do institucional quem manda é o super-sensível indomado das almas dos gatos e do deus infrene do vinho.

A comida de verdade e a obsessão bulímica

A gula mata mais que a espada.

Ditado latino

Essa máxima tem um tom de atualidade. Nos dias que correm a bulimia é modismo e a voracidade é considerada mais letal e criminosa do que aço afiado. A afronta não se faz apenas contra o exibicionismo e as prefigurações higiênicas. A taberna também soluciona expedientes para sobreviver num universo de repelência pusilanime contra o exagero na mesa, o comer e o beber desmedidos. Ángel de Miguel (*Tienda de Vinos*) aponta algumas comutações que foram efetuadas nos cardápios tabernais no confronto da obsessão pelas dietas menos lautas:

> Daisy: E esses pratos sempre foram servidos na Tienda de Vinos? Coelho com tomate... Sempre desde a fundação...
>
> Ángel: Sim. Sempre. E já lhe digo que antigamente se fazia, além dessas coisas, colocavam amêijoas, tinha perna de cordeiro, cordeiro assado, havia muito. Nos anos 1960, 1970 se vendia muito... Hoje em dia as pessoas comem menos, cuidam mais do corpo e tal... Então, num domingo, um dia da semana fazem uma exceção. No resto da semana na televisão todos os canais dizem: "Come são, come muitas verduras, muito peixe grelhado". Então, esses refogados que fazíamos, têm menos aceitação diariamente porque as pessoas não comem como an-

> tigamente. Antigamente, comia-se de tudo e em abundância e sem problemas. Hoje em dia, as pessoas miram mais a dieta e todas essas coisas. Então, você vai retirando e vai mantendo sempre um menu típico, mas não faz todas essas quantidades que se fazia antigamente.[30]

Lúcio, taberneiro entrevistado pelo sociólogo Lorenzo Díaz, aponta para a inversão da concorrência em relação ao comer e ao beber. Antigamente triunfava quem comia e bebia mais. E, de fato, esses concursos eram uma tradição tabernal muito antiga. Tratava-se de um ritual que reforçava a coesão de grupo. Há também que se dizer que havia ali embutida uma busca do excesso quase lascivo.[31] Nos dias atuais o troféu é de quem engole menos:

> Antes éramos muito comilões. As coisas vão mudando. Aqui sobra mais pão a cada dia. As pessoas querem ter o estômago tranquilo. Veja o "cochinillo", estando bem assado, não causa dano algum. [...] Mas antes havia desafios pelos mais comilões, agora é para ver quem come menos.[32]

Não é a toa que os certames de comilança e bebelança foram remetidos para competições de abstinência. Atualmente a lipofobia é superlativa, com sua obstinação pela magreza e por uma dieta enxuta e lívida, numa repulsa quase fanática à obesidade. Essa nova ojeriza despeja suas idiossincrasias nas áreas *diet* e *light* dos supermercados, nos restaurantes e, porque não, nas ementas menos volumosas das tabernas. É bastante curioso que a mesma sociedade que cultiva os obesos

30 GÓMEZ, Ángel de Miguel. Entrevista concedida a Daisy de Camargo. Madri, 8 jul. 2013.

31 ANDRADE, Pedro. "O Beber e a tasca, práticas tabernais em corpo vínico". *Revista Povos e Culturas,* Lisboa, n. 3, 1988, p. 223 – 263, p. 243.

32 Diz o taberneiro Lucio em DÍAZ, Lorenzo. *Lucio : historia de un tabernero.* Madrid: Ediciones B, 1996, p. 107.

não os suporta. Nos Estados Unidos foi criado há alguns anos um grupo de defesa dos supernutridos. Sua presidente declarou à imprensa que, em seu país, "é mais duro ser gordo que ser negro."[33]

Ao exportar o *fast food* – uma comida moldada por refeições baratas e com alto teor de gordura e açúcar – os americanos também disseminaram a obesidade para o mundo. No universo da comida rápida tudo tem de ser BIG, tal como o famoso lanche do McDonald's.[34] Ou seja, o mercado de consumo fabrica tresloucadamente a obesidade para então vandalizá-la.

Não obstante, há um século os gordos eram queridos. No tempo em que os ricos eram corpulentos, uma silhueta rechonchuda era vista com bons olhos. Ela decantava uma imagem de saúde, fortuna e capricho consumado. Já a magreza era associada à doença, ao definhamento e até à maldade. Quem nunca ouviu a expressão jocosa de que fulano é magro de ruim?!

Atualmente na maioria dos países desenvolvidos, uma grande proporção da população almeja ser magra, mas vive gorda, o que acarreta todo um drama de contradição.[35] Aquele que pratica o excesso, o chamado assim adiposo, é considerado transgressor. Ele desobedece as regras e tratativas do comer, do beber, do prazer e, por extensão, do controle de si. Em outras palavras, o obeso passa por alguém que come mais do que os outros, mais do que o normal, ou seja, mais do que a parte que lhe cabe nesse vasto mundo.

A abastança corporal traduz a glutoneria e esta é percebida como uma insubordinação dos preceitos da divisão dos alimentos, e, no limite, das regras de "civilização", como coloca Claude Fischler:

---

33 FISCHLER, Claude. P. "Obeso Benigno, Obeso Maligno". In: SANT'ANNA, Denise Bernuzzi de. (org) *Políticas do Corpo*. São Paulo: Estação Liberdade, 1995. p. 69-79. p. 70.

34 SCHLOSSER, Eric. *Op. Cit.*, p.301-304.

35 FISCHLER, Claude. P. *Op. Cit.*, p. 70 e 78.

> Ora, a divisão da comida, na maior parte das sociedades, simboliza a essência mesma do vínculo social. De sorte que o glutão (o obeso, em consequência) está implicitamente sob a acusação de ameaçar os próprios fundamentos da organização social, o que o remete à animalidade.[36]

Outrossim, há uma tendência de novas práticas preventivas ligadas a um desejo do homem de dominar seu próprio corpo, na flutuação de seus níveis de colesterol, de gordura, de riscos. Assomam os aparatos portáteis que calculam os batimentos cardíacos, o número de passos percorridos, de calorias ingeridas, etc. Não é de se espantar que o taberneiro Lúcio tenha observado que na disputa ganha quem come e bebe menos. É a celebração de um indivíduo mais independente, mas também mais narcisista.

É a busca da leveza e do hedonismo no limite que está presente em muitas sequelas do mundo contemporâneo. Não é só o corpo que tem de estar cada vez mais leve, beirando a desmaterialização, mas também os *smartphones*, os *tablets*, os computadores.[37]

Mas quando chegamos no campo do corpo essa quase fuga da gravidade, essa divinização de um ser desencarnado como objetivo inalcançável, chega-se ao ponto de um transtorno alimentar assumir estatuto de um estilo de vida, um movimento *underground*, com direito a musa – a Ana, diminutivo da anorexia – e também a um símbolo distintivo dos membros: uma pulseira de couro vermelha adornada por uma pequena borboleta,[38] provavelmente uma das criaturas mais etéreas que habitam nosso planeta.

---

36 *Ibidem*, p. 74.

37 LIPOVETSKY, Gilles. "O essencial é a embalagem". Em entrevista a Andrei Netto, *O Estado de S. Paulo,* Domingo, 19 de abril de 2015, Caderno Aliás. p. E2.

38 ROSSI, Paolo. *Comer: necessidade, desejo, obsessão*. São Paulo: Editora Unesp, 2014, p. 143-144.

No suprassumo, a atitude dos seguidores é a renúncia aos alimentos. Claro está que essa enfermidade só se instala em meios em que há acesso à comida. Sobre o assunto vale a perspicácia de um camponês, italiano de Todi, quando indagado sobre a inauguração de um centro de recuperação para pessoas portadoras da doença: "Se estoura uma nova guerra, curam-se todas."[39]

Aflora que essa tirania alimentar, essa tentativa de fuga da matéria e de busca do prazer no vazio, está ligada a um desejo ilusório de controle total do corpo como se ele não precisasse de mais nada além de si mesmo, correspondendo ao grau máximo da soberba.

Mas o taberneiro Ángel também mata uma charada quando fala em seu relato que hoje em dia todos os canais de televisão dizem o mesmo: "Come são, come muitas verduras, muito peixe grelhado." Ángel, de espírito questionador, dado a explorar locuções, chama atenção para outro fenômeno contemporâneo em que a saúde é vista como um produto de consumo, um "shopping de sanidade".[40]

Nos *spas*, campanhas publicitárias e revistas de saúde surge uma nova expressão: "ótimo bem estar", um produto alcançado com pouca ingesta calórica e alcoólica, uma vida asséptica e não sedentária. Como diz Georges Vigarello, é uma nova ambição e também uma nova servidão com roupagens mais sedutoras:

> O objetivo não é somente afastar o mal, como nos sugeriam os textos tradicionais, nem tampouco aumentar as resistências orgânicas, como propunham, desde os finais do século XVIII, os ideais progressistas, trata-se também de aguçar um sentimento, uma maneira de sentir, de experimentar o próprio corpo. A clássica ambição de proteger-se do mal, agrega-se agora uma interminável e confusa ambição em busca do bem-estar. [...] Que o corpo fique contingente a umas normas cada vez mais

39 Citado em *Ibidem*, p. 154.

40 VIGARELLO, Georges, *Op. Cit.*, p. 394.

> rígidas, impondo uma mudança nos níveis de exigência, uma especial rigidez com relação a este último objeto de valoração. O bem-estar se transforma em uma nova forma de servidão. É certo que essas novas normas de "consumo" parecem ser mais sedutoras ou mais livres. Mas também é certo que impõe restrições e tensões muito reais.[41]

Esse panorama esquizofrênico de aumento do consumo do *fast food* e da repulsa pelo peso do corpo, somado à fixação por lipo-aspirações, lipo-esculturas, lipo-esfoliações, lipo-expulsões, podemos pensar que é como se os espartilhos – coletes utilizados no século XIX que possuíam amarras para afilar os corpos, esganar a cintura e o tórax, corrigir o que ia além do modelo estabelecido, castigado pelos excessos[42] – que apertavam as formas até o limite de uma quase mutilação, no contexto do mundo contemporâneo foram introjetados por dentro da nossa pele, por meio dessa tropologia bulímica e o valor de culto da estética inédia e famélica.

---

41 *Ibidem*, p. 395-397.

42 SOUZA, Gilda de Mello. *O espírito das roupas: a moda no século dezenove.* São Paulo: Companhia das Letras, 1987, p. 173-174.

6. Você tem fome de quê?

O que se faz com a carne

Cada pedaço de carne é uma espécie de fábrica, moinhos e lagares de sangue.
Tubulações, altos-fornos, cubas – vizinhos de martelos-pilões, coxins de graxa.
O vapor jorra, fervente. Fogos sombrios ou claros encarnam-se.
Sarjetas a céu aberto carreiam escórias e fel.
E lentamente, à noite, à morte, todas essas coisas se resfriam.
Breve, se não a ferrugem, pelo menos outras reações químicas se produzem, liberando odores pestilenciais.

Francis Ponge

O pedaço de carne de que fala Ponge pode perfeitamente ser o ingrediente principal de um *cocido*. Ele é um elemento vivo, que percorre um ciclo, que expulsa cheiros e sangue. Já o hambúrguer industrializado não é sequer um fiapo desse componente que não se encontra mais reconhecível no famoso prato servido no meio de um pão.

Seguindo o fio condutor dessa pesquisa, de cotejar as casas de comida rápida com a tradição tabernal, numa vista d'olhos da história da alimentação, pondero que seria impossível dissecar aqui todas as iguarias presentes nesses dois universos entabulados. Por esse motivo, elegi então estabelecer um confronto, por assim dizer, entre o hambúrguer, e me focando mais de perto no referido lanche disponível no McDonald's, ícone do *fast food*, e o *cocido* madrileno, refeição de tradição secular preparada até os dias de hoje em algumas tabernas capitalinas.

A minha abordagem, como já explicitado, seguirá a trilha do conceito de alimento como código cultural, no exercício de aproximar uma carne viva, que pulsa e sangra, de que fala Ponge, presente no *cocido*, com uma outra carne que, como veremos adiante, é vilipendiada no seu limite. Até chegar na boca do consumidor ela foi processada, quimicamente lavada e modificada, a tal ponto que nem lhe resta o direito de deteriorar.

Longe da tentativa de estabelecer polarizações fáceis, a ideia é recompor algumas lâminas de acepção dessas duas comidas, desses dois alimentos-símbolos de distintas culturas, interesses e modos de vida.

Cocido: um caldo de culturas

> Com o calor e o tempo, a água suaviza, combina, equilibra, harmoniza e promove uniões.
>
> Michael Pollan

O cocido madrileno é reivindicado como o prato número um de Madri. Essa refeição pode ser vista como uma babel de influências vindas de várias regiões e culturas. Aliás, essa é a essência da comida capitalina. Nota-se que por um lado foi bastante influenciada por migrantes de procedência diversificada, que trouxeram suas receitas e técnicas. E por outro, como capital e centro polarizador de todo o seu entorno, essa cidade disseminou seus gostos e sabores para além de seus arredores.[1]

No mapeamento da cozinha madrilena o *cocido,* tão amaldiçoado pelos viajantes franceses, amado pelos cronistas locais, que era

1 DÍAZ, Lorenzo. *Op. Cit.,* 1996, p. 85.

consumido pelos mais abastados (elaborado com ingredientes mais caros) e que em uma versão mais barata, como se disse nos primeiros capítulos,[2] era historicamente a base da comida nos ambientes tabernais, no decorrer do tempo sobreviveu entrincheirado praticamente em um restaurante histórico (*Lhardy*) e em algumas poucas tabernas da cidade, como *La Bola, Gran Tasca, Malacatín e Casa Lucio,*[3] tal como comprova José Alberto, dono da taberna *Malacatín*:

> Não há muitos restaurantes que tenham o *cocido* porque é um prato... É fácil de fazer, mas é difícil de fazê-lo bem. Ou seja, prepará-lo pode fazer qualquer um em sua casa, mas fazê-lo bem, bem... Há em Madri quatro, cinco sítios, restaurantes e não há mais. Ou seja, em Madri, "paelllas" ou restaurantes italianos ou restaurantes de carne, há centenas. Que são especialistas em *cocido* e que fazem *cocido* todos os dias, quatro ou cinco quando muito, não há mais. Que fazem bem! Que seja um *cocido* bom, de qualidade, quantidade, quatro ou cinco se temos...[4]

O *cocido* é um prato espanhol, mas que possui variações conforme as distintas localidades. Há um *cocido maragato,*[5] que não inclui grão-de-bico. Há um *cocido andaluz,* que leva *fideo* (um tipo de macarrão),[6] e assim por diante. A versão madrilena é considerada mais simples, sem grandes molhos, complicações ou vigílias durante o preparo, como coloca o pesquisador Lorenzo Díaz:

2 Sobre o assunto ver capítulos intitulados A África começa ao sul dos Pirineus: leitura dos viajantes sobre o comer e o beber madrilenos e Virando a mesa: o confronto com a leitura de um cronista madrileno.

3 DÍAZ, Lorenzo, *Op. Cit.*, 1996, p. 93-94, 236.

4 RODRÍGUEZ, José Alberto. Entrevista concedida a Daisy de Camargo. Madri, 27 jun. 2013.

5 Natural de Maragatería, comarca de León, Espanha. Fonte: *Diccionario da Real Academia Española*, Disponível em: < http://lema.rae.es/drae/?val=maragato> Acesso em 17 ago. 2015.

6 DÍAZ, Lorenzo, *Op. Cit.*,1990, p. 257, 259-260.

> Ademais, o *cocido* madrileno é o único refogado de todas as cozinhas do mundo que "se faz sozinho". Posto no fogo pela manhã não se separa do fogareiro até o momento de entorná-lo na travessa. A mulher trabalhadora, a que cuida dos hóspedes, pode atender às demais ocupações da casa; sair para fazer compras; cuidar da criançada; fazer outros trabalhos; coser ou limpar. O paciente *cocido* não exige senão algum ou outro cuidado.[7]

Essa especialidade é uma proveniência da *olla podrida,* cuja base é o uso de carnes, aves, embutidos e pedaços de porco. A corruptela se degenerou para *podrida,* mas historiadores sugerem que a origem do termo vem de *poderida,* quer seja, aquela poderosa, que pode, que tem, talvez referência a uma certa riqueza de provisão. Passada pela acidez do humor espanhol e devido à sazonalidade de ingredientes, descambou para *podrida* (podre). Este termo também pode ser atribuído pelo fato de ser cozido muito lentamente, a ponto de desfazer-se como uma fruta madura. [8] Sobre o assunto, destaca o historiador Henrique Carneiro:

> O uso de favas com carnes, linguiças e miúdos de porco ou aves constitui uma das mais antigas e ricas tradições culinárias do mundo mediterrânico, em todos os lugares se encontram as favas ao estilo local. Em espanhol, é chamado de "cocido", "puchero", "sancocho", "ajiaco", mas na Galícia e nas Astúrias é "pote", na Andaluzia denomina-se "puchero gitano", nas ilhas Canárias é o "almodrote" e na Catalunha a "escudella". Todos esses cozidos de panela derivam da medieval "olla podrida", cujo nome significa não apodrecido (podrido), mas sim poderoso, numa corruptela do termo medieval para poderoso (poderido). É famosa especialmente a de Burgos e Cervantes, em Dom Quixote, já faz menção a ela. Na França do final da época medieval ou no começo da época moderna, adotou-se "pot-pourri" como

7 Idem, *Op. Cit.*, 1996, p. 94.

8 DÍAZ, Lorenzo, *Op. Cit.*, 1990, p. 115-116.

> uma tradução literal do termo espanhol "olla podrida". De um prato, esse termo passou a designar qualquer mistura em geral.[9]

Na Península Ibérica seria herdeira de uma técnica judaica de cozinhar em fogo moroso, aceso na sexta-feira, véspera do *sabá,* dia em que o trabalho não é permitido. Esse tipo de cocção admitia que fosse possível comer o farnel no sábado ainda guardado num certo calor, sem que fosse preciso acender o fogo. Essa refeição chamava-se *adafina,* derivado do árabe *dafana,* de tapar. [10]

Mas há que se retomar uma verdadeira revolução anterior, comparável com a importância do domínio do fogo e que, segundo consenso dos arqueólogos, passou a ser difundida depois do período neolítico. Trata-se do costume de cozinhar em panela. Aquela que os espanhóis chamariam de *olla* transformou-se num segundo estômago do homem, que amolece e digere a comida bordejada pela fervura da água. Essa prática tornou possível a ampliação da dieta para o âmbito dos tubérculos e grãos, tais como os blasfemados *garbanzos.* A técnica em muito contribuiu para a sobrevivência da agricultura e da civilização.[11]

Voltando ao *cocido,* essa comida passou por múltiplas incorporações e agregações. Lorenzo Díaz atribui sua cristianização à região de Segóvia, com a soma da carne de porco:

> Rigorosos historiadores fixaram em Segovia a cristianização da "adafina" e sua transformação em *cocido* nos últimos anos do século XV. (...) Em Castilha modificaram a "adafina", o "puchero" de Santa Ana, adicionando-lhe produtos suínos, chouriço e toucinho.[12]

---

9 CARNEIRO, Henrique, *Op. Cit.*, 2005 (a), p. 77-78.

10 *Ibidem*, p. 77-78.

11 POLLAN, Michael. *Cozinhar*: uma história natural da transformação. Rio de Janeiro: Intrínseca, 2014, p. 148-149.

12 DIAZ, Lorenzo, *Op. Cit.*, 1990, p. 257.

Já o escritor inglês Richard Ford, que passou larga temporada na Espanha na primeira metade do século XIX, atribui a introdução do grão-de-bico como contribuição dos costumes orientais:

> Ao falar da cozinha da Península, há que dar por todos os estilos a preferência à "olla", termo com que se designa certo prato e a vasilha de barro em que se prepara, o mesmo que a palavra "dish", em inglês, significa o manjar e o utensílio em que se serve. Pode-se assegurar que o gênio culinário espanhol está condensado na "olla", como estava o poderoso gênio encerrado em uma garrafa, segundo os contos de Mil e Uma Noites. É um prato mesquinho, composto de vaca cozida com grão-de-bico e algum embutido. O grão-de-bico é o legume próprio do país, a batata, por assim dizer, e seu uso demonstra um estado precário da ciência hortícola. Foram introduzidos pelos cartagineses e proporcionaram tal rigojizo a Plauto, que introduziu na cena a figura do fenício comedor de grão-de-bico, que falava fenício, de igual maneira que Shakespeare introduziu o galês comedor de queijo tostado, falando galês.[13]

Nas tabernas em que se oferece o *cocido madrileño* ainda persiste o ritual de comê-lo em três tempos. De primeiro serve-se o caldo, como uma sopa, quase para se anunciar o porvir. Em segundo oferta-se o grão-de-bico e as verduras. E em terceiro seguem-se todas as carnes, incluindo a *pelota*, formada por um amassado de carne picada, miga de pão, ovo e especiarias.[14]

Esse hábito de apresentar o *cocido* em três partes já é perceptível em relatos de viajantes do século XVII, como é o caso dos escritos epistolares de Jean Muret:

---

13 FORD, Richard. *Las Cosas de España*. Madrid: Turner, 1988, p. 138-139.

14 ESTEBAN, José. *Breviario del cocido.* Madrid: Librería Gulliver, 1986, p. 31-32.

> No jantar nos apresentaram primeiro um pequeno cálice de porcelana, cheio de caldo, em um prato. Acreditava que me traziam para beber, e ao ponto que levei até minha boca; mas o calor que senti antes do gosto me fez soltar bem depressa, entre o riso de nossos companheiros. Protestei, primeiro, que não queria mais prejuízos, e encarreguei a nosso condutor que no futuro fizesse servir aos outros antes de mim. Depois observei como faziam para agir segundo eles; e vendo-lhes muito gravemente cortar pequenas fatias de pão para meter em seu cálice, eu fiz o mesmo, e me pus na situação de comer, quando senti arder toda a minha boca na primeira colherada. Notei depois em outros sítios que eles deitam no "puchero", quando está a ponto de ferver, um grande punhado de pimenta. Como viram que eu não comia, foram a busca do segundo prato. Era um prato cheio com as verduras do "puchero", que comem depois da sopa com azeite e vinagre. Depois deste prato veio um terceiro, em que havia um pedaço de toucinho e outro de cabra cozida.[15]

Mas as sequências não param por aí e conforme o costume popular de se explorar o *cocido* em todas as suas potências, observa-se também que com as sobras do prato é muito comum que se aproveite para uma chamada *ropa vieja,* para fazer *croquetas* ou uma iguaria denominada *pringá* (um bolo de pão recheado com *cocido*).[16] É um traço marcante de uma comida vigorosa e despachada de extravagâncias que permite uma sucessão de especulações e gozos.

15 MURET, Jean. *Lettres écrites de Madrid en 1666 et 1667.* Paris: A. Picard, 1879, p. 712-713.

16 MATANZO ESPAÑA, Ángel. *Un madrileño de los piez a la cabeza.* Disponível em: <http://www.porserdemadrid.es/cocido-madrileno.html> Acesso em: 16 julho 2015.

Nos braços e nas mesas do povo

Pode-se dizer que o *cocido madrileño* é uma síntese dos *cocidos* espanhóis, com uma certa amplitude de adaptação segundo as posses e farturas de víveres em cada mesa. Fica também bastante demarcado entre os estudiosos que até o século XVIII havia um *cocido* aristocrático e outro mais popular, este último consumido em tabernas espalhadas pela cidade.

O primeiro, mais portentoso de componentes caros, era constituído por muitas carnes: pernil de toucinho, galinha, vaca, carneiro (carne mais cara e apreciada), pombos, lombo e pé de porco, perdiz, lebre, toda sorte de *morcillas* e outros embutidos, língua, ovos, manteiga, nozes, avelãs, pinhões, tâmaras, nabos, grão-de-bico, coentro, castanhas. Em receitas localizadas havia algumas preocupações estéticas e alegóricas, como cortar a carne em pedaços mínimos e regulares e dispô-la o mais artisticamente possível, como sugere Cándido Collar,[17] chefe de cozinha da Infanta Isabel.[18]

O *cocido* mais simples, menos abastado, possuía bem menos carne e tampouco as sementes, frutas e outras iguarias relatadas. O ingrediente básico ficava por conta do toucinho, que não podia faltar no prato. O viajante Richard Ford, na passagem em que descreve a receita de um bom *cocido*, focaliza a predileção do espanhol pelo porco e a excelente qualidade dessa carne em território ibérico:

> Não há "olla" sem toucinho. Nem sermão sem Agostinho. O toucinho é muito mais apreciado em toda a extensão da Península que este ou qualquer outro padre da Igreja. [...] E não falta razão para tanto, pois o porco da Espanha tem tido sempre e tem um gosto incomparável; o toucinho é gordo e saboroso, os embutidos deliciosos e o "jamón" transcendentalmente superla-

17 ESTEBAN, José, *Op. Cit.*, p. 31-32.

18 Maria Isabel de Bragança (Queluz, 19 de maio de 1797 — Madrid, 26 de dezembro de 1818).

> tivo. Não há, pois, que envergonhar-se de sentir certa predileção pelos porcos da Espanha.[19]

E ademais, nesse *cocido* mais popular a escassez de carnes era compensada com mais verduras, conforme o que havia disponível.[20] Se durante um período o *cocido madrileño* era comida para todos os gostos – populares e aristocráticos – no final do século XIX as classes mais abastadas, muito influenciadas pela dinastia dos Bourbons[21], não se compraziam mais desse tipo de manjar, que passa a ser pesado como ordinário. Como foi visto anteriormente, quando tratei da abordagem dos cronistas madrilenos, as elites consideravam o *cocido* provinciano e caíam nas graças do *consommé* e do *potage á la brique.*[22]

Não obstante, o *cocido,* carinhosamente apelidado de *piri* ou *coci,*[23] seguiu abraçado pelas classes populares e sendo o seu menu principal, fonte de energia, de diversos reaproveitamentos e refeições.

Sobre o gosto por *mauvistes en croustade,*[24] a arraia-miúda de Madri já havia se posicionado a respeito desse afrancesamento, que foi simbólica e literalmente afogado numa *tinaja* de vinho quando

---

19 FORD, Richard, *Op. Cit.*, p. 140-141.

20 PERÉZ, Dionisio. *Guia del buen comer español.* Madrid: Post-Thebussen, 1929.

21 Conforme já referenciado, Filipe V da Espanha foi o primeiro da dinastia Bourbon a governar Espanha, tendo iniciado seu reinado em 1700. Essa casa Real europeia foi derrubada e restaurada no país por diversas vezes, tendo reinado de 1700 a 1808, de 1813 a 1868, de 1875 a 1931 e de 1975 até os dias atuais.

22 SEPÚLVEDA, Enrique. *La vida en Madrid en 1888.* Madrid: Librería de Ricardo Fé, 1889, p. 144.

23 MATANZO ESPAÑA, Ángel, *Op. Cit.*

24 SEPÚLVEDA, Enrique. *La vida en Madrid en 1888.* Madrid: Librería de Ricardo Fé, 1889, p. 144.

frequentadores da taberna de Antonio Sánchez ali esconderam um soldado de Napoleão morto durante a Guerra da Península.[25]

Fast Life

O Ronald McDonald só perde para o Papai Noel em termos de popularidade e com certeza deve ser mais conhecido que o Mickey Mouse.[26] Vivemos no McMundo, num universo da padronização do gosto, de cultura homogeneizada e da globalização. Em qualquer lugar do planeta você entra num mesmo espaço, com os mesmos balcões e pede a comida que tem gosto idêntico.

A uniformidade é uma palavra de ordem. Os funcionários têm acesso a manuais de execução com todos os passos a serem seguidos na cozinha (com instruções sobre cozimento e operação das máquinas e esteiras) e orientações de atendimento em que fica claro a obrigação das sugestões por porções maiores e a simpatia nada voluntária:

> 1 Recepcionar o cliente
>
> 2 Direcionar o cliente
>
> 3 Acomodar o cliente
>
> 4 Estar atento às necessidades do cliente
>
> 5 Agradecer ao cliente e pedir seu retorno.
>
> A segunda etapa do cliente dentro de um restaurante fica a cargo do atendente do balcão, que possui os seguintes deveres:
>
> 1 Cumprimentar o cliente, fazendo sugestão de venda
>
> 2 Anotar o pedido, fazendo a venda sugestiva
>
> 3 Registrar o pedido
>
> 4 Montar o pedido

25 Ver capítulo: Geografia das sociabilidades: a taberna no espaço público madrileno.

26 SCHLOSSER, Eric, *Op. Cit.*, p. 17.

5 Entregar o pedido

6 Agradecer e pedir retorno.[27]

A estandardização também assume um primado avasssalador na arquitetura e ambientes com aspecto *clean*, iluminada, repleta de vidros e espelhos das lojas, bem como o uso dos tão famosos arcos dourados. O nascimento do *fast food* converge com o festejo do desenvolvimento da tecnologia e da química no decorrer da era Eisenhower[28] e do surgimento da Disneylândia. A essência da comida rápida é baseada em alimentos "divertidos" e reformulados industrialmente. A refeição chega aos restaurantes já processada, congelada ou enlatada.

A história do McDonald's é uma das primeiras e mais bem sucedidas do mundo *fast food*. Tudo começou quando os irmãos Richard e Maurice McDonald migraram de New Hampshire para a Califórnia no período da Grande Depressão. A intenção era arrumar trabalho em Hollywood, onde chegaram a atuar como cenógrafos nos estúdios da Colúmbia. Não obstante, a carreira cinematográfica não foi para frente. Mas com algumas economias reunidas eles abriram um restaurante.

Posteriormente muitos empreendedores visitaram o estabelecimento dos irmãos e replicaram seu modelo de serviços. Ray Krock, um vendedor de misturadores para *milk shake,* comprou dos McDonald's os direitos de franquear o negócio e espalhou o sistema de comida rápida por todos os EUA e para o mundo.

O McDonald's começou a se disseminar para fora dos EUA a partir das décadas de 1980 e 1990. Na medida em que a indústria do *fast food* tornou-se mais competitiva nesse país, as principais redes passaram a mirar o mercado estrangeiro, a fim de dar continuidade aos

27 Essas informações foram compiladas nos Manuais de Treinamento do McDonald's por ALVES, Carmen Lucia Rodrigues, *Op. Cit.*, p. 107.

28 Dwight D. Eisenhower foi presidente dos EUA de 1953 a 1961.

seus planos de expansão.[29] Quem diria que uma carreira hollywoodiana naufragada poderia desembarcar no que viria a ser o entretenimento do hambúrguer e da batata frita?

O hambúrguer do Palhaço

O nome do prato é uma derivação da cidade alemã de Hamburgo, onde os bifes montados com carne moída eram populares no início do século XIX. A tarefa dos norte-americanos foi a de enfiarem-no dentro de um pão. Mas segundo a pesquisadora Isleide Fontenelle, a origem do hambúrguer é russa:

> Conta-se que o hambúrguer teria se originado de uma iguaria russa chamada "tartar steak", feita com carne moída crua, provavelmente uma comida de camponeses oriundos da Tartária. O contato com essa alimentação teria se dado através de navegantes das águas da Liga Hanseática – uma das corporações do comércio alemão com o exterior. Estes navegantes teriam trazido a novidade para o porto de Hamburgo – o maior porto continental da Europa, que foi, durante séculos, um ponto de encontro de culturas e cozinhas – e, provavelmente, preferiram cozinhá-la. Daí a origem do nome hambúrguer.[30]

Teria chegado aos EUA em 1904, apresentado em uma feira mundial realizada em St. Louis, Missouri. Walter Anderson, fundador das lanchonetes *White Castel*, abriu lojas na cidade de Wichita, Kansas, nas décadas de 1910 e 1920, cujo carro chefe era esse lanche. Mas o que quero abordar adiante é o hambúrguer *fast food*, seu processo de preparo, no que implica e qual o seu significado no contexto do McMundo.

José Bové, um criador de ovelhas francês, encabeçou um grupo que destruiu uma loja do McDonald's em construção na cidade de

29 SCHLOSSER, Eric, *Op. Cit.*, p.19-20, 35, 38, 287.

30 FONTENELLE, Isleide Arruda, *Op. Cit.*, p 57.

Millau, contestando o que chamava de "comida pavorosa". Bové foi preso e durante seu julgamento, ocorrido em julho de 2000, milhares de manifestantes protestavam em sua defesa exibindo cartazes com os dizeres: "Não à McMerde." Infelizmente, esse jargão de protesto não é tão somente uma figura de linguagem.

Sobre esse assunto, o trabalho de Eric Schlosser, *País Fast Food*, um verdadeiro clássico sobre o tema, é balizado em vasta pesquisa envolvendo entrevistas com dezenas de funcionários de toda a cadeia produtiva do *fast food*. No quesito "o que tem na carne", as histórias são fortes. Já existem muitos estudos médicos que relacionam o consumo de comida processada com doenças e outros agentes patogênicos como o E. Coli 0157: H7 e a salmonela.[31]

Em parte, essas contaminações advêm do fato de que o gado foi programado para comer capim. Não obstante é alimentado por rações baratas e restos de animais. Mas a realidade mais dura é que essas carnes são contaminadas por E. Coli porque tiveram contato com fezes e há motivos para isso. Um deles é a essência de todo esse grande sistema: a velocidade. E cabe aqui lembrar de Paul Virilio quando esse pesquisador fala do desastre do progresso[32] e da aceleração. Quando você inventa o trem, também concebe o descarrilamento. Se você constrói o navio cruzeiro, cria o naufrágio de tragédia gigantesca do *Titanic* e do *Costa Concórdia*.[33] A ligeireza executada nas linhas de produção nos

31 Sobre o assunto, ver SCHLOSSER, Eric, *Op. Cit.*, p. 192, 251-257, 307.

32 VIRILIO, Paul. *Penser la vitesse*. Disponível em: <https://www.youtube.com/watch?v=vK8TGPNxhtM>. Acesso em 28 janeiro 2015.

33 O navio de Cruzeiro Costa Concórdia naufragou no dia 13 de janeiro de 2012 perto da costa da Isola del Giglio, Toscana. Ironicamente, segundo relatos de alguns sobreviventes a música *My Heart Will Go On*, de Céline Dion, trilha sonora do filme *Titanic*, foi a última canção ouvida no momento do acidente. O capitão Francesco Schettino foi um dos primeiros a abandonar a embarcação e se recusou a retornar para ajudar no resgate dos passageiros. Ficou pública na mídia a gravação do telefonema entre

abatedouros dos fornecedores é desumana. Estômago e intestinos são retirados manualmente e é muito difícil executar essa tarefa com tanta rapidez. E o resultado é que muitas vezes os excrementos espirram por todos os lados, misturando-se com a carne, que será posteriormente moída e processada.

Quanto mais intensa a lepidez do trem, mais letal o desvio; quanto maior o navio, mais catastrófico e profundo seu soçobro. Quanto mais desembestado o abate, maior a quantidade de merda contida no hambúrguer. Alguns países têm padrões mais rígidos em relação à carne que come. Mas a verdade é que nos matadouros que abastecem as grandes redes de *fast food* é muito difícil garantir ou controlar. A velocidade e a padronização do processamento da carne, atrelado à falta de saneamento aumenta exponencialmente um surto de contaminações. "Um único hambúrguer de fast food contém agora carne de dezenas ou até mesmo centenas de animais diferentes."[34]

Se podemos definir o que há no *cocido* da taberna *Malacatín* com nossos próprios olhos, esse exercício de mirada jamais será possível no que diz respeito ao *BigMac*. Mas tratarei detidamente desse paralelo mais adiante.

Em geral os alimentos processados também possuem entre seus ingredientes uma expressão curiosa que consta nas embalagens denominada "sabor natural". Não há nada de natural nesse sabor. Como diz Schlosser: "Chamar qualquer um desses sabores de 'natural' exige uma atitude muito flexível para com o vernáculo e uma dose generosa de ironia."[35] Tratam-se de aditivos fabricados por grandes indústrias de produtos químicos para adicionar paladar.

Schettino e o chefe da capitania local em que o último sentenciava: "*Vada a Bordo, cazzo!*"

34 SCHLOSSER, Eric, *Op. Cit.*, p. 257.

35 *Ibidem*, p. 165.

Essas empresas manufaturadoras de gosto e cheiro estão espalhadas por todo o mundo, dos EUA, Europa e Japão. Elas trazem de volta à "vida" qualquer tipo de artefato: doces, salgadinhos, pasta de dente, refrigerantes, detergentes, como escreve Schlosser:

> Todos esses aromas são fabricados usando o mesmo processo básico: a manipulação de substâncias químicas voláteis para a criação de um determinado cheiro. A ciência básica por trás do seu creme de barba é a mesma que determina o sabor de seu jantar congelado.[36]

Simplificando: no mínimo tem "sabor natural" e merda na carne. E o que mais pode ter? Aparas de metal (vestígios de utensílios de abatimento incorreto), urina, vômito, esses dois últimos ingredientes por motivos correlatos à contaminação por fezes. Para finalizar, os restos mais gordurosos dos animais, ameaçadores para consumo humano, são lavados com hidróxido de amoníaco, um agente químico anti-microbiano extremamente danoso para a saúde.

Mas é lógico que ninguém pensa em detalhes sórdidos quando morde um hambúrguer macio que mal reivindica trabalho aos nossos dentes. Como já foi dito, a chave do *fast food* e do sistema de franquia é a uniformidade. A proposta é vender sempre o mesmo produto. Do ponto de vista do consumo a busca pelas marcas conhecidas têm muito que ver com o rebote do estrangeiro e alheio.

O resultado da equação é que o cliente não precisa pensar. Mundo, texto, comida e sorriso são previsíveis. As grandes marcas (incluindo as de *fast food*) são signos de estilo de vida já pré-determinados, que tornam as escolhas mais simplificadas.[37] Há uma certa se-

---

36 *Ibidem*, p. 159-160. Sobre a indústria do sabor, ver também: SANTOS, Carlos Roberto Antunes dos, *Op. Cit.*, 2006, p. 7.

37 FONTENELLE, Isleide Arruda, *Op. Cit.*, p. 322. Sobre o assunto escreveu Jameson: "Já disse que as questões culturais tendem a se propagar para as

gurança na eleição de uma marca, como a dos grandes arcos dourados que simulam os seios confortáveis de uma grande matrona.

Siga as pegadas do Ronald McDonald: o limite da infantilização

O filme *A Culpa é do Fidel*, dirigido por Julie Gravas, conta a saga de Anna De La Mesa, uma menina de nove anos que vê seu cotidiano e conforto ameaçados pelas alterações de vida causadas pelo impacto do assassinato de um parente pela ditadura espanhola de Franco. Diante dessa tragédia, seus pais vão ao Chile, que efervescia em meio à chegada de Salvador Allende à presidência. Tomados pelo engajamento político, retornam à França, onde a família residia, mas resolvem estabelecer um modo de vida mais modesto e austero. Anna quer voltar para seu antigo palacete ajardinado e sua rotina mimada com penduricalhos, comer e ter acesso a tudo que fazia até a derrocada de seu idílio. Sua aliada nessa batalha é uma babá reacionária que a convence de que tudo o que acontece de funesto em sua vida é por culpa de Fidel Castro. A graça do filme é que Anna é uma criança que busca o aconchego do que é familiar e ricocheteia mudanças, improvisos e surpresas. O que quero dizer é que a comodidade das opções fáceis e reconhecíveis de que falei anteriormente – a respeito dos fregueses das lojas de comida rápida – tem muito que ver com outro fenômeno contemporâneo no qual o McMundo está colado. Eu me refiro à infantilização.

---

econômicas e sociais. Vamos considerar primeiramente a dimensão econômica da globalização, dimensão esta que parece sempre estar se expandindo para todo o resto, reforça os integrantes geopolíticos, e, com a pós-modernidade, finalmente dissolve o cultural no econômico – e o econômico no cultural. A produção das mercadorias é agora um fenômeno cultural, no que se compram os produtos tanto por sua imagem quando por seu uso imediato." JAMESON, Fredric. *Op. Cit.*, 2001, p. 22.

Ray Krock, o responsável pelo crescimento e expansão da rede McDonald's, era um grande admirador de Walt Disney. Ele considerava esse personagem um exemplo de como adornar uma coisa qualquer para torná-la atraente e engraçada. Krock chegou a planejar construir sua própria Disneylândia que teria o mundo dos caubóis como temática (*western world*). Entretanto, os executivos do McDonald's opuseram-se à idéia, temendo prejuízo de caixa e ele ouviu seus conselheiros. De outro modo, o McDonald's assinalou uma ação mais dispersa, instalando *playlands* e *McDonaldlands* (terras de brincadeiras) em suas lojas, cujo ambiente tem muito de Disney. O McDonald's também comercializa uma série de vídeos voltados para o público infantil com direito a Ronald McDonald como protagonista.

Ainda para finalizar e juntar toda a diversão perfeita no mesmo mundo, no ano de 1996 a Walt Disney assinou um contrato com o Mcdonald's. Esse último passou a vender hambúrgueres e batatinhas nos parques da Disney. E os personagens de filmes da Disney são negociados ou apresentados como brinde nas lojas McDonald's.[38]

A comida, ela mesma, a mercadoria, também tem muito de fantasia e festa. Ela está disponível no *McFun* e chama-se McLanche Feliz. Ela é oferecida por um palhaço que é o rei e mestre de cerimônia. A felicidade está à venda e você pode encontrá-la em qualquer parte, num espaço-tempo sintético,[39] recheado de quimera e imaginário, que remete diretamente a uma impuberdade circense.

Globalização e cozinhas locais

O sistema *fast food* surge como resposta à demanda por velocidade desencadeada pelas transformações sociais que ebulíram na pressa urbana. Para facilitar a agilidade e a homogeneização, o McDonald's

---

38 SCHLOSSER, Eric, *Op. Cit.*, p. 59-61, 69-71.

39 VIRILIO, Paul. *O Espaço crítico*. Rio de Janeiro: Editora 34, 1993, p. 20.

investiu num cardápio minimalista resumido por hambúrguer, batata frita, refrigerante e *milk shake*, com pouquíssimas variações. Tal como ocorre em todas as grandes redes, todos os ingredientes são produzidos por gigantescas empresas fornecedoras que normatizam e dominam todo o processo.

Já na taberna o menú do dia é resolvido de acordo com o que o taberneiro encontra no mercado para comprar. Ele não tem grandes abastecedores fixos. Escolhe o que está disponível e fresco.[40] Existe um limite em relação ao preço, posto que lida com produtos de oportunidade. Trata-se de uma competição feroz que o *fast food* acarreta para as pequenas casas de comida. No contraste da linha de montagem fixa do *fast food* a cozinha tabernal é sujeita à sazonalidade e à criatividade. Paolo Rossi coloca e questiona no debate sobre a alimentação o argumento do primitivismo, que evoca o natural como o bem e o artificial como o mal:

> Por outro lado, encontramos autores que pensam que estamos sendo levados, "sem que nos demos conta, a uma espécie de perda de percepção, principalmente no que se refere ao empobrecimento dos sabores e à padronização do paladar". Somos todos vítimas inocentes e inconscientes, com exceção, é claro, dos poucos e corajosos combatentes que perceberam que somos vitimas e que presumem saber com clareza e lucidez de quem somos vítimas. É preciso dizer? Somos escravos inconscientes (isto é, sem nos aperceber disso) porque não entendemos ainda que estamos vivendo "numa época de domínio capitalista sobre todo o processo da vida natural". E que seria, aproximadamente, a mesma entidade que, há poucas décadas atrás, era conhecida como o estado imperialista das multinacionais.[41]

40 GÓMEZ, Ángel de Miguel. Entrevista concedida a Daisy de Camargo. Madri, 8 jul. 2013.

41 ROSSI, Paolo, *Op. Cit.*, p. 107-108.

E eu alego: tudo bem, essa oposição é tola. Também concordo que a globalização é uma realidade posta e irremediável e tampouco estamos aqui para eleger vítimas. Além do mais, a caracterização de uma comida como meramente autêntica, exótica, pode resvalar na perda de sua historicidade, como colocam Ulpiano Meneses e Henrique Carneiro:

> Mais recentemente, a disciplina ampliou a escala de ocorrência dos fenômenos que investiga: o corpo, a casa, a comunidade, a cidade, a região, a nação e, finalmente, o globo, com suas forças polares de homogeneização e diferenciação (glocalisation), que redundam seja na universalização de uma rede de lanchonetes como a McDonald's, seja na valorização particularística do "autêntico exótico." [...] A insistência recorrente em caracterizar o "típico" congela os processos e exclui a possibilidade de transformação histórica. Além disso, centrados em seus próprios interesses, tais estudos perdem de vista o contexto mais amplo da sociedade.[42]

Evidentemente, não foi a intenção que se teve aqui quando da abordagem do *cocido.* Ao contrário, trata-se de um prato nada estático, fruto de múltiplos intercâmbios culturais. Ou seja, o sistema de comida rápida é considerado um fenômeno de consumo, um ícone da globalização. Entretanto, é preciso capturar as heterogeneidades. Existem outras atitudes e hábitos para além do McDonald's e dos fatos de mercado, como escreveu Carlos Roberto Antunes dos Santos:

> Em outros termos, o consumo alimentar não está somente ligado ao mercado e aos mecanismos econômicos globais de tal sociedade, aos preços, custos e rendas, mas sim em grande parte condicionado pelos fenômenos de ordem cultural: o alimento que se prefere, aquele que se tolera aquele que se exclui e aquele de que não se gosta.[43]

---

42 MENESES, Ulpiano T. Bezerra; CARNEIRO, Henrique, *Op. Cit.*, p. 26 e 54.

43 SANTOS, Carlos Roberto Antunes dos, *Op. Cit.*, 2006, p. 2.

O *fast food* é um produto de uma sociedade do tempo instantâneo. Não se trata de uma enfermidade que aflora do nada. Deve ser visto como parte de valores de uma ética: aquela do "time is money."[44] É difícil não perceber no discurso dos taberneiros uma certa micro-resistência em relação a esse estilo de vida. Eles têm plena consciência do mundo em que vivem. Apenas enfrentam suas próprias escolhas. São alguns aspectos dessa insubmissão que pretendo abordar adiante.

Você é o que você come

Daí chega-se a um ponto em que é preciso situar o tema sob a perspectiva da noção de alimento-símbolo. A comida e o lugar em que se come expressam um certo modo de vida. Quando engolimos algo metemos em nosso corpo biológico um traço de imaginário social.[45]

O hambúrguer é emblema de uma sociedade que mastiga a galope uma marca. O que se deglute juntamente com o McLanche Feliz é a segurança familiar de uma infância no ninho. É também um signo bastante claro a associação desse prato como ícone da comida rápida, da modernidade e do controle do tempo. E por outro lado, coloquei o *cocido,* feito e servido na taberna aberta há 150 anos, que rende longas horas de trabalho e discussões, bem como o conforto da comensalidade.

Metáfora da aceleração, aquele lanche já chega pré-pronto e pré-digerido, para ser devorado na velocidade da luz. Mas essa mordição prévia também é indício de um tema que foi tratado aqui e que outrossim é uma marca do mundo contemporâneo: a infantilização. O *fast food* é um fenômeno da sociedade que constrói uma representação pueril da realidade,[46] que aliás soa literal com a substituição de

44 FONTENELLE, Isleide Arruda. *O nome da marca*: McDonald's, fetichismo e cultura descartável. São Paulo: Boitempo/Fapesp, 2013, p. 85, 92, 103.

45 MENESES, Ulpiano T. Bezerra; CARNEIRO, Henrique, *Op. Cit.*, p. 17.

46 SANTOS, Carlos Roberto Antunes dos, *Op. Cit.*, 2006, p. 14.

carboidratos complexos (cereais, amidos) por carboidratos simples e melosos (açúcares e gorduras).[47]

Em sua abordagem do tema *fast food,* em especial quando trata do McDonald's , Claude Fischler também chancela o olhar em relação a essa espécie de apelo rasgado à infantilização. Os alimentos molinhos e sabores açucarados são por si repisados antes de serem levados à boca:

> Sem dúvida, o sucesso planetário da McDonald's, do fast food em geral e da pizza em particular, deve-se a um certo número de "universais" alimentares. O fast-food não é puramente funcional, e o cliente não o consome unicamente por motivos de comodidade, preço e tempo. De fato, o repertorio de sabores e texturas ao qual ele faz apelo reduz-se a uma espécie de menor denominador comum das preferências. Assim, na maciez dos pãezinhos dos hambúrgueres, na carne moída, nos molhos doces e ketchups agridoces confluem sensações infantis, regressões e transgressões. Na presença dos pais e com sua enternecida aprovação, as crianças podem manifestar pela primeira vez, em idade bastante precoce, uma independência suficiente para encomendar no balcão, com algumas moedas na mão, um hambúrguer e uma Coca-Cola. Podem comer com os dedos, sem se preocuparem com restrições formalistas que pesam sobre a refeição familial. Seus dentinhos enterram-se na espessura mole dos buns, da carne moída, e se deleitam com o alimento que, segundo é demonstrado por todas as pesquisas, lhes desperta mais a gulodice: batatas fritas, bem torradinhas por fora e macias por dentro, salgadas e gordurosas ao mesmo tempo.[48]

Resumindo, o hambúrguer de *fast food* é o alimento-símbolo de uma parcela de consumidores que segue as pegadas de um palhaço, para sentar em cadeiras de plástico e comer um lanche processado e pré-triturado em açúcar e gordura e envolto em cartolina. E eis que o

47 CARNEIRO, Henrique, *Op. Cit.*, 2005 (a), p. 75.

48 FISCHLER, Claude, *Op. Cit.*, p. 861-862.

mundo parece tomado por uma fase oral mal resolvida. Anna De La Mesa adoraria.

Por outro lado, expus um prato tabernal considerado aqui um alimento-símbolo de uma resistência à Disneylândia. Trata-se de uma comida que possui uma historicidade repleta de hibridismos e incorporações culturais, com variações regionais nos ingredientes e nos modos de preparar, mas que, perpassando essas criações, resistiu ao longo de gerações, por tradição oral, entre algumas famílias de taberneiros, como é o caso de José Alberto, atual dono da taberna Malacatín:

> É o prato fundamental aqui em Madri, ademais é um prato de família. É um prato muito típico que se comia quando vinha gente em sua casa, você servia o *cocido* entre seu pai, com seus irmãos e tal, e compartilhava-se a mesa entre dez pessoas. É um prato muito familiar. Aqui nós servimos assim dessa maneira, servimos tudo na mesa e cada um se serve do que gosta: a carne, o grão-de-bico. E isso também as pessoas gostam muito. Sim, esse é um sítio muito familiar.[49]

Continuo na trilha do contraponto à celeridade da *fast life* vivenciada no espaço urbano da atualidade, demarcada pela aceleração de disputas por mercados,[50] que exige uma fluidez e uma compactação para confecção e disfrute das refeições, em que a comensalidade (algo tão caro ao mundo tabernal) fica comprometida pela massificação da comida na linha de montagem e pela tecnização da vida.

Pensando nesse contexto, o preparo e os serviços do *cocido* podem representar uma micro-resistência. Para fazer o *cocido* é necessário uma prerrogativa que é praticamente um luxo nos dias atuais: tempo, como diz o taberneiro José Alberto:

49 RODRÍGUEZ, José Alberto. Entrevista concedida a Daisy de Camargo. Madri, 27 jun. 2013.

50 ORTIGOZA, Silvia Aparecida Guarnieri. "O *fast food* e a mundialização do gosto." *Revista Cadernos de Debate,* Campinas, vol. V, 1997, p. 1-25, p. 8.

> Para fazer o *cocido* começa-se um dia antes, tem que preparar o grão-de-bico, a carne e nós demoramos aproximadamente sete horas, seis horas no preparo. Necessitas muitas horas, as pessoas que trabalham não podem fazer porque não estão em casa, porque não têm tempo e tal. Quando as pessoas saem, muitas gostam de comer comida normal, um *cocido*, umas lentilhas, umas favas, porque elas não têm tempo de preparar o *cocido* sobretudo. Então, muitas pessoas, porque não têm tempo ou porque não sabem, saem para comer fora. Então, é por isso que nós temos *cocido* todos os dias.[51]

Por outro lado, no McMundo até o alface e o tomate chegam já descascados, picados e congelados num tamanho previamente padronizado e controlado. Todos os ingredientes alcançam as lojas semi-prontos, restando às cozinhas descongelar e finalizar os pratos.

É impossível não aferir o contra-exemplo da comida que chega nas cadeias de *fast food*, pré-preparada e reformulada quimicamente, fruto de uma economia alimentar dominada por companhias colossais e o discurso do taberneiro Ángel:

> Você diz que está aberto da uma às quatro. Mas às oito da manhã tem que levantar, ir comprar, tem que preparar a comida porque tudo é você que faz. Não é como os sítios que compram os produtos – como eu digo – meio pré-cozidos. Ademais fazem quatro molhos e já está. Não! Eu compro no mercado como pode fazer qualquer pessoa em sua casa. Não me trazem de empresas distribuidoras nem nada. Vamos ao mercado, vemos o que há hoje: Que tal, isto está bom? E vamos trazendo. E assim estamos funcionando muito bem, muito bem na verdade. Mas também tem que haver alguém que mantenha a tradição, que

51 RODRÍGUEZ, José Alberto. Entrevista concedida a Daisy de Camargo. Madri, 27 jun. 2013.

> também é o que nos leva a outras coisas. Sem nós não chegaríamos ao novo, sabe?[52]

Depois do que foi discutido acerca do processamento do hambúrguer de comida rápida, da inserção de aditivos químicos, dos banhos de hidróxido de amoníaco, ouvi de Ángel de Miguel, que se impõe como um defensor da comida caseira, que sua taberna não trabalha com industrializados, com temperos artificiais ou congelados:

> E vem gente que é vegetariana e, por exemplo, o "pisto", há muitos sítios que colocam carne. Nós não. É verdura, então podem comer. Com as lentilhas se passam o mesmo. Não colocamos carne e dizem que está saboroso. Porque é muito difícil que te sirvam um prato de lentilhas que esteja rico, sem levar tanta quantidade de produtos. Pois, claro, se você pega umas lentilhas e coloca chouriço, morcela e não sei o quê e não sei quanto... Pelo nariz, tem que ter algum sabor! O bom é fazer sem que use tantas coisas, que tenham um bom sabor e que estejam boas, sem que ponha tantas coisas. Os "callos" também são muito típicos, as migas, que é um prato típico de La Mancha, de Extremadura, sabe? É igual. Nada de congelado. Fazes a massa, mexes, nós não temos nem máquina, nem nada. É à moda antiga. Vais colocando a farinha, o leite e mexendo até que se faz uma massa compacta. E isso na hora de comer, as pessoas percebem. Não temos fritadeiras, fazemos tudo como antigamente. Então, as batatas fazemos com azeite de oliva, você mesmo descasca, corta. Não compra em sacos em que vem pré-congeladas. Isso dá muito trabalho, o seu trabalho, mas o resultado é diferente. Você come uma batata e é como se você tivesse feito na sua casa.[53]

52 GÓMEZ, Ángel de Miguel. Entrevista concedida a Daisy de Camargo. Madri, 8 jul. 2013.

53 GÓMEZ, Ángel de Miguel. Entrevista concedida a Daisy de Camargo. Madri, 8 jul. 2013.

O que esses jovens taberneiros dizem leva a uma reflexão sobre o fluxo do tempo. Não se pode pensar que só o novo é bom e tampouco que só o velho vale a pena. O que importa é a transmissão. O novo pode representar as tecnologias que nos interconectam de maneira maravilhosa. Mas por outro lado, pode ser a sacralização do *shopping center*, da praça de alimentação, do *fast life* e da comida química.

Da mesma maneira, o velho pode apontar para o conservadorismo carcomido. Mas também pode revelar a propagação de um saber acumulado em volta de uma cozinha por mais de cinco gerações. Temos de manter o olhar atento, crítico, nu e isento de deslumbramento, tanto pelo novo quanto pelo velho.[54]

Mas talvez, só para finalizar esse paralelo, fosse interessante observar o que é o *cocido* e o que é o hambúrguer, neles mesmos. Afinal, como defende Bruno Latour, estendendo a noção de cultura, sempre devemos tratar a matéria viabilizando as potências do que está em torno dela.[55]

Acredito que esse trava-contas entre *fast food* e taberna também esteja ligado a um dos temas mais relevantes e atuais: o da alteridade. O *fast food* passa um rolo compressor na disponibilidade de entender o outro. O *BigMac* é sempre o mesmo, do Canadá ao Japão, ele zapeia pelo mundo incólume, sem ser atravessado por culturas e gostos. Nada exige para ser digerido. Passa ao largo do conhecer, do descobrir o outro, o diverso, exercício mais rico, mais forte, mas que demanda trabalho e abertura.

Num *cocido* subsistem os vários traços e sabores distintos: o da cenoura, da carne, do toucinho, da galinha, da batata, do grão-de-bico que passeava petulante pelo estômago do escritor Alexandre Dumas.[56]

54 Sobre o assunto ver: CASTRO, Eduardo Viveiros. *A inconstância da alma selvagem*. São Paulo: Cosac Naify, 2013.

55 LATOUR, Bruno. *Jamais fomos modernos*. São Paulo: Ed. 34, 2009.

56 Sobre o assunto ver capítulos intitulados A África começa ao sul dos Pirineus: leitura dos viajantes sobre o comer e o beber madrilenos e Virando a mesa: o confronto com a leitura de um cronista madrileno.

Mas existe também o paladar que é do prato como um todo, sendo que os gostos dos ingredientes não se perdem na sua especificidade.

Esses delibamentos individuais presentes em cada componente do *cocido* têm uma relação tensa, que formula uma conexão de troca, tal como uma peleja de baile flamenco. As diversidades são mantidas porque as disputas se dão com a potência e com o melhor de cada elemento. Já o hambúrguer é uma massa amorfa e homogênea, que gira num só sentido, que funde e dilui as diferenças. O *cocido* é o hibridismo cultural na sua essência. O *BigMac* é totalitário.

***Slow, baby, slow*: taberna, comida e resistência**

> Em toda fronteira há arames rígidos e arames caídos. As ações exemplares, os subterfúgios culturais, os ritos são maneiras de transpor os limites por onde é possível.
>
> Néstor García Canclini

O discurso dos taberneiros entrevistados traz à tona a bagagem da cozinha tabernal inserida num trabalho não formal na produção da comida, demarcada por um saber não convencional e conhecimentos acumulados. Lógico que deve-se levar em conta que há na cultura culinária todo um jogo entre tradição e ruptura, posto que é uma confecção que está em transformação permanente. É sujeita a novas tecnologias, maneiras de consumo, soma e carestia de produtos, mediante a criação. Essas transmutações são incorporadas pela tradição, que por sua monta, criam novas estratégias e convenções, como coloca o historiador Carlos Roberto Antunes Santos:

> Portanto, todo o saber culinário que era preservado, sistematizado e transmitido de geração para geração, traz consigo, dentre outras, categorias de análises como a tradição e a comensalidade. Todo um 'saber fazer' presente na elaboração dos pratos que foram incorporados aos padrões de cada época e que receberam

> algumas alterações, em termos de acréscimos, substituições e abstrações. Desta forma é possível perceber as resistências na História de determinadas tradições, seja em termos de escolha de alimentos, seja em relação à sua elaboração. Nesse sentido, as receitas que incorporam os paradigmas de continuidade e permanência, trazem a noção de que as práticas alimentares são ditadas por regras culturais engendradas na história de uma família ou de um grupo social. Muitas vezes, as receitas, ao atravessarem gerações, expressam as realidades sociais em termos de adequação aos novos tempos.[57]

A cozinha é, portanto, lugar de transmissão de cognição, mas também de improvisos e esquecimentos. Note-se que a culinária madrilena, como qualquer outra, é produto de miscigenação de várias culturas. Mas a comida é uma forma de conexão e pode constituir uma narrativa de memória social de um grupo. Daí que a dinâmica entre memória, comunicação e tradição desvela a alimentação como constitutiva de uma relutância e do pertencimento de uma comunidade.[58]

Vivemos em uma sociedade de misturas, cruzamentos e margens, em suma, de hibridação intercultural, permeada por distintas maneiras de ler, trabalhar, disseminar informações e outros códigos. A expansão urbana, demarcada por uma troca heterogênea entre o local e o global, pode ser vista como uma das causas que exacerbaram esse fenômeno.[59]

Entretanto, ao contrário do que se possa concluir, viver numa metrópole, como Madri, não engendra necessariamente dissolver-se no anonimato da massa. Sobre o assunto, diz José Alberto: "Meu avô

---

57 SANTOS, Carlos Roberto Antunes. "A comida como lugar de história: as dimensões do gosto". *História: Questões & Debates*, Curitiba, n. 54, jan./jun. 2011. p. 103-124, p. 121.

58 *Ibidem*, p. 107-108, 111-112.

59 GARCÍA CANCLINI, Néstor, *Op. Cit.*, p. 285.

dizia que para haver um restaurante bom, tem de haver um restaurante ruim."[60] E Ángel de Miguel também se posiciona:

> Bem, eu digo que tem de haver de tudo e para todas as idades. Com dezessete, dezoito, vinte anos, pois sim, você vai comer um hambúrguer no McDonald's ou no Burguer King. Com trinta ou quarenta... Não sei... Há sítios onde te servem um hambúrguer muito melhor do que no McDonald's, não sei... O que se passa é que as pessoas... Há gerações, sobretudo a minha, que se acostumaram a esse tipo de comidas e então agora praticamente é onde vão, porque não conhecem outras coisas. Eu! Graças a Deus! Meu pai me levava desde pequeninho a conviver em sítios típicos da zona de El Rastro, de quem quer que fosse. Eu fui, eventualmente, com meus amigos a um McDonald's. Mas eu conheci o outro lado da hotelaria. Então, quando era jovenzinho eu alternava com meus amigos. Agora, com minha mulher, eu nunca quis ir comer um hambúrguer![61]

E no campo da alimentação as ondas de enfrentamento pululam. Na Espanha, mesmo nas grandes cidades, preserva-se um certo tempo para as práticas alimentares. E o intervalo de almoço mais longo, com fechamento do pequeno comércio e outros negócios para permitir a *siesta* é uma realidade. Em suma, ainda persiste uma valorização de agregação através da comida.[62] Lógico que muitos comem *fast food,* mas o consumo é muito menor em comparação com a Inglaterra, por exemplo. O mesmo ocorre na Itália, país onde 41% dos cidadãos jamais pisaram num restaurante de comida rápida estrangeira como

---

60 RODRÍGUEZ, José Alberto. Entrevista concedida a Daisy de Camargo. Madri, 27 jun. 2013.

61 GÓMEZ, Ángel de Miguel. Entrevista concedida a Daisy de Camargo. Madri, 8 jul. 2013.

62 GARCIA, Rosa Wanda Diez. "Reflexos da globalização na cultura alimentar: considerações sobre as mudanças na alimentação urbana". *Revista de Nutrição,* Campinas, n. 16, vol. 4, out. /dez. 2003. p. 483-492, p. 489.

McDonald's ou Burguer King. Como escreveu Carlos Roberto dos Santos "em termos de estratégia, seria equivocado acreditar que a modernização cosmopolita alimentar viria desagregar e destruir as cozinhas locais e regionais."[63]

Outro caso de renitência a ser considerado é o *slow food*, cujo episódio fundador ocorreu na Itália, em meio a uma grande manifestação que emerge em Roma, por conta de um protesto contra a abertura de um McDonald's em plena *Piazza di Spagna*, no ano de 1989. O manifesto da mobilização dizia: "Um firme empenho na defesa da tranquilidade é a única forma de se opor à loucura universal da Fast Life."[64] Esse movimento, que acabou por se espalhar por todo o mundo, é comprometido com a valorização do alimento como cultura e um aprendizado do gosto e da sociabilidade.

Já que no contexto atual e no âmbito da história da alimentação o termo identidade é bastante romântico e movediço, posto que as culturas se esbarram o tempo todo, eu gostaria de aproximar a narrativa dos taberneiros como discurso que almeja retomar uma tradição como vínculo e resistência.

Nos dias de hoje a experiência da ruptura debela em muito o vigor da tradição. Se no passado o rompimento não tinha força para desmontar a cronicidade da permanência, nos dias atuais sobressai-se uma diligência para sua erradicação. A definição de tradição seria a de algo passado oralmente ou por escrita, de geração em geração, como aliás entende o taberneiro José Alberto:

> Eu acredito que, à parte você goste, tem que sentí-lá (a taberna) como sua. À parte que é um negócio, ou seja, o que lhe dá de comer, mas tem que sentí-lá como uma parte sua. Ou seja, se a

63 SANTOS, Carlos Roberto Antunes dos, *Op. Cit.*, 2006, p. 9.

64 CARVALHO, Isabel Cristina Moura. "*Slow food* e a educação do gosto: um movimento social sem pressa." *Revista Prâksis – Educação e Meio Ambiente.* Novo Hamburgo, Ano 5, vol. 1, 2008, p. 2-14.

> toma como um negócio, no primeiro momento que não funciona, fecha e aí está! Mas quando leva cento e vinte anos, atravessando guerras, épocas boas, épocas ruins e você vai ajustando... Eu creio que é o orgulho de que é seu e de que vem de outras gerações, que é o que um restaurante "normal" não tem. [...] Ou seja, da mesma maneira que os outros lutaram, você deve seguir pelejando... É uma época ruim, uma boa, e depois logo virá outra boa. Mas você tem de pelejar também com a perspectiva de que é um negócio da sua família.[65]

Embora herança, de uma certa maneira, não quer dizer que essa passagem não envolva transformações, ajustes, somas e perdas, matizadas por contingências, necessidade e criatividade, como já foi colocado no que diz respeito à cultura culinária.

A comida, enquanto composição cultural, em tempos passados, por maiores que fossem as permutas e influências, inclinava-se para a regionalização. Atualmente, em desconcerto, a tendência é a pluralidade, a internacionalização e mudanças velozes. Se antes a tradição era a base das sociedades, pode-se dizer que a ruptura tornou-se o espaço em que se move o homem contemporâneo.[66]

Creio que é plausível ponderar o discurso de Ángel e José Alberto na perspectiva de um conceito específico elaborado pelo professor Alfredo Bosi,[67] que seria o de tradição como cultura. É uma ideia que parece, num primeiro golpe de vista, um tanto cediça, pois quando se fala em cultura entende-se por algo que se dissemina e lega por um processo de longa duração. Mas Bosi acredita que está no subconsciente de povos que viveram uma estratificação colonial ou

65 RODRÍGUEZ, José Alberto. Entrevista concedida a Daisy de Camargo. Madri, 27 jun. 2013.

66 BORNHEIM, Gerd. In: BORNHEIM, Gerd (org.).*Cultura brasileira: tradição contradição.* Rio de Janeiro: Zahar, 1987. p. 16, 18-19, 25, 29.

67 BOSI, Alfredo "Cultura como tradição", In: BORNHEIM, Gerd (org.). *Op. Cit.*

pré-capitalista, a inventiva de uma cultura como isolada e reificada. A saber, um conceito de cultura como conjunto de bens de luxo que só as pessoas ricas têm acesso.

Entretanto, Bosi propõe que no contrapé de tratar a cultura como coisa fruída, de consumo, uma mercadoria a ser exposta, desviar para a intelecção de cultura como fruto de um trabalho produzido, acumulado e transmitido e que, portanto, tem a memória como centro vivo. E é essa remetência que interessa aqui. Essa é a cultura do taberneiro no embate com a cultura como bem desfrutável, representado pelo cliente que vai comer e se exibir nas grandes vitrines de vidro de que fala Ángel. A cultura seria então o trabalho duro enfrentado por Ángel e José Alberto. Esse conceito lapidado por Bosi é definitivamente uma mudança de chave:

> Se a cultura é uma soma de objetos que as pessoas têm ou herdam, as pessoas ricas a têm e as pessoas pobres não a têm. A cultura dos pobres seria um nada, eles precisariam obter aqueles bens para serem cultos. O que é oposto à ideia de trabalho, porque, nesta , todos têm acesso à cultura: não se trata mais de um problema de classe, o ser humano será culto se ele trabalhar; e é a partir do trabalho que se formará a cultura. É o processo e não a aquisição do objeto final que interessa. [...] Todas essas ideias são opostas à concepção de cultura como mercadoria finita e descartável, exterior à vida intersubjetiva. Cultura como processo, cultura como trabalho, cultura como ato-no-tempo: este é o fio da meada que estou tentando desembaraçar aqui.[68]

A cultura do taberneiro sobrevivente não é um conjunto de bens e objetos inertes. É o trabalho feito pelas pessoas que querem desvendar como aquele conhecimento, aquele saber funciona. Puxando um pouco para o tema em questão, a cultura não é uma biblioteca de livros de receitas granjeadas ao longo de gerações de uma nobre famí-

68 *Ibidem*, p. 39-40, 52-53.

lia, se eles ficarem pregados na estante, a serem ostentados aos convidados do jantar na hora do licor. O livro de prescrições pode até virar cultura se eu resolver praticá-lo, colocá-lo para engrenar. Mas se eu deixá-lo na prateleira, ele ficará ali, na atonia, no torpor da existência inútil. Retomando então: cultura é o ofício levado a cabo pelas pessoas que fazem o *cocido*, que conhecem profundamente aqueles ingredientes, seu cozimento, a maneira com que interagem entre si.

Entendo, portanto a comida como uma Cultura com C maiúsculo, elaborada em seu cotidiano, driblando as contingências. A cozinha está no âmbito da cultura empreendida e vivenciada. Quer dizer, a cultura se constrói fazendo e é assim que ela passa a ter sentido. Ela é simplesmente o participar, ser, estar ligado naquilo, como quem toca um instrumento.

Posso inserir aqui um exemplo palpável acerca da tradição como força insurreta. Trata-se de um estudo de caso sobre a memória de San Miguel de Anenecuico, um povoado do Estado de Morelos, no México. Eram guardados em uma caixa de folha de lata todos os documentos juntados por gerações dos notáveis do *pueblo* para conservação da memória da comunidade.

Dos papéis estão vestígios de primeiros contatos entre os povos originários e a Coroa Espanhola, indícios de maneiras de produzir, assimilar e preservar. Também havia relatos sobre a mestiçagem de pessoas, hábitos, sensibilidades. Regista outrossim reivindicações já datadas do XIX a propósito de desintegrações e impactos provocados pelas *haciendas* açucareiras.

Em 12 de setembro de 1909 os anciãos de Anenecuico reuniram-se, na calada da noite, à revelia dos olhares dos *hacendados*, a fim de entregar a um dos jovens da coletividade o que definiam ser seu atestado de luta e o ensejo de suas existências. Este rapaz chamava-se Emiliano Zapata. Só a evocação desse nome já basta. Não é necessário explicar quem é esse homem, o que fez e tudo que representa para a história do povo mexicano.

Chamo atenção apenas para o fato de que os títulos de terra, que também estavam inclusos nessa caixa de lata não constituíam tão somente direitos legais sobre as posses referidas, mas também os testemunhos acumulados de todas as sucessões dos chefes do *pueblo* que antecederam Zapata.

E durante a Revolução Mexicana, quando líderes de outros movimentos e regiões inquiriam Zapata sobre a razão de sua peleja, ele mandava buscar a caixa de folha de lata que guardava enterrada no templo de Anenecuico, para mostrar-lhes as evidências e narrativas de seu *pueblo*. E ele o fazia não só para provar os direitos patrimoniais de seu grupo, mas também para recorrer aos seus aferros, obstinações e lembranças.

É dessa maneira que percebo a resistência tabernal e sua cozinha tradicional secular. Nesse sentido, a taberna pode ser vista como campo de cultura e de resistência. Para Jameson nos dias atuais ocorre uma infantilização dos hábitos de consumo, bombardeado de informações que não dizem. É a cultura do Google, da Wikipédia, da homegeinização. Ela está personificada no turista que roda o mundo e procura o *fast food* para comer. Trata-se de uma pauperização da experiência, tomando esse vocábulo no sentido literal, enquanto prática da vida, de provar o novo, de adquirir conhecimentos específicos historicamente acumulados. Entretanto, não há porque temer o apocalipse, o *amargedon*, o desastre do progresso de que fala Paul Virilio[69] – com tanta beleza e propriedade – porque existe uma cultura da altivez e Ángel de Miguel e José Alberto também possuem cada qual, como (quase) todos nós, a sua velha caixa de folha de lata.

---

69 "Hoje estamos ante outra barbárie: são os danos do progresso. Portanto, devíamos criar uma nova universidade: a universidade do desastre. Não o desastre da universidade, mas uma universidade que estudasse o desastre, que analisasse, com todas as disciplinas, os danos do progresso." VIRILIO, Paul. *Penser la vitesse*. Disponível em: <https://www.youtube.com/watch?v=vK8TGPNxhtM>. Acesso em: 28 jan. 2015.

Ángel, diria que de uma sabedoria e uma perspicácia prematuras, parece dimensionar que a memória e a tradição de seu ofício atualiza-se por meio da audácia, das pequenas irreverências cotidianas contra um mercado que configura o mundo público como palco do consumo e encenação dos signos de *status*.[70] Não há propósito de negação do outro, das hamburguesas, das bebidas açucaradas, das grandes vitrines de gentes. Perguntados sobre o assunto "comida rápida" os taberneiros entrevistados deixaram claro em suas respostas que acreditam que tem que haver de tudo, inclusive o *fast food*.[71] Ou seja, não se trata de um ressentimento ou uma nostalgia obtusa de volta no tempo. O taberneiro admite a diversidade, mas reivindica o seu direito de existir.

A densidade dessa antinomia é mais sutil. Trata-se, como diz García Canclini, de esgarçar os arames ali onde estão um pouco mais frouxos e onde uma micro-existência é possível, ou seja, nas bordas. O nome disso é astúcia. O mundo contemporâneo intentou encaixotar os saberes em modelos exportáveis e uniformes, mas as comunidades assumem compreensões heterogêneas. Cada grupo atribui e exerce um significado, um jogo, uma prática.

Talvez ajudasse pousar os olhos nessa cena como se fosse uma catequese. O colonizador é recebido pelas comunidades autóctones, que aparentemente deixam-se evangelizar e disciplinar. Oferecem suas mulheres, suas comidas, suas guaridas. Mas a qualquer momento, no menor vacilo possível, o nativo também dará um jeito de comer o desbravador, na rede ou no espeto.

---

70 GARCÍA CANCLINI, Néstor. *Op. Cit.*, p. 288.

71 GÓMEZ, Ángel de Miguel. Entrevista concedida a Daisy de Camargo. Madri, 8 jul. 2013; RODRÍGUEZ, José Alberto. Entrevista concedida a Daisy de Camargo. Madri, 27 jun. 2013.

7. Comer em goles: você tem sede de quê?

Droga para mim é o segundo copo de água
que tomo depois que matei a sede.

Yoko Ono

Desejo, necessidade, vontade

Há indícios de que a taberna nasceu no Egito Antigo e foi vastamente alastrada na Grécia e no Império Romano, que, encadeada em sua política expansionista, difunde a instituição tabernal por toda a Europa, incluindo a Espanha.[1]

Mas a taberna europeia, já há centenas de anos, era tradicionalmente a loja em que se vendia vinho a retalho.[2] E o beber foi percebido, para boa parcela das camadas populares da Espanha, Portugal, França e Itália, como resistência à fragilidade das condições alimenta-

1 ANDRADE, Pedro de, *Op. Cit.*, p. 240; PINTO, Raul Simões. *As tascas do Porto*. Porto: Afrontamento, 2008.

2 SILVA, Antonio Moraes. *Diccionario da Lingua Portuguesa*. Lisboa: Impressão Régia, 1831.

res. O vinho cumpriu a função de um alimento substituto da privação repetida de cereais através dos séculos.

Esse estabelecimento, enquanto espaço da prática pública de beber, representou, desde cedo, um território de sobrevivência de parte da população mais pobre. Por consequência, o beber criou estratégias socioeconômico-libidinais e toda uma sociabilidade subscrita, o que facultou a acumulação de um repertório particular de práticas lúdicas e embriagantes.

Haja vista que a palavra "libação", é particularmente reveladora e manifesta porque na gíria da taberna, utiliza-se o verbo "libar" para apontar o ato de sorver vinho com um prazer particular.[3] No espaço tabernal, portanto, o gozo (de embebedar-se) se misturou e perfurou o campo da precisão.[4]

É lógico que a esfera do cotidiano e da cultura material, onde estão inseridos alimentos e bebidas alcoólicas, dizem respeito às necessidades humanas. Mas a pergunta é: no contexto de qualquer civilização, o que é necessidade humana? Esse termo é derivado do latim *necessārius*, que denota imperioso, urgente, indispensável.[5] Tudo soa muito claro. Mas o que é imprescindível, ou melhor, qual o limite entre o compulsório e o supérfluo? Não sei responder, mas posso contrapor que o desejo, o apetite é o refinamento da premência.

Em *Civilização material, economia e capitalismo*, Fernand Braudel[6] defende que tanto o alimento como o álcool e outras drogas podem significar depuração e requinte. Ele traça o percurso de como o luxo torna-se fundamental e é distribuído, inclusive para as cama-

---

3 ROMERO DE SOLIS, Pedro. "La *taberna* en Espagne et en Amérique". *Terrain revue d'ethnologie de l'Europe*, Paris, n. 3, out. 1989, p. 63-71.

4 ANDRADE, Pedro de, *Op. Cit.*, p. 230.

5 CUNHA, Antônio Geraldo. *Dicionário Etimológico Nova da Língua Portuguesa.* Rio de Janeiro: Nova Fronteira, 1982, p. 546.

6 BRAUDEL, Fernand. *Op. Cit.*

das menos abastadas. Entre os primeiros produtos que o historiador esmiúça está a água, que é um ingrediente básico, mas que pode ser consumido de forma mais pura e refinada, o que corresponderia hoje no mercado à água mineral, aprimoradamente alforjada e rotulada, gaseificada e enriquecida. Poderíamos passar a vida toda tomando água da cisterna e comendo farinha. Mas o que ocorreu no itinerário do poço à água mineral de garrafa é uma limagem das nossas urgências.

Para ser mais explícita, quando Yoko Ono diz que droga é o copo de água tomado uma vez que a sede foi dissipada, é a definição da sofisticação da carência depois que esta já foi sustentada. A substância poderia ser oxigênio, açúcar, batata, chocolate, café, cachaça, vinho ou coelho com tomate,[7] pois o que importa nesse caso é o apuro do gosto depois que a sobrevivência já foi garantida.

A questão que interessa aqui é: por que o álcool ocupa um papel tão importante no ocidente, pensando nas culturas de civilização? Primeiro porque representou no cristianismo um quase correlato do paganismo: um culto a um deus menino que morre e renasce (Dionísio). Em segundo, a bebida não seria só um fenômeno cultural, mas econômico, de valor agrícola, posto que o cereal e a fruta são perecíveis e a melhor forma de garantir sua durabilidade é fermentar, destilar e estocar. Outra resposta está em sua múltipla função: alimento, remédio, diversão, distinção social, efeito agregativo, uma vez que produz o combustível para a festa coletiva.

De todo modo, pouco importa qual dessas demandas vem na dianteira, até porque no cotidiano elas se intervalam e se cruzam. Matar a sede, a fome, se embriagar são práticas que se resvalam enredadas no espaço tabernal, permeando o fluxo desses líquidos.

---

7 "A engenhosidade e a diversidade regional autorizam a introdução de alimentos diversos [...] que matizam a idéia de um regime alimentar único, tanto no espaço quanto no tempo, o das crises transtornando tudo, o das longas transformações introduzindo novas possibilidades." ROCHE, Daniel. *Op. Cit.*, p. 330-331.

Para lavar mãos e vasilhas: água e refrescos não alcoólicos

Beber é um grande prazer.
A água serve para as rãs e para os peixes que nadam bem.

Ditado popular

A água na taberna limita-se a propósitos específicos: é utilizada para lavar vasilhas, copos e quiçá para abluções de cunho da higiene pessoal. Jesus Díez de Palma, que traçou toda uma antropologia sobre ritos e objetos tabernais, sentencia acerca desse líquido: "Desconhece-se outros usos e aplicações."[8]

Ainda no campo dos não etílicos, os viajantes do século XIX citam variados refrescos. Os escritores Teófile Gautier e Barón Ch. Davillier se deliciaram com *horchata de chufa* (suco elaborado com uma espécie de tubérculo, a chufa, para servir gelado, às vezes misturado com água de cevada), e o *agraz* (bebida feita com uvas verdes machucadas, açúcar e água).[9] Gautier se encontra com água tomada com *azucarillos,* porosos de açúcar, às vezes acompanhados de laranja e limão.[10]

Richard Ford também elucida o *agraz,* consumido nas tabernas madrilenas, que segundo esse escritor, viria do árabe *hacaraz.* Ele adorava batizar essa bebida com vinho Jerez.[11] E aproveito esse permisto poético de Ford para saltar ao tema que interessa aqui: os líquidos com teor de etanol.

---

8 DÍEZ DE PALMA, Jesús. *Op. Cit.*, p. 9.

9 GAUTIER, Teófilo. *Op. Cit.*, p. 186.

10 *Ibidem*, p. 120.

11 FORD, Richard. *Op. Cit.* p. 159 e 188. Sobre esse assunto, ver MONTOLIÚ CAMPS, Pedro. *Op. Cit.*, p. 214-215.

O que precede a sede: os alcoóis e a comensalidade

Um homem que só bebe água tem um segredo
a esconder de seus semelhantes.

Charles Baudelaire

O consumo de álcool é o cerne da comensalidade e permeia todas as senhas e códigos de comunicação do vocabulário tabernal. Díez de Palma, em sua abordagem de vozes e expressões mais frequentes no ambiente da taberna madrilena, define o termo *borrachera*:

> Estado de graça em que caem aquelas pessoas que se uniram ao vinho e outras bebidas alcoólicas mediante un amor místico. Sinônimos: Ebriedad, melopea, castaña, toña, merluza, beodez, cogorza, jurel, loba, llorona, moña, mona, pítima, temulencia, tranca, curda, tablón, tajada, globo, pedo, mierda.[12]

A bebedeira, como diagnosticou sabiamente Rabelais, precede a sede.[13] Ela é um subterfúgio e combustível para trocas efusivas. Nesse esteio, a variedade de alcoóis vendidos ao longo da história das tabernas madrilenas é imensa. Sempre foram muito frequentes as aguardentes de frutas, bebidas secularmente oferecidas nesses estabelecimentos, preparadas com colheitas maceradas somadas a açúcar, canela e água de vida, além de licores de ervas e anis de *chinchón*,[14] nome de um povoado localizado nas cercanias de Madri que produzia tal bebida.[15] Essa última sempre foi servida na *Tienda de Vinos*,[16] tendo sido citada pelo seu taberneiro, Ángel de Miguel:

---

12 DÍEZ DE PALMA, Jesús, *Op. Cit.*, p. 16.

13 CHEVALIER, Jean; GHEERBRANT, Alain, *Op. Cit.*, p. 127.

14 GARCÍA DE OTEYZA, Carlos Osório, *Op. Cit.*, p. 35-36.

15 MACHADO, Leocadio, *Op. Cit.*, p. 137.

16 Abordada no capítulo: O diabo que falsifica vinho.

> O Chinchón é como um aniz. Há o doce e o seco, em um estilo francês. Seria parecido com o Marie Brizant. É feito aqui do lado de Madri, em Chinchón. Colmenar de Oreja é bastante conhecido e Chinchón está justo ao lado e é ali onde se faz esse licor típico.[17]

Outras bebidas antigamente consumidas e apreciadas nas tabernas populares da cidade foram a *aloja*, a *carraspada*, o *hipocrás* e o *hidromel*.[18] O *hipocrás* (ou vinho Hipocrático) é um estimulante tônico a base de vinho, açúcar, canela, âmbar e almíscar. Esse composto foi aperfeiçoado com o passar do tempo, tornando-se um vinho cozido com ervas, tais como a genciana e a angélica, e é considerado um antepassado do *vermut*, um dos líquidos mais servidos nas tabernas madrilenas da atualidade. No mais, o *hipocrás* era uma combinação alcoólica mista, tomada sobretudo no inverno, por conta do calor que emprestava ao corpo. Consta no livro '*Pedacio dioscorides anazarbeo*', traduzido pelo Doutor Laguna no ano de 1555, uma receita de tal néctar:

> Juntarás em um caldeirão de cobre quente aguardente de "orujo" e de uva. E acenderás o fogo. Agregarás três quartos de aniz doce, três quartos de menta doce, dois quartos de aguardente de semente de zimbro, dois quartos de brandy, um punhado de açúcar de cana, meia onça de aniz estrelado, um quarto de onça de aniz de "manzanilla", orégano, pétalas de rosa e erva doce. E ferverás durante três minutos antes de servir.[19]

A *aloja* era um refresco muito similar ao hidromel, preparado com água, levedura, mel, gengibre, pimenta, canela, noz moscada e

---

17 GÓMEZ, Ángel de Miguel. Entrevista concedida a Daisy de Camargo. Madrid, 8 jul. 2013.

18 GARCÍA DE OTEYZA, Carlos Osório, *Op. Cit.*, p. 35.

19 Citado em DIAZ, Lorenzo, *Op. Cit.*, 1990, p. 182.

limão.[20] E, por último, os madrilenos bebiam a *carraspada*, constituída por vinho cozido e temperado. Sobre essa receita, trata Lorenzo Díaz:

> Também gozou de grande êxito nos estamentos populares outra bebida chamada "carraspada", um vinho cozido e temperado, que muitos confundiam com o "hipocrás". Era preparado em Villaverde, povoado próximo a Madri, e seu preço oscilou entre 48 e 60 "maravedíes" cada dose. A que mais se parecia com essa bebida era a "garnacha", composta por sumo de uva, açúcar, canela, pimenta e outras substâncias. Era vendida em uma taberna na Calle de Olivo (atual Mesonero Romanos) chamada Casa dos Cem Vinhos, pela abundância e heterogeneidade de gêneros que eram comercializados no local.[21]

O hidromel, por sua vez, provém da fermentação da mistura do mel com sucos de frutas. Há vestígios arqueológicos de utilização do mel datados de 15 mil anos, em Cuevas del Arañas (Espanha), o que leva a crer que essa bebida tenha sido um dos primeiros líquidos alcoólicos consumidos pelo homem. Como valida Michael Pollan: "A fermentação alcoólica depende de açúcar e, pelo menos antes do advento da agricultura, o néctar doce que as abelhas concentram no mel era a fonte mais rica e acessível de açúcares encontrada na natureza."[22]

É demarcada a simbologia do mel como elemento de sacralidade, deleite e felicidade. Os gregos consideravam o hidromel uma bebida dos deuses.[23] Nas tradições celtas é celebrado como sumo da imortalidade, que corre em cascata para o outro mundo.[24] Esse ingre-

20 Há referências ao termo *aloja* como definidor de refresco na época árabe, ou como bebida alcoólica na época cristã.

21 DIAZ, Lorenzo, *Op. Cit.*, 1990. p. 182.

22 POLLAN, Michael, *Op. Cit.*, 2014. p. 356.

23 CARNEIRO, Henrique. *Pequena Enciclopédia da História das Drogas e Bebidas*. Rio de Janeiro: Elsevier, 2005. p. 32.

24 CHEVALIER, Jean; GHEERBRANT, Alain, *Op. Cit.*, p. 604.

diente também está presente na utopia da Cocanha, surgida na França Medieval, como ideal de fartura e liberdade. As versões inglesa e alemã relatam rios, enquanto a brasileira, a de São Saruê, descreve a visão de uma lagoa de mel.[25]

Mas, uma vez traçado esse panorama muito breve acerca de alguns líquidos milenares, conforme o já proposto, eu me centrarei na abordagem das principais bebidas consumidas nas tabernas madrilenas: o *vermut*, a cerveja e sobretudo o vinho.

A hora do *vermut*

Um Martini é bom, dois é demais, três é pouco.

James Thurber

Ele é resistente nas trincheiras tabernais e continua a jorrar desobediente das torneiras e estabelecimentos madrilenos. Uma pesquisa realizada no ano de 2008 levantou que consome-se na Espanha cerca de 35 milhões de litros desse líquido vermelho escuro e vivo.

O *vermut* (do alemão *wermut,* que significa *ajenjo,* quer dizer, absinto) é uma versão atualizada de uma bebida milenar já citada anteriormente: o *hipocrás*. Conta-se que teria sido o médico grego Hipócrates (460-370 a.C) o primeiro a acrescentar nessa receita, considerada prescrição terapêutica, flores de dictamo de Creta e de absinto, com o intuito de potencializar sabores e fomes.

Trata-se de um vinho modificado com adição de álcool e aromatizado com ervas, frutas e flores (além dos já citados dictamo e absinto, genciana, quina, ruibarbo, *manzanilla*, baunilha, violeta de cheiro, *chinchona*, framboesa, limão, raiz de lírio e outras especiarias) e posteriormente pasteurizado.

25 FRANCO JÚNIOR, Hilário. *Cocanha: várias faces de uma utopia*. São Paulo: Ateliê Editorial, 1998, p. 38, 50 e 170.

Mas a certidão de nascimento da bebida remonta à cidade italiana de Turim, no século XVIII. É nesse contexto que surgem as marcas de grande fama, como Martini e Cinzano.[26] Em 1860, Gaspare Campari, por sua vez, inventou, em Milão, uma fórmula que verteu-se numa versão mais disseminada da bebida.[27]

Durante muito tempo o consumo espanhol era abastecido por importados italianos. Mas há registro do *Anuario Almanaque del Comercio de España* de 1911 acerca de fábrica espano-italiana instalada no país, conforme consta nesse anúncio:

> **VERMOUTH (Fábricas de)**
> **Bodegas Hispano Italianas**
> **VERMOUTH GRIGNOLINO**
> Espírito Santo, 48.
> Mayor y. Cª, Evaristo S. Miguel, S. Porras (Felix F.), Cardenal Cisneros, núm. 10.
> Mayner y Plá, - Reus (Tarragona)[28]

De primeiro, era mais bebido pelos ricos, mas no começo do XX passou a se espalhar entre as mesas populares. A maneira de preparo persiste, com algumas modificações de ingredientes, como indica José Alberto: "A maneira de preparar o vermut é mais ou menos parecida com o vinho. Há, digamos, umas ervas e um caramelo que fazem-no um pouco mais doce; adicionam-lhe álcool, mas a bebida é parecida."[29]

26 GARCÍA DE OTEYZA, Carlos Osório, *Op. Cit.,* p. 34 e 35.

27 CARNEIRO, Henrique, *Op. Cit.*, 2005 (b). p. 65.

28 *Anuario Almanaque del Comercio de la industria de la magistratura y de la administracion de España, sus colonias Cuba, Puerto Rico y Filipinas, estados hispano-americanos y Portugal.* Madrid: Bailly-Bailliere, 1911, p. 804.

29 RODRÍGUEZ, José Alberto. Entrevista concedida a Daisy de Camargo. Madri, 27 jun. 2013.

A Espanha tem atualmente uma produção muito considerada, sobretudo as da zona de Réus, na Catalunha, anteriormente já apontada no anúncio da marca Grignolino. Os *vermuts* mais apreciados pelos madrilenos são Íris e *Izaguirre*. Sobre o consumo e os ritos que envolvem essa bebida, corrobora José Alberto:

> O vermut é vendido durante todo o ano, como uma bebida de aperitivo que geralmente se toma antes de comer aqui em Madri. É servido um pouco frio, com um pouquinho de gelo. Mas não é habitual ir a um sítio e tomar um vermut, ir a outro e tomar outro e tomar... Isso se faz com o vinho. Mas com o vermut você fica com uns amigos para comer, antes de comer, em um sítio ou em um balcão do restaurante, e toma um vermut como um aperitivo da comida. É o que mais se toma de aperitivo atualmente, à parte o vinho.[30]

Até os dias de hoje, "a hora do aperitivo" (palavra que vem do latim *aperire*, abrir) é apelidada entre os ibéricos de "a hora do vermut", a saber, aquele interlúdio entre a hora da missa (para os que a frequentam) e o almoço, como atesta Lorenzo Díaz:

> A hora do vermut é uma hora que aclarou na década de 1920. Até então era chamada de "a hora do aperitivo"; mas a aparição do vermut transformou seu nome, ao mesmo tempo que potencializou esse período do dia, preliminar do almoço ou do jantar, em que cada qual se encontrava com seus amigos mais habituais para preparar com uns copos o momento de por-se a comer.[31]

Como lembrou José Alberto, é servido bem frio, puro ou com *seltz*. Os barris devem ser colocados a uma certa altura, para que o lí-

---

30 RODRÍGUEZ, José Alberto. Entrevista concedida a Daisy de Camargo. Madri, 27 jun. 2013.

31 DIAZ, Lorenzo, *Op. Cit.*, 1990. p. 250-251.

quido escorra por pressão natural e não forme gás.[32] Ainda em tempos que correm, nas tabernas madrilenas mais castiças, onde esse vinho aromático é anunciado em cartazes saturados em cores de Almodóvar, a bebida tornou-se um horário e um ritual, uma pausa do trabalho, uma ponte, um intermédio, um adiantamento efusivo da comida. Seu consumo elaborou e concentrou, portanto, todo um cerimonial eufórico e desinibido específico desse caldo cultural, na mesma proporção em que os ingleses organizaram uma nova refeição e um conjunto de protocolos em torno da sobriedade e do calor do chá.

O elogio da cerveja: pão de beber, a cerveja como alimento, remédio e festa

> Um pouco de cerveja é um prato para um rei.
>
> William Shakespeare

Em alemão *bier*, em inglês *beer*, em francês *bière:* ao que parece, essas designações da palavra cerveja são derivadas do latim *bibere*. E é interessante notar que esse vocábulo significa beber, o que lança pistas sobre a importância desse líquido para a história da civilização. Já o termo latino clássico utilizado para nomear essa bebida obtida da fermentação da cevada é *cervisia*. E é dessa raiz que surgiram a denominação portuguesa e a espanhola.

Sedativa, redutora do *stress* e da pressão alta, desintoxicante e, como todos sabem, extremamente diurética, era considerada um calmante na medicina natural e tida como terapêutica desde a antiguidade, como sustenta Tom Standage:

> A cerveja também tinha um vínculo mais direto com a saúde, pois tanto mesopotâmicos como egípcios usavam-na medicinal-

32 GARCÍA DE OTEYZA, Carlos Osório, *Op. Cit.*, p. 34-35.

> mente. Uma tabuleta de escrita cuneiforme da cidade suméria de Nippur, datada de cerca de 2100 a. C., contém uma farmacopéia ou lista de receitas médicas baseadas na cerveja. É o registro mais antigo que ainda sobrevive do emprego do álcool na medicina. No Egito, o uso da cerveja como sedativo moderado foi reconhecido, e foi também a base para várias preparações medicinais de ervas e especiarias. Naturalmente, a cerveja era menos sujeita a ser contaminada do que a água, por ser feita de água servida, e havia também a vantagem de que alguns ingredientes se dissolviam nela mais facilmente. O 'Papiro de Ebers', um texto médico egípcio datado de cerca de 1550 a. C., mas evidentemente baseado em documentos bem mais antigos, contém centenas de receitas para remédios à base de ervas, muitas das quais envolvem a cerveja. Por exemplo: dizia-se que metade de uma cebola misturada com cerveja espumada curava prisão de ventre, enquanto azeitonas salpicadas misturadas com cerveja curavam indigestão; uma mistura de açafrão e cerveja massageada na barriga de uma mulher era a prescrição para dores do parto.[33]

Conforme uma lenda gaélica foi um filho do rei Berwyn, Ceraint o Bêbado, o primeiro que forjou a cerveja de malte. A alquimia foi elaborada a partir da fervura do mosto sortido com flores do campo e mel. Quando a concentação estava em ebulição, surgiu um javali que deixou pingar dentro do preparo um pouco de sua baba, ingrediente que teria desencadeado a fermentação. Note-se que esse animal simbolizava o deus Lug, relacionado ao teônimo Borvo que, no centro da Gália é o patrono das fontes borbulhantes. De fato, Borvo é um cognome do Apolo céltico que, por sua monta, é um aspecto do Lug irlandês.

E como a cerveja era a bebida de imortalidade da classe guerreira, tornou-se verossímil a versão segundo a qual o emblema do deus Lug tenha vindo pessoalmente depositar nesse elixir o gérmen da vida, representado metaforicamente em sua saliva.[34]

---

33 STANDAGE, Tom. *Op. Cit.*, p. 37.

34 CHEVALIER, Jean; GHEERBRANT, Alain. *Op. Cit.*, p. 223.

Segundo estudiosos, a origem da palavra *cerevisia* é um amálgama do nome da deusa Ceres com o termo *fortaleza*.[35] Essa última divindade referida também concede seu nome à levedura da cerveja, cujo termo científico é *Saccharomyces cerevisae*. Na mitologia romana corresponde a Deméter, filha de Saturno e Cibele. É a deusa das plantas que brotam e também do afeto protetivo. Não à toa, passou a ser adorada juntamente com Dionísio, pelos romanos quando da passagem de uma fome grassadora.

Essa bebida, cujo teor alcóolico varia de 4% a 8%, deriva da fermentação alcoólica preparada do mosto de cereal maltado, sobretudo a cevada. Existem variações em que se acrescenta mais um cereal, tais como: milho, arroz, aveia ou trigo. Mas há registro de uma lei bávara de 1516, nem sempre obedecida, segundo a qual a cerveja só poderia ser feita com malte, lúpulo e levedo.[36] A respeito da diversificação de seus componentes fundamenta Fernand Braudel:

> Para a fabricar, pode-se operar com o trigo, ou a aveia, ou o centeio, ou o milho miúdo, ou a cevada germinada (o malte). Nunca um grão é tratado sozinho: hoje, os cervejeiros juntam à cevada lúpulo e arroz. O malte, que a pouco e pouco triunfou, é esmigalhado, posto a ferver, misturado à levedura, depois abandonado à sua fermentação. A cerveja, como o repete de boa vontade um historiador inglês de hoje, é «uma sopa» de múltiplos ingredientes. Nas receitas antigas, juntavam-lhe papoilas, cogumelos, plantas aromáticas, mel, açúcar, folhas de louro, manteiga, migalhas de pão... A cerveja de lúpulo (este dá-lhe o seu amargor e assegura a sua conservação) seria originária dos mosteiros da Gália romana; é assinalada na Alemanha entre o século IX e o XII, atinge tardiamente a Inglaterra no século XV, e, como diz um rifão que exagera um pouco (mas o lúpulo foi

---

35 GARCÍA DE OTEYZA, Carlos Osório, *Op. Cit.*, p. 33.

36 PICCAZIO, Claudia. *Como Fazer Cerveja*. São Paulo: Editora Três, 1985, p. 11.

> proibido até 1556): Lúpulos, Reforma, louros e cerveja vieram para Inglaterra todos no mesmo ano.[37]

Sua origem provável é africana e data da época neolítica, período em que ocorreu a domesticação dos cereais, posto que a habilidade de armazenamento desses grãos proporcionou a passagem de um estilo de vida nômade para outro mais fixo e complexo.

Os cereais adquirem maior relevância após o desvendamento de duas propriedades inerentes. A primeira é a de que mergulhados na água germinam adocicadamente. A segunda, mais pujante para toda a história da humanidade, é a de que se o mingau repousasse por alguns dias, sobretudo se tivesse sido preparado com grão maltado, transmutava-se numa riqueza efervescente e embriagante. A ação das leveduras fermentava o açúcar, que revolvia-se em álcool. Ou seja, a papinha virava cerveja, que nos registros egípcios era nomeada como "a boa e bela", "a celestial" e "produtora de alegria."

A importância desse líquido maravilhoso para as primeiras civilizações era tamanha que a vida cotidiana dos egípcios e mesopotâmicos era mergulhada nele, acompanhando todas as refeições e perpassando todas as classes sociais e faixas etárias.[38]

Na cultura germânica a cerveja era servida no dejejum, misturada com noz-moscada e açúcar (receita recorrente do século XVII) e também em outras refeições diárias.[39] Mas sua atribuição como alimento tem raízes muito mais longínquas. Na Mesopotâmia essa bebida era um pão líquido, da mesma forma que o pão era cerveja sólida. Assim como o vinho, constituía parte fundamental da nutrição. Antes da ampla difusão da batata, a cerveja era, juntamente com o pão, um meio de sustento onipresente. [40]

---

37 BRAUDEL, Fernand, *Op. Cit.*, p. 191-192.

38 STANDAGE, Tom, *Op. Cit.*, p. 18-20, 26 e 31.

39 CARNEIRO, Henrique, *Op. Cit.*, 2005 (b). p. 29-30.

40 SCHIVELBUSCH, Wolfgang, *Op. Cit.*, p. 36.

Entretanto, há que se ressaltar a primazia do líquido no que tange à função social, devido à amplitude de compartilhamento. Há vasta documentação iconográfica, que remonta aos sumérios, que retrata pessoas bebendo de um mesmo recipiente com o uso de canudos. Essa conjuração no que diz respeito ao álcool é um signo de apreço, simpatia e acolhimento. Registra também um símbolo de confiança no conviva, posto que denota que a bebida não está envenenada ou maculada.

Embora o préstimo de canudos, ao menos para esse fim, esteja extinto, seguimos repartindo alcoóis de uma mesma garrafa, o que significa uma persistência desse pacto de cumplicidade e aliança. E o brinde não deixa de ser uma fusão dos copos num só lugar, interpolados numa mesma superfície comungada.[41]

Ventos de Espanha

Na Espanha o hábito de tomar cerveja é um costume milenar. Em Ambrona[42] foi encontrado um recipiente com vestígios dessa bebida que datam de cerca de 4400 anos.[43] No século XIX Richard Ford se empolgaria com sua presença no país e suas origens longínquas: "A cerveja, produto dos países onde não há videiras, foi introduzida na Espanha pelos egípcios e cartagineses, e resultou muito boa e muito bem aceita."[44]

O costume de bebê-la em Madri também é bastante enraizado. O gosto pela bebida se revigorou quando Carlos I e sua corte germânica se instalou na vila, trazendo um mestre cervejeiro importado de Gante. A primeira indústria implantada na cidade de que se tem notícia data do século XVI. Mas logo na sequência surgiram seis novas

41 STANDAGE, Tom, *Op. Cit.*, p. 21-22.

42 Soria, cidade pertencente à atual comunidade autônoma de Castela e Leão e capital da Província de mesmo nome. Está situada no centro-norte da Espanha, nas margens do Rio Douro.

43 GARCÍA DE OTEYZA, Carlos Osório, *Op. Cit.*, p. 33-34.

44 FORD, Richard, *Op. Cit.*, p. 159-160.

fábricas. No final do XIX existiam três grandes empresas de produção: *El laureal de Baco,* em Moncloa, *Mahou,* na Calle Amaniel, onde ainda se conserva parte da oficina original fundada por Casimiro Mahou, e *El Águila,* na calle General Lacy. Esse edifício ainda persiste, tendo sido restaurado e comutado em biblioteca.

A forma de consumo mais difundida até os dias de hoje é a cerveja de barril,[45] ou *caña,* como chamam os madrilenos, que também creditam que para os fins de que a bebida esteja bem tirada, as serpentinas devem ter um percurso muito longo.[46]

Mas são os períodos de altas temperaturas que elevam essa demanda. O taberneiro José Alberto observa que o consumo está mais centrado nas temporadas quentes: "Dependendo da época do ano bebe-se mais cerveja. Mas em Madri é sobretudo no verão. No inverno quase não se bebe cerveja. Faz muito frio, então as pessoas... Vende-se mais vinho no inverno."[47]

No mais, a cerveja cultivou estatuto e renome de bebida de ouro devido às suas propriedades nutritivas e fortificantes. Considerada inofensiva por seu baixo teor alcoólico, ela engrena como agente facilitador do trabalho, posto que não turva de todo o entendimento.

Com todas essas benesses, somadas ao seu poder refrescante que abate o calor que derrete os verões de Castilla de la Mancha (como bem lembrou José Alberto), a cerveja perdura nos ambientes populares e seu uso é fortemente conectado com a interação social franca e despojada, desabilitada de afetações.

Da Mesopotâmia às tabernas madrilenas, o cruzamento de copos dourados que procedem de uma mesma garrafa ou serpenti-

---

45 Provavelmente de inox, material cujo uso é permitido. Ver GARCÍA DE OTEYZA, Carlos Osório. *Op. Cit.*, 2010. p. 24.

46 *Ibidem*, p. 33 e 34.

47 RODRÍGUEZ, José Alberto. Entrevista concedida a Daisy de Camargo. Madri, 27 jun. 2013.

na, sobrevive invocando forças despropositadas, consagrando ritos de reciprocidade e desapego, como um preparo para o descanso, uma inversão moral, desencadeada por um líquido que liberta locução e contradança.

Vinho: o filho do sol, a criatura de Dionísio

> Profundos prazeres do vinho, quem não os conhece? Quem quer que tenha tido um remorso a aplacar, uma lembrança a evocar, uma dor a esquecer, um castelo na Espanha a construir, todos enfim já o invocaram, deus misterioso escondido nas fibras da videira.
>
> Charles Baudelaire

Uma definição contida e convencional do vinho é a de que ele seja um suco de uvas fermentado naturalmente. Numa versão mais técnica, segundo Hugh Johnson, trata-se de "uma solução aquosa de etanol, com maiores ou menores vestígios de açúcares, ácidos, ésteres, acetatos, lactatos e outras substâncias presentes no suco de uva ou resultantes da fermentação".[48]

Mas é o *etanol,* uma forma de álcool produzida pela ação dos levedos sobre o açúcar da uva, o responsável pelos efeitos do vinho. Essa fórmula pode ser rotulada de depressiva. O certo é que inibe o sistema nervoso central, espantando embaraços e dores, centelhando sentimentos naturais.

Este elemento químico é também o composto principal das outras bebidas alcóolicas. Não obstante, seus corolários variam conforme outros componentes. São essas alterações que redundam nas diferenças entre o vinho e outros alcoóis e dessa feita a ciência não conseguiu concluir nada a respeito, posto que tratam-se de quantida-

48 JOHNSON, Hugh. *A história do Vinho*. São Paulo: Companhia das Letras, São Paulo, 1999, p.13.

des baixíssimas de substâncias cujo remate é intrincado de revelar face às irrestritas reações provocadas no homem.[49]

A cerveja era uma bebida mais disponível e de preço módico nos primórdios da Mesopotâmia. Com os assírios é que o vinho foi incorporado como rito social. Porém, ele é tão antigo quanto a cerveja, com vestígios arqueológicos datados do neolítico.

O clima e terreno favoráveis à viticultura, a formação de um saber e um enfoque sistemático no cultivo tornaram o vinho na Grécia antiga uma bebida acessível, barata, produzida em escala comercial e um dos mais relevantes produtos de exportação. Os gregos estavam cientes dos riscos de ingestão de água contaminada. A constatação de que ferimentos tratados com vinho tinham menos probabilidades de infecção do que os cuidados com água levaram à avocação segundo a qual ele tinha o poder de purgar e fortificar.[50]

Essa prescrição continua sobrevivente ainda no começo do século XX. No Anuário do Comércio e Indústria de Espanha e suas colônias, do ano de 1905, consta propaganda do vinho Saint-Louis, formulado por um médico e comercializado em farmácias e drogarias, que teria propriedades reconstituinte, tônica e digestiva:

Fracos e convalescentes !!
Tomado do famoso
VINHO SAINT-LOUIS
(Fórmula do Dr. Bergeron)
Reconstituinte de primeira ordem
Aperitivo, tônico e digestivo sem rival

49 *Ibidem*, p.13.

50 STANDAGE, Tom. *Op. Cit.*, p. 48-52.

VENDA: NAS PRINCIPAIS FARMÁCIAS E DROGARIAS DA EUROPA E AMÉRICA[51]

Voltando ao amor dos gregos pelo vinho, ele está representado nas festas de bebidas emborcadas em meio a debates. Esse evento está presente em *O Banquete* de Platão, em que esse filósofo relata acerca dos Simpósios, onde as pessoas se reuniam para tomar vinho e discutir Filosofia e Mitologia. Em uma cena desse livro, durante um evento dessa monta, todos concordam: "Em beber cada qual a seu bel prazer e cada um quanto quiser, sem que nada seja forçado, para que no vinho esteja a verdade."[52] E narra Platão no final do ocorrido: "E se passou toda a noite e quando já cantavam os galos Aristófanes e Sócrates ainda estavam despertos, e continuavam a beber vinho de uma grande taça."[53]

Esse excerto sinaliza que havia um modelo correto de ingestão do álcool e outras drogas para que, como dizia Ésquilo, a substância torne-se o espelho da alma. Essa passagem carrega, outrossim, a idéia do vinho como deflagrador da poesia e da retórica, uma vez que cada qual o consuma em sua justa e particular medida.

Em suma, o vinho na cultura grega imprime o signo da civilização e do refinamento. Ao exportar esse néctar os gregos também difundiam valores, técnicas de cultivo e produção. Foi o que ocorreu já nesse período no sul da Itália e da França. Quanto à Península Ibérica, ainda não está claro se essa competência foi disseminada pelos gregos ou pelos fenícios. Mas é certo que todo um saber relacionado à viticultura foi implementado de forma metódica na região onde atualmente é a Espanha quando do domínio do Império Romano.

---

51 *Anuario Almanaque del Comercio de la industria de la magistratura y de la administracion de España, sus colonias Cuba, Puerto Rico y Filipinas, estados hispano-americanos y Portugal.* Madrid: Bailly-Bailliere, 1905. p. 639.

52 PLATÃO. *O Banquete.* São Paulo: Edipro, 2012, p. 8.

53 *Ibidem*, p. 58.

No mais, essa bebida teve um papel como elemento conciliador entre as sociedades grega e romana. Nos idos do século II a. C. esses últimos já haviam se apossado da bacia do Mediterrâneo. Mas de uma certa maneira, também foram dominados, adotando muitos elementos da *gnose* grega, como a arquitetura, algumas bases do alfabeto, literatura, mitologias e a paixão pelo vinho. E foi assim que a península italiana tornou-se a principal região produtora vinícola do mundo em justo quando Roma verteu-se na maior potência mediterrânea, depois da queda de Cartago.[54]

Se a cerveja e toda uma etiologia ligada ao seu consumo instalou-se para além dos limites dos domínios da vinha, espalhando-se pelos países do Norte (Inglaterra, Países Baixos, Alemanha, Boêmia, Polônia, Áustria, Bélgica, Dinamarca, República Tcheca, Irlanda e outras fronteiras);[55] na França, Itália, Portugal e Espanha o vinho - acompanhando as refeições, seus ritos, atitudes e sua loja de comércio, a taberna - compõe um hábito sobrevivente. A Espanha é, aliás, juntamente com a França e Itália, um dos principais produtores do mundo.

Nas mitologias a divindade clássica ligada ao vinho é Baco (para os gregos) ou Dionísio (remetido aos romanos). Teria sido esse ente quem colocou o desfrute dessa bebida à disposição do homem, advento que, segundo Eurípedes, fez toda a dor cessar. Em *As Bacantes* esse autor recita em versos: "Não havendo vinho, não havia amor, não restava deleite algum para os homens."[56]

Dionísio: o deus vadio

A luz brinca e ri na superfície das coisas, mas só o calor penetra.

Gaston Bachelard

---

54 STANDAGE, Tom, *Op. Cit.* p. 57-61.

55 BRAUDEL, Fernand, *Op. Cit.*, p. 192.

56 *Eurípides. As Bacantes.* São Paulo: Hedra, 2010, p. 31.

Dadas as consequências e condutas relacionadas ao seu culto, o espírito dessa entidade está relacionado à transgressão dos interditos, à ruptura das inibições, à volúpia e à exuberância.[57] Seu espectro permeia, um a um, todos os personagens inscritos no espaço tabernal. Argumento, portanto, que considero mais do que necessário, ainda que de forma muito breve, historicizar o mito do nascimento do vinho, da embriaguez como rito iniciático e cartático no lócus coletivo, e cujo fantasma é celebrado nas tabernas.

Conforme os relatos mitológicos, o filho de Zeus e Sêmele foi alvo da ira de Hera, que, transtornada pelas relações extra-conjugais de seu esposo, parecia estar realmente decidida a perseguir o fruto de tal ligação. Se Hera era a *teléia*, a protetora do matrimônio, Dionísio outorga virtudes do prazer. Talvez até por intuir o poder que daí advinha, Hera matou Sêmele, ainda grávida. Zeus, numa atitude de desespero, recolheu seu filho ainda no ventre da amante e implantou-o em sua própria coxa, para que se concluísse a gestação.[58]

Note-se que Sêmele é uma princesa tebana, uma humana comum. E é manifesto que na mitologia grega, via de regra, os amores de deuses com mulheres interregnas, geram, no máximo, varões dotados de qualidades excepcionais, de *aretê*[59] e de *timé,*[60] não obstante não deixassem de ser mortais. No entanto, uma vez a genitura ter sido completada na coxa divina, como se essa fosse um segundo ventre, Dionísio é uma emanação direta do pai, ou seja, um imortal.

Ainda sobre o simbologismo de sua gênese na perna, há que se observar que dada a sua função de suporte móvel, ela traduz a força

57 CHEVALIER, Jean; GHEERBRANT, Alain, *Op. Cit.*, p. 33.

58 BRANDÃO, Junito de Souza. *Mitologia Grega.* Petrópolis: Vozes, 1987, p. 120-121.

59 Adaptação perfeita, excelência, virtude.

60 Honra.

equiparada com a firmeza de uma coluna. Nesse sentido, a coxa de Zeus, na qual Dionísio foi gerado, tem um significado fálico e sexual.

Voltando ao resgate de Dionísio e o nascimento do vinho, uma vez órfão de mãe e para que ficasse abrigado da fúria de Hera, essa divindade foi levada ao monte Nisa e entregue aos cuidados das Ninfas e dos Sátiros. Em certa feita, numa escura gruta, na qual brotavam pujantes videiras, ele colheu alguns cachos de uva, machucando-as sobre taças e libando o líquido em companhia de seus protetores. E todos dançaram em delírio até que caíram desfalecidos. E foi assim que na mitologia germinou-se o vinho e, por consequência, as celebrações anuais da vindima.[61]

Dionísio é o protetor da vegetação, da vinha, do vinho, dos frutos, da renovação sazonal e, como escreveu Hesíodo, é aquele que distribui a alegria na sua plenitude. É o deus da '*metamórphosis*', ou seja, da transformação. E é por isso que o seu espírito foi repudiado na cidade em que vigorava o regramento de Hera. É fato que houve uma severa perseguição à penetração dos rituais dionisíacos na pólis aristocrática da Grécia Antiga. Ele era o deus vadio que ameaçava o espaço alinhado e simétrico da cidade.

Os deuses dos eupátridas eram despóticos enquanto Dionísio era popular. E, portanto, só passou a ter espaço no contexto da democracia. Essa demora quanto à sua aceitação deve-se também ao fato de ele ser o menos político das deidades gregas. Os demais disputavam a posse e a proteção das cidades enquanto ele permaneceu estrangeiro à organização familiar e à pólis. Ele representava um rompimento com a ordem social e política, sedento que era do extremismo do transe e do gozo.

Fortemente ligado à opulência instintiva dos dons da natureza, é o que compartilha com a loucura sagrada e o fogo.[62] E consta aí uma carga simbólica de calibre profundo porque esse elemento é cerceado.

61 BRANDÃO, Junito de Souza, *Op. Cit.*, p. 122-123.

62 *Ibidem*, p. 115.

A primeira lição que aprendemos quando crianças é que não devemos tocá-lo. E é a partir dele que também devassamos uma desobediência engenhosa.[63] Roubamos fósforos e forjamos folhas de papel para tramar fogueiras clandestinas. É quase natural nos assenhorarmos do mistério do fogo.

E vale dizer que não funcionam tapas paternos nas mãos que teimam em tocar na lâmpada ou na chama do fogão aceso. Tampouco há desenlace no sargenteamento do terror através de relatos de perigo de incêndio. O respeito ao fogo, do mesmo jeito que a deferência na administração do álcool e da embriaguez, é uma pedagogia individual, em que cada qual tem de imergir, de acordo com a sua própria experiência, o que realmente é imperioso, contingente e desiderante no derretimento do calor.

Expulsa-dores: os vinhos de Espanha

Na taberna de Ángel Sierra, localizada na Calle Gravina, n. 11, Madri, especializada em anchovas, empanadas e atum em escabeche, está fixada um cartaz no qual se firma:

> Há algo melhor que o vinho? Quando se faz uso do vinho (moderadamente como de todas as coisas preciosas) é saúde e medicina. O vinho aumenta a força muscular, estimula o sistema nervoso e psíquico, facilita a eloquência, impulsiona a benevolência, predispõe à associação, o perdão e o heroísmo. O vinho exalta a fantasia, faz lúcida a memória, aumenta a alegria, alivia as dores, destrói a melancolia, concilia o sono, conforta a velhice, ajuda na convalescência e dá aquele sentido de euforia por onde a vida transcorre leve, suave e tranquila.[64]

63 BACHELARD, Gaston. *A Psicanálise do Fogo*. São Paulo: Martins Fontes, 1994, p. 16-17.

64 GARCÍA DE OTEYZA, Carlos Osório, *Op. Cit.*, p. 44-45.

Note-se no espaço tabernal a leitura, já diagnosticada na Grécia e Roma antigas, do vinho como elixir da saúde, da vida e do êxtase coletivo, assim como dissipador da tristeza. Foi assim que o consumo popular do vinho nas tabernas, no meio rural e urbano, tornou-se um hábito inoculado e difundido.

Fernand Braudel explica tal fenômeno pelo poder substitutivo de uma subsistência mais econômica, quando da falta de pão. Mas, evidentemente, reconhece que esse abastecimento corporal não dá conta de elucidar todo o sucesso de tal líquido. Para além de combustível para o corpo, o vinho também desabrolha evasão e borrasca, função que o pobre pão jamais poderá suprir:

> Acreditaremos, com um historiador optimista, que o vinho pode ter sido uma compensação (como o álcool), isto é, calorias baratas, todas as vezes que faltou o pão? Ou simplesmente que, vazias as bolsas pelos altos preços do tempo de fome, ficando o vinho com menos compradores baixava forçosamente de preço? Em todo caso não avaliemos o nível de vida segundo estes aparentes excessos. E pensemos que o vinho, calorias ou não, é muitas vezes uma maneira de se evadir, aquilo a que uma camponesa de Castela chama, hoje ainda, o quita-penas, o esquecimento dos desgostos, o expulsa-dores.[65]

Até os nossos dias, lógico que levando em conta muitos câmbios e ecletismos, pode-se dizer que a taberna ainda é lugar de vinho, onde ele impera como bebida, conforme a crença do taberneiro José Alberto, a partir de sua arguta observação empírica: "Nós nos centramos muito no vinho, tentamos dar bom vinho e com bom preço, pois as pessoas gostam de tomar vinho, mais do que outra coisa, mais do que qualquer outra bebida."[66]

---

65 BRAUDEL, Fernand, *Op. Cit.*, p. 191.

66 RODRÍGUEZ, José Alberto. Entrevista concedida a Daisy de Camargo. Madri, 27 jun. 2013.

No século XVI havia 400 tabernas em Madri e já corria pelas ruas uma maledicente e pernóstica redondilha:

> Madri é cidade bravia
> Que entre antigas e modernas
> Tem trezentas tabernas
> E apenas uma livraria.[67]

Os vinhos servidos nas tabernas madrilenas eram tradicionalmente produzidos nas cercanias da cidade: Navalcarnero, Arganda, San Martin de Valdeiglesias, La Mancha, Toledo, Valdemoro, Carabanchel, Pinto, Alcalá de Henares, Alcobendas, Torrejón de Velasco, Algete, Fuenlabrada, Casarrubios del Monte, Barajas, Alcorcón, Móstoles, Brunete y Majadahonda, Pelayo, além de outras localidades, tais como Cebreros, Valdepeñas, Noblejas, Méntrida. Durante muito tempo era costume beber em cada terra o vinho dos arredores, por questões de logísticas de transporte limitadas. Entre um e outro, endossa essa versão José Alberto:

> O vinho que se servia em Madri vinha todo de La Mancha, da parte de Valdepeñas, de Noblejas. Então, era trazido na pele de vaca como uma bota de vinho muito grande, pois se trazia de La Mancha a Madri. Todo mundo tinha um armazém pequenino e envasava as garrafas. Então, quase todo o vinho era da mesma região. Porque trazê-lo de outras regiões da Espanha era muito caro; pois a parte que havia vinho mais perto de Madri era a zona de Toledo, La Mancha, Noblejas, Valdepeñas, da zona de Ciudad Real. 90% do que se consumia em Madri era dessa zona.[68]

Richard Ford, em seus relatos de viagem pela Espanha, dedica um capítulo aos vinhos. Critica sua maneira de consumo, enxergando

---

67 DIAZ, Lorenzo, *Op. Cit.*, 1990, p. 180.

68 RODRÍGUEZ, José Alberto. Entrevista concedida a Daisy de Camargo. Madri, 27 jun. 2013.

o espanhol como um bebedor preguiçoso e relapso, apontando para uma indolência e provincianismo que atravessaria a personalidade dessa gente, às avessas de perceber um discernimento de colher e valorizar os costumes e coisas locais, como se tal atitude fosse defectiva:

> Provinciano em tudo, o espanhol toma os bens tal como os deuses os enviam, como tem na mão; bebe o vinho que se produz no vinhedo mais próximo, e, se não há, deleita-se com a água da fonte que esteja menos distante. E o mesmo se dá em todas as coisas. Acrescenta o menor esforço possível ao que a Natureza lhe concede de bom grado; seu objetivo é sacar o maior proveito com a menor quantidade de trabalho.[69]

Tampouco Ford observa a sabedoria de Sancho Panza, pois é notório que o vinho Valdepeñas de la Mancha foi o leite que esse personagem tomou em sua infância. Segundo o escritor, o Valdepeñas é elaborado de forma primitiva e descuidada. Antes da invasão francesa, um "generoso" holandês de nome Müller teria assumido a empreitada de melhorar a produção, e "naturalmente" subiu o preço de vinho. Por esse motivo , em 1808, as "classes baixas" invadiram suas bodegas roubando-lhe tudo e por pouco não o matam.[70] Acrescenta-se, por essa historieta narrada pelo filtro de Ford, que o povo espanhol, e mais localmente o de La Mancha, parece ser também imbuído de muita ingratidão.

Mas há outras versões sobre a qualidade do vinho consumido em Madri nesse período. Segundo Fernand Braudel, mesmo aquele barato, presente nesses comércios menos abastados, era considerado de bons predicados.[71]

---

69 FORD, Richard, *Op. Cit.*, p. 161.

70 *Ibidem*, p. 163-164.

71 BRAUDEL, Fernand, *Op. Cit.*, p. 190. Nessa passagem Braudel referencia esse consumo nos anos XVI, XVII e XVIII.

No decorrer do século XVII os *caldos* entravam na cidade por algumas vias nas quais as autoridades fiscais cobravam tributos. Esses acessos eram as portas de Toledo, Embajadores, Alcalá, além dos *portillos* de Pozos de la Nieve, Fuencarral, Conde Duque, San Bernardino, San Vicente e La Vega. Já no XIX essas passagens estavam circunscritas em número de cinco: as Portas de Toledo, Atocha, de La Vega, Alcalá e San Fernando.

A bebida era armazenada em tonéis, *tinajas e pellejos.* O copo mais comum era *vaso de chato,* bastante estreito e de uns cinco dedos de altura. A medida denominada *copa,* bastante popular e de preço reduzido[72], significava dois dedos de servido no copo.[73]

Dos *pellejos* era transferida para as jarras ou *frascas*, que preenchiam basicamente uma *azumbre* (dois litros e dezesseis mililitros). O serviço nas mesas e balcões era executado por meio desse último objeto,[74] em geral contendo vinho tinto e branco. Segundo relato do viajante Jean Muret esse costume já era corrente no século XVII:

> É preciso que se diga uma palavra sobre a maneira como servem o que beber. Um pajem ou um lacaio vem com um pratinho onde há um copo no centro, e ao redor três jarrinhas, uma delas cheia de vinho branco, a outra de tinto e a outra de água; de sorte que se faz misturas.[75]

Note-se que o costume habitual era o de vinho da casa, escolhido entre o tinto e o branco. E só. Nada mais. Lógico que na atualidade há mais opções, sendo que os mais consumidos são os de La Rioja e

---

72 Até o início do XX custava uns 15 cêntimos, o que incitava intermináveis rodadas.

73 GARCÍA DE OTEYZA, Carlos Osório, *Op. Cit.* p. 32.

74 Como já tratado no Capítulo Armadilhas de virtude e perversão.

75 MURET, Jean, *Op. Cit.*, p. 721.

os de Ribera del Duero. Mas a variedade de oferta é transparente na narrativa de José Alberto:

> Então, tudo mudou. Agora tem que ser tudo engarrafado. E nós antes tínhamos um vinho somente, e agora temos... Como oitenta referências de vinhos diferentes. Isso que é o que digo que temos que ir mudando pouco a pouco com o tempo. Essas coisas sim que você tem que mudar. As pessoas gostam que haja uma carta de vinhos ampla, poder escolher um vinho mais barato, mais caro, de uma região, de outra. Mas antes era só um vinho. Agora já é diferente, há muitos mais, agora é mais moderno.[76]

Não obstante, apesar dessa possibilidade de diversificação, alguns estabelecimentos entremeiam pontos de fidelidade a algumas bodegas, como assevera Ángel de Miguel, a propósito do fornecimento de vinho em sua taberna:

> Nós (compramos um vinho), é da Bodega Navarro López, é uma das mais antigas que há ali. Se vocês forem a Valdepeñas está na entrada da cidade. Hoje em dia, como era quando começou, exporta muito para a Alemanha, por toda a Europa e... Hoje em dia há muitos bons vinhos em Valdepeñas. O que passa é que como não há tanta uva nem tanta demanda como pode ser um Rioja ou um Ribera Del Duero, custa caro. Os vinhos bons de Valdepeñas custam muito caro. É como os vinhos de Madri. Há bons vinhos em Madri, mas há que se pagar, sabe? Tem uns vinhos normalzinhos, mas ... Veja, por exemplo, este é o Reserva e este é o Crianza de Navarro López. Dom Aurélio, que era o avô, está aqui (no rótulo), seria um dos fundadores. Navarro López é o nome da Bodega e estes sim podem encontrar, mas não sei onde. Nós sempre, por tradição, temos Rioja e temos Ribera. Ou seja, aqui em Espanha o que mais se bebe é Rioja e Ribera. Temos também algumas poucas garrafas de

76 RODRÍGUEZ, José Alberto. Entrevista concedida a Daisy de Camargo. Madri, 27 jun. 2013.

> Toro ou de Cariñena, sabe? Mas a tradição da casa sempre foi o Valdepeñas. E há um senhor que vem e que se dedica a vinhos de Valdepeñas, a tabernas com Valdepeñas. E nós continuamos trazendo da mesma casa por toda a vida.[77]

Mas é consoante pontuar que presencia-se em algumas tabernas mais tradicionais a permanência de uma falta total de frescura enológica. A taberna não é paradeiro para vaidades descaídas e tacanhas. Nas palavras de Baudelaire, o *vis-à-vis* é composto por: "cotovelos sobre a mesa da casa e as mangas arregaçadas."[78]

De todo modo, ainda que os novos tempos agreguem alguns hábitos "supostamente" mais sofisticados, ou pelo menos abarquem uma pluralidade de gostos, não cabe analisar o residual de mirtilho com defumado bravo. O espaço tabernal não serve para melindres e nem para lampejos de falácia.

O cúmulo do sublime

> O inconsciente, ele próprio, é um fator de originalidade. Em particular, o consciente alcóolico é uma realidade profunda. Enganamo-nos ao imaginar que o álcool vem simplesmente excitar possibilidades espirituais. Ele cria verdadeiramente essas possibilidades. Incorpora-se, por assim dizer, àquilo que se esforça por exprimir. Sem dúvida nenhuma, o álcool é um fator de linguagem.
>
> Gaston Bachelard

> Vento veloz! Espaço! Minha Alma!
> Agora sei que é verdade o que eu já pressentia;
> Lastros e cordames soltam-se de mim... viajo... navego.
>
> Walt Whitman

77 GÓMEZ, Ángel de Miguel. Entrevista concedida a Daisy de Camargo. Madri, 8 jul. 2013.

78 BAUDELAIRE, Charles. *Paraísos Artificiais*. Porto Alegre: L&PM, 1998, p. 216.

Se, como observou Baudelaire, quando o homem natural entra em contato com o vinho cria uma terceira pessoa mística, brotada de verve alucinada,[79] entidade essa que Jack London denominaria de John Barleycorn ou João Pé-de-Cana,[80] Dionísio, o filho dileto de Zeus, que compartilha com o rompante do fogo e da fúria, ainda tem sua topologia na taberna e no calor que dela recolhe. Como escreveu Baudelaire: "Como são grandes os espetáculos do vinho, iluminados pelo sol interior! Como é verdadeira e abrasadora esta segunda juventude que o homem dele retira!"[81]

O vinho é muitas vezes associado ao sangue, pela cor e pela essência que representa a videira, que é o elixir e a garantia de vida, como se fosse sua atualização tecnológica com trunfo de bebida sagrada. Como escreveu Jean Chevalier: "Na Grécia antiga o vinho substituía o sangue de Dionísio e representava a bebida da imortalidade."[82]

A videira, por sua vez, é um exemplo de lição moral e ética que um ser pode carregar, posto que escava, ao longo de sua existência, a rudeza e a aridez, escalpando a rocha como se fosse esponja. Não vinga, portanto, apesar da aspereza e da esterilidade, mais sim as transmuta em vida. Isto é virtude: não só tripudiar um emaranhado de adversidades e sufocações, mas, como num salto para o abismo, transformá-la na melhor riqueza, tal como um míope que pinta aquarelas impressionistas.

O vinho é também o símbolo do conhecimento e da iniciação através da embriaguez, bem como a taberna é seu centro primal. Esse rito de passagem entre a infância e a fase adulta, atravessado por experiências alcoólicas e seus cenários apartados da vida institucional e regrada, é ressaltado nos escritos de Jack London, em *Memórias*

---

79 *Ibidem*, p. 227-228.

80 LONDON, Jack. *Memórias Alcoólicas*. São Paulo: Paulicéia, 1993, p. 9.

81 BAUDELAIRE, Charles, *Op. Cit.*, p. 215.

82 CHEVALIER, Jean; GHEERBRANT, Alain. *Op. Cit.*, p. 956.

Alcoólicas. O autor relata em detalhes sua adolescência, que teve como pontos luminosos os bares e tabernas. Ele tinha adoração por esses ambientes de consumo de alcoóis:

> Nem lojas, nem edifícios públicos, nem residências me abriram as portas e me aqueceram com os seus fogos ou me deixaram comer a comida dos deuses tirada de prateleiras estreitas nas paredes. Aquelas portas sempre ficaram fechadas para mim; as do bar, abertas. E sempre, por toda parte, eu encontrava bares, em estradas principais ou secundárias, em ruelas estreitas e em ruas apinhadas, bem iluminados e alegres, cálidos no inverno e escuros e frios no verão. Sim, o bar era um lugar privilegiado, especial e muito mais do que isso.[83]

A taberna é para aqueles que não se contentam com Morfeu para amansar suas aflições. Sobre o assunto, Baudelaire relata uma historieta na qual os personagens são dois homens numa calçada. O primeiro está estendido no chão, inerte, respondendo apenas com os sinais de seus olhos. O segundo, que está em pé, roga para que o outro reaja e chama-o para a felicidade, que está na esquina da mesma rua, balbuciando com sua voz valvulada já repleta de alto mar. E diz Baudelaire: "Isto é o cúmulo do sublime. Mas na embriaguez existe o hipersublime, como vocês verão." [84] Pois o altivo entra na taberna e volve com uma corda na mão. Recusava-se a singrar sozinho no oceano em que emergira. Dizia buscar o amigo de carro. A viatura é o atilho, com a qual ele enlaça o outro pela cintura. O que está de carona no êxtase do mergulho, sorri, absorvendo o laço solidário e quase materno. É atado por um nó por seu companheiro que o guincha feito um cavalo doce, a caminho do desafogo e do desmando que morava dentro da taberna, seu destino.

---

83 LONDON, Jack, *Op. Cit.*, p. 34.

84 BAUDELAIRE, Charles, *Op. Cit.*, p. 222.

A multidão assistia a tudo atônita, pois a cena era bela demais e ultrapassava as potências poéticas do humano. Trata-se, sem dúvida, de uma linda metáfora do vinho como bebida social e da taberna como lugar do compartilhamento transbordado dos paraísos artificiais que estouram em irreverência atonal.

Cocalândia

> O essencial não consiste em a Coca-Cola 'conotar' uma certa visão da América (o frescor do sabor frio e picante etc.), mas em essa visão da própria América adquirir consistência ao se identificar com o significante 'Coca-Cola'. 'A América é a Coca-Cola!', poderíamos formular num lema publicitário estúpido, e o decisivo desse enunciado é que não podemos inverter esse lema e dizer 'A Coca-Cola é a América'. A única resposta possível à pergunta 'E o que é a Coca-Cola?' é o 'isso' impessoal: 'Coca-Cola é isso aí!', o X inominável, o objeto-causa do desejo.
>
> Slavoj Zizek

Continuo seguindo o mesmo percurso trilhado até aqui, a saber, o do estabelecimento de um apodamento do consumo tabernal com o do *fast food*, levando em conta o conceito de alimento-símbolo. E a proposta é a de cotejar o vinho, como bebida historicamente ligada à taberna, tal como foi explanado anteriormente, com a Coca-Cola, produto de consumo por excelência dos restaurantes de comida rápida. É certo que pode-se beber uma Coca-Cola em qualquer lugar. Mas aqui nesse exercício pondero que o refrigerante invade e domina as lojas de *fast food*, onde o álcool é banido.

No mais, é demarcada, no contexto da globalização, a relação simbiótica entre as grandes companhias. Aliás, para manter e expandir o mercado, as marcas globais estabelecem parcerias emblemáticas. As associações entre a Coca-Cola e o McDonald's existem desde a época em que Ray Kroc assumiu e fundou a McDonald's Corporation, ensejo no qual a Coca-Cola assumiu o protecionismo de ser a única empresa a vender líquidos nessa rede de lanchonetes.[85]

O mito do bruxo inventor

Conta a versão oficial da corporação que o refrigerante foi criado por um médico simplório e caipira, que em seu caldeirão, acidentalmente misturou o xarope com água gaseificada ao revés da versão natural. Mas a Coca-Cola, fruto de pesquisas com folhas de coca, surgiu em 1886, produzida por John Pemberton, um experiente fabricante de remédios.

O final do século XIX é marcado por uma cultura em que as panacéias e a auto-medicação eram muito comuns, até por conta da escassez de médicos nas zonas rurais mais recônditas. Num contexto em que o aumento avassalador da demanda de trabalho, da aceleração e dilatação das atividades e preocupações, além da tensão provocada por altas e baixas econômicas, esse produto aflorou como um "tônico para os nervos".

Embora as bebidas gaseificadas artificialmente tenham surgido na Europa no final do século XVIII, o refrigerante conquistou celebridade com a invenção da Coca-Cola, que tornou-se ícone do capitalismo de consumo e assumiu *status* de bebida nacional dos Estados Unidos, sendo considerada um microcosmo de sua história e essência sublimada da América.[86]

Posteriormente, Asa Candler adquiriu a empresa de Pemberton, em circunstâncias nebulosas, quando este último faleceu, no ano de 1888. Candler transformaria esta marca num grande sucesso.

---

85 FONTENELLE, Isleide Arruda, *Op. Cit.*, p. 159-160.

86 PENDERGRAST, Mark. *Por Deus, pela pátria e pela Coca-Cola: a história não autorizada do maior dos refrigerantes e da companhia que o produz.* São Paulo: Ediouro, 1993, p. 27.

Mas a Coca-Cola, na verdade, surgiu de uma imitação do vinho Mariani, uma fórmula constituída de um vinho francês que ficava em infusão com folhas de coca durante seis meses. Popular na Europa e Estados Unidos, dona de uma carta de compradores invejável, que incluía Papas, presidentes e rainhas, possuía uma quantidade de cocaína suficiente para transformar qualquer ser em uma pessoa bem feliz, fazendo seus olhos pegarem fogo.

Pemberton copiou a receita desse rico antídoto acrescentando também extrato de cola, ingrediente que será abordado posteriormente. Esse médico e farmacêutico, nascido em 1831, na Geórgia, era alucinado pela busca de um contraveneno baseado numa planta, cultivada nos altiplanos peruanos, pela qual mantinha verdadeira fé. Segundo ele: "O uso da folha de coca não só preserva a saúde, como prolonga a vida até idade avançada e permite aos consumidores realizar prodígios de trabalho físico e mental."[87] Ele lutou ao lado do exército sulista durante a Guerra Civil, onde foi baleado e esfolado por sabre no peito e no abdômen, ferimentos esses que lhe acometeram de cicatrizes e dores lancinantes. Foi justamente para aplacar esses males herdados, que alimentou uma paixão avassaladora pela morfina, hábito que, aliás, era muito difundido no campo da medicina do período. No final das contas, Pemberton acreditava que seu elixir o salvaria de seu vício e também que invadiria e substituiria o mercado do vinho e da cerveja.[88] Ledo engano.

Da farmacopéia ao *Fun*

As bebidas gaseificadas eram comercializadas como tônicos medicinais durante os anos 1800. Esta prescrição era baseada na teoria de que o ar fixo tinha ação antisséptica. Do mesmo modo, a Coca-Cola

87 Dr. John Pemberton, 1885, citado em PENDERGRAST, Mark. *Op. Cit.*, p. 33.

88 *Ibidem*, p. 34, 39 e 46.

era considerada uma droga para o cérebro e todas as doenças nervosas, como dor de cabeça, histeria e melancolia. E, isto posto, também era vendida em lojas farmacêuticas.

Mas a apresentação do produto como medicamento limitava o mercado para os consumidores identificados com os sintomas dos quais ela era considerada remédio. Divulgá-la como bebida refrescante ampliava de muito seu público. Talvez nem todos incorram enfermos ou estafados. Mas qualquer ser humano acaba sentindo sede. E foi assim que os anúncios publicitários foram redirecionados. De primeiro eram lançados mirando homens de negócios à beira de um ataque de nervos. Nessa reviravolta, as campanhas também passaram a envolver mulheres e crianças.[89] E foi aí que de farmacopéia a Coca-Cola tornou-se bebida de socialização e "lazer".

Ingredientes: sobriedade e hipocrisia

Em suas pesquisas nos arquivos da companhia para subsidiar a escrita de seu livro *Por Deus, Pela Pátria e pela Coca-Cola*, Mark Pendergrast teve acesso à fórmula original da Coca-Cola, elaborada por John Pemberton. Os ingredientes envolviam: Citrato de cafeína (extraída da noz de cola), Extrato de baunilha, F. E. Coco (*fluid extract of coca*, extrato fluído de coca), Ácido cítrico, suco de lima, açúcar, água, caramelo, saborizante, óleo de laranja, óleo de limão, óleo de noz-moscada, óleo de canela, óleo de coentro, nerol, álcool.

Note-se nessa super-bomba-fórmula-química a existência, em pequenas quantidades, de alguns ingredientes periféricos cujas ações medicinais permeiam saberes populares. A noz moscada foi extensivamente utilizada para regredir infecções durante a peste negra e na Índia é administrada nos casos de desinteria, lepra e reumatismo. Já a baunilha é considerada afrodisíaca, estimulante e tônico para a tal

89 STANDAGE, Tom, *Op. Cit.*, p. 181, 188-190.

da histeria.[90] Sobre o limão, consta que era prescrito para acalmar a embriaguez ou o envenenamento pelo ópio.[91] Não obstante, quero me deter aqui em alguns elementos centrais que compõem essa receita: a coca, a cola, o vinho e o açúcar.

Quando eu chegar, ai de você: as folhas de coca

O nome Coca-Cola foi criado no ano de 1886 por Frank Robinson, um dos associados de Pemberton. A alcunha, fácil e memorável, não carregava grandes segredos ou subterfúgios. Tratavam-se dos dois principais ingredientes da bebida: o extrato de coca e a noz de cola.[92] O traço de cocaína foi eliminado no começo do século XX, mantendo apenas sua essência aromática. Mas até os dias atuais a Coca-Cola importa coca da América do Sul para o preparo de sua fórmula, após um processo de "descocainização" de suas folhas.[93]

Pemberton entrou em contato com a leitura a respeito dessa substância nos anos de 1870. Como já foi dito, trata-se de uma planta cultivada pelos povos sul-americanos andinos. A sua mastigação, na forma de um bolo de folhas, libera uma droga alcalóide, a cocaína. A quimera é estimulante, inibidora de apetite, possibilitando longos caminhos com pouco alimento e descanso. Consta que produz poderes afrodisíacos e que tornam a vida mais longeva.

A cocaína foi isolada das folhas de coca em 1855 e a partir daí tornou-se alvo de estudos médicos e científicos, convertida em pílulas,

---

90 PENDERGRAST, Mark, *Op. Cit.*, p. 380-382.

91 CHERNOVIZ, Pedro Luiz Napoleão. *Diccionario de Medicina Popular (em que se descrevem em linguagem accommodada á intelligencia das pessoas estranhas á sciencia medica).* 3ª. Ed., Paris: Em casa do autor, Rua de Passy, 1862.v. 2. p. 125, 161-162.

92 STANDAGE, Tom, *Op. Cit.*, p. 187.

93 CARNEIRO, Henrique. *Pequena Enciclopédia da História das Drogas e Bebidas.* Rio de Janeiro: Elsevier, 2005, p. 102-104.

elixires, unguentos, injeções e cigarros.[94] Esse interesse em relação ao composto, reside na crença de que ele pode abrandar o uso do ópio, morfina e álcool. É nesse esteio que Pemberton defendia o dito remédio, como consta em seus escritos:

> Se estivesse em meu poder, gostaria de oferecer a coca como substituto, e obrigar a todos os viciados em ópio, morfina, álcool, tabaco ou qualquer narcótico, a viver da folha da coca ou de qualquer de seus preparados. É uma verdadeira maravilha o que a coca pode fazer.[95]

Entre os entusiastas desse entorpecente, Sigmund Freud foi grande apreciador, ministrando-o em si mesmo e em seus pacientes, tendo também escrito cinco estudos sobre o tema, entre os anos de 1884 e 1887, incluindo uma canção de louvor, Über Coca (Sobre a Coca).[96] O estudioso teria lido, no ano de 1880, alguns artigos sobre a matéria numa revista farmacêutica de Detroit. Em 1884 provou a cocaína pela primeira vez.

Em *Mal Estar da Civilização*, Freud coloca a importância das drogas, balizado nas suas experiências com cocaína. Segundo o autor, trata-se de uma necessidade correspondente à precisão do uso de alimentos. Essas substâncias provocam um prazer auto-erótico, pois o indivíduo não necessita do outro para exercer o gozo. Seu uso desencadeia um ato primal, assim como a masturbação, posto que incita no homem a relação de deleite consigo mesmo e, portanto, tem uma função correlata à libido. Não obstante, claro que ele considerava que os enteógenos curto-circuitam a sociabilidade.

94 STANDAGE, Tom. *Op. Cit.*, p., p. 186 e PENDERGRAST, Mark, *Op. Cit.*, p. 36-37.

95 Pemberton, citado em PENDERGRAST, Mark. *Op. Cit.*, p. 40.

96 CARNEIRO, Henrique, *Op. Cit.*, 2005 (b). p. 102-103.

O psicanalista, enfim, encontrou na cocaína o contraveneno excelente para sua depressão e apatia. Sobre o assunto, teria escrito a sua noiva, Martha Bernays: "Quando eu chegar, ai de você, minha Princesa"[97], esfogueteado pelo poder afrodisíaco que a substância provocava em seu corpo e seus humores...

Do Senegal até Angola: a noz de cola (e as armas de combate à morfina)

Pemberton afiançava que havia criado um produto melhor que o Vinho Mariani, devido aos elementos adicionais que inseriu em seu antídoto. Uma dessas substâncias é a noz de cola, utilizada tradicionalmente na África Ocidental, desde o Senegal até Angola. Tendo como princípio ativo a cafeína[98] (em maior proporção que o chá e o café), somado a outros alcalóides, como a Colatina, a semente é mastigada ou preparada como bebida.[99]

Também viveu seus felizes momentos como moda farmacêutica. Na década de 1880 as revistas científicas publicavam uma série de artigos alvoroçados com a referida droga, que restabelecia casos agudos de ressaca, além de funcionar como estimulante. Muitos desses estudos comparavam a noz de cola com as propriedades da coca, considerando ambas curativas para o cérebro e o sistema nervoso, bem como facultavam aos usuários longas privações e jornadas.[100]

Em meio a esse frisson medicinal, nos Estados Unidos, tanto a coca quanto a cola foram muitas vezes combinadas em remédios patenteados,[101] afim de sacudir os esgotados homens de negócios.

---

97 Citado em PENDERGRAST, Mark. *Op. Cit.*, p. 36-37.

98 Cujos efeitos tratarei detidamente mais adiante.

99 CARNEIRO, Henrique, *Op. Cit.*, 2005 (b). p. 104.

100 PENDERGRAST, Mark, *Op. Cit.*, p. 39.

101 STANDAGE, Tom, *Op. Cit.*, p. 186.

Enfim, também por conta desse novo componente, aliado aos poderes da coca, Pemberton confiava que seu tônico era superior ao Vinho Mariani, original produto que ele mimetizara, realçando sua eficácia nos casos de impotência, doenças dos nervos e viciados em morfina. A última prescrição, inclusive, tem que ver, como já delineado anteriormente, com sua crença de que sua invenção teria-no ajudado a matizar sua própria obediência pela dita substância, um derivado do principal e mais ativo dos alcalóides do ópio, ministrado no século XIX como sedativo, desempenhando um papel atinente do ocupado pela aspirina nos dias atuais e assumindo uma presença recorrente inclusive nas boticas domésticas. [102] Trata-se de um analgésico vigoroso, mas vitimado por preconceitos e tabus. Ocorre que seu uso habitual pode provocar certa adição, bem como sintomas de abstinência, tais como câimbras, calafrios e um abatimento que resvala para o desespero.[103]

Há controvérsias, porém, quanto a essa versão maligna. Em *Ópio*, Jean Cocteau traça um apanhado de desenhos e notas feitos durante sua estadia numa clínica de desintoxicação no ano de 1929. Longe de hermetismos e linguagem pedante, esse diabrete escandalizou o público da época ao declarar amor e fidelidade ao seu entorpecente e provocar a Medicina, que ao invés de tentar expiar o corpo, deveria investigar meios de tornar o ópio inócuo:

> Não esperem de mim uma traição. Claro que o ópio continua sendo único e sua euforia superior `a da saúde. Devo a ela minhas horas mais perfeitas. É pena que a medicina, ao invés de aperfeiçoar a desintoxicação, não tenta tornar o ópio inofensivo. Aí, porém, voltamos ao problema do progresso. O sofrimento é uma regra ou um lirismo? Parece-me que numa terra tão velha, enrugada e remendada, onde tantos compromissos e ridículas

102 SCHIVELBUSCH, Wolfgang, *Op. Cit.*, p. 241.

103 CARNEIRO, Henrique. *Op. Cit.*, 2005 (b). p. 173-174.

> convenções nos oprimem, o ópio eliminável abrandaria os costumes e causaria benefícios em maior número que os malefícios provocados pela febre de agir. Eu bem sei que estou metendo a colher no pirão mole das células jovens, que eu atrapalho uma evolução, mas eu ardo e sempre vou arder.[104]

E mais: nesse manifesto dedicado aos fumantes, doentes e amigos desconhecidos que só a escrita arregimenta, revela que considera a abstinência um desmoronamento, a cura um mal-estar e uma perda, além de defender o uso da droga como hábito saudável:

> É fácil dizer: "O ópio paralisa a vida, insensibiliza. O bem-estar vem de uma espécie de morte." Sem ópio, eu tenho frio, pego resfriado, perco o apetite. Fico impaciente para impor aquilo que eu invento. Quando fumo, sinto calor, ignoro os resfriados, tenho fome, minha impaciência desaparece. Doutores, meditem sobre esse enigma. Os sábios não são curiosos, diz France. Tem razão.[105]

A paixão de Cocteau está inserida no contexto do uso do ópio no Ocidente, assim como o de haxixe nos meios literários,[106] mas não só nesses círculos sociais, tanto que o médico John Pemberton foi atraído pelo canto da sereia e bem que tentou se atar ao mastro. Essas experiências libertaram a idéia de que a felicidade poderia caber num relicário diminuto e carregável. Claro que os objetos portáteis já existiam antes do século XIX, como o relógio de bolso, etc. Mas a sua difusão parece inseparável de uma história do individualismo. Essa ideia do prazer em trânsito, que cabe num frasco que pode-se guardar

---

104 COCTEAU, Jean. *Ópio, diário de uma desintoxicação*. São Paulo: Brasiliense, 1985, p. 21.

105 *Ibidem*, p. 64.

106 Sobre o assunto, ver GAUTIER, Théophile. *O Clube dos Haxixins*. Porto Alegre: L&PM, 1986.

na lapela da casaca, seja qual for o produto, traz à tona um sentido profundo de orientação: o homem trata de ir mais além dele mesmo, mas é consigo que ele se encontra. Como disse Cocteau: "Eu falo de um mundo em que pode-se ouvir os passos de um inseto no chão, o esmagamento de uma flor."[107]

Enfim, o uso de algumas substâncias como a morfina e outros derivados do ópio, contra o qual Pemberton travou brava batalha, segundo versões transgressoras e à revelia dos projetos de desintoxicação, deixa aflorar um universo sensível repleto de detalhes no qual só é possível mergulhar atravessando um processo de individuação e ensimesmamento, que não pode ser de todo dissolvido ou desertado.

A hora e a vez do vinho

Na medida em que constituía uma réplica alterada e temperada com novos ingredientes da fórmula do vinho Mariani, a Coca-Cola começou a ser vendida com uma grande gradação alcoólica. Tudo parecia ir muito bem para Pemberton quando, em 1886, a cidade de Atlanta votou pela proibição da venda de álcool por um período que duraria dois anos.

Esta legislação inibitória não é um fato isolado ou descontínuo. Em diversos países da Europa e América, principalmente a partir dos séculos XVIII e XIX, muitos médicos, até impulsionados por movimentos de opinião pública, editam trabalhos em revistas científicas, centrando a vigília no que eles chamavam de "complicações somáticas e psíquicas da intemperança".

O norte americano Benjamin Rush publica um livro em 1784, denominado *Um inquérito sobre os efeitos dos espirituosos sobre a mente humana e o corpo*, no qual descreve as devastações físicas e psicológi-

107 COCTEAU, Jean. *Op. Cit.*, p. 4.

cas provocadas pelo álcool. Essas postulações médicas de Rush foram empregadas nas campanhas contra o alcoolismo levadas a cabo pelas Associações de Temperança. Essas ligas se organizaram de primeiro na Virginia (1800), Nova York (1808) e posteriormente se espalharam por todo o país.

Fundam-se a partir de 1830 instituições voltadas a alcoólatras, cujo chavão era: "a intemperança é uma doença." A bebedice é colocada, portanto, entre outras enfermidades que podem destruir a vida de um homem.[108] Em suma, formou-se um panorama de uma forte empreitada em prol da temperança, entendida como supressão total do uso do álcool.[109]

A ânsia pelo julgamento e as explicações a respeito do tema são permeadas de uma vontade de lição moralizadora. Se o álcool é combustível, as pessoas que se rendem a ele tornam-se matérias inflamáveis. A gordura produz gordura. O fosfato produz ossos. O sangue produz sangue. Logo, o álcool produz fogo. Ele é experiência íntima que brinca e ferve com a alma.

São inúmeros os relatos citados em estudos dessa época que narram indivíduos que morreram incendiados depois de ingerirem grandes quantidades de bebidas espirituosas. Acreditava-se que o corpo entrava em auto-combustão ou vomitava chamas devido à concentração absurda de calor na carne. [110]

Nesse contexto das fogueiras e narrativas acerca dos narizes vermelhos e incandescentes dos bêbados, e no esteio de uma lei estadual,

---

108 FORTES, J. R. Albuquerque, "Conceito e definição de alcoolismo." FORTES, J. R. Albuquerque e CARDO Walter Nelson (org.) *Alcoolismo. diagnóstico e tratamento*. São Paulo. Sarvier. 1991, p. 12 e 16.

109 A palavra TEMPERANÇA desde a moralidade clássica assumiu o significado de equilíbrio e moderação. É só no século XIX que esse termo assume uma versão deturpada, significando erradicação, abolição total do uso do álcool.

110 Bachelard faz uma gloza desses relatos em BACHELARD, Gaston, *Op. Cit.*, p. 139-141.

que permitia autonomia das municipalidades, foi aprovada a Lei Seca na cidade de Atlanta. Por decorrência, a Coca-Cola muda sua fórmula, retirando-lhe o álcool.

Pemberton realizou inúmeros experimentos para substituir tal néctar que dava liga ao seu elixir. Nenhum componente matizava, porém, o amargor, ironicamente provocado pela coca e a cola. Por fim, como se verá, acrescentou açúcar com ácido cítrico. Em 1886 o inventor lançou aquela que carinhosamente chamava de "minha bebida de temperança". Afinal, só continha cocaína e noz de cola em sua receita. Estava livre da mácula do álcool.

Foi nesse período que, como já citado, um dos sócios, Frank Robinson, sugeriu o nome que se solidificaria, baseado nos dois focos principais de sua estratégia. Durante setenta anos os advogados da companhia sambariam para convencer os inquisidores dos Departamentos de Narcóticos que o nome não tinha nada que ver com os compostos da bebida, mas que era tão somente fruto da criação imaginativa de seus executivos. Até hoje, no Museu da Coca-Cola, em Atlanta, alimenta-se a interpretação contravertida de que o refrigerante nunca conteve cocaína.[111]

A Lei Seca de Atlanta foi derrotada por votação em novembro de 1887, mas o componente alcoólico já estava domado e extinto. Pemberton já havia criado em laboratório sua "bebida sóbria".

Mas essa digressão a respeito da transformação da Coca-Cola em líquido da moderação e dos bons costumes, chama a atenção para a hipocrisia e o campo movediço bordado pelos argumentos proibicionistas.

Caso não estivermos em alerta, podemos acordar com uma manchete assombrosa informando que um homem adulto, caucasiano, foi preso no aeroporto internacional de Cumbica, Guarulhos, São Paulo, com 50 saquinhos de café armazenados em seu sistema digestivo.

111 PENDERGRAST, Mark, *Op. Cit.*, p. 25, 41-43.

Qualquer especiaria pode virar droga letal e diabólica. A expansão do narcotráfico, alimentado pelo avanço da proscrição e da economia paralela engendrada, sustentado por novas contendas científicas e legislações, podem engolir novos fármacos. Não se sabe para onde vai a mira, quando e em torno do quê o cerco se formará, ou qual será a substância da vez no contexto da guerra às drogas.

Pode ser a dipirona sódica, os antiácidos a base de bicarbonato de sódio, a carne suína, a torta de frango, paçoca de amendoim, balas de mel com gengibre, biscoitos de aveia. E o criminoso preso com trouxinhas de café em Guarulhos seria levado ao Hospital Santa Marcelina, onde vararia a noite, submetido a interrogatório, teste de bafômetro, colonoscopia e lavagem intestinal. Ao que tudo indica sobreviveria remediado, por milagre e mistério que deixariam os médicos abismados.[112]

Liquid candy ou refrigerante na mamadeira: açúcar

A diretriz original e nada acidental da Coca-Cola já possuía, desde o início, o açúcar como componente. À parte isso, como já relatado, com a proibição do comércio do álcool em Atlanta (1886-1887), Pemberton, ao retirar o vinho da receita, adicionou uma quantidade maior de sacarose, para maquiar o azedrume da coca e da cola.

Essa especiaria é de origem indiana, tendo migrado para o Ocidente juntamente com os árabes. Os portugueses, por sua vez, levaram seu cultivo e tecnologia de refino da Sicília para as ilhas da Madeira e Açores. No medievo era utilizado unicamente como elemento da farmacopéia. Foi a partir do século XVI que passou a se

112 Desenvolvi esse tema em: CAMARGO, Daisy. "O café: de como um remédio extraordinário tornou-se veneno proscrito" In: *Espiralados*. 21 maio 2012. Disponível em: <https://espiralado.wordpress.com/2012/05/21/o-cafe-de-como-um-remedio-extraordinario-tornou-se-veneno-proscrito/>. Acesso em: 12 jun. 2013.

firmar na cozinha aristocrática e, posteriormente, com a produção do Brasil em larga escala, penetrou as cozinhas populares.

Não obstante, seu uso como medicamento sobreviveu, devido às propriedades anti-hemorrágicas. Como é extremamente calórico, também é prescrito para dissipar prostrações.[113] Quem nunca foi presenteado com um copo de água com açúcar depois de ser acometido de um susto?

Na década de 1930, com o fim da Lei Seca nos Estados Unidos,[114] houve por parte dos executivos da Coca-Cola um receio de que a volta do comércio dos alcoóis alterasse o volume de vendas. Quem tomaria refrigerante se pudesse comprar cerveja legalmente?

Mas as campanhas publicitárias da empresa executaram um eficiente trabalho, associando o líquido ao *glamour*, diversão e felicidade. Lógico que essa bebida tornou-se uma das queridinhas nos anos sombrios da Depressão. Além do que, para alguns gostos, ela acabou por substituir o café como bebida social. Distinta dos etílicos, podia ser sorvida em qualquer período do dia, inclusive durante o horário de trabalho, por pessoas de qualquer faixa etária.[115]

Essa amplitude quanto à idade do público-consumidor é levada drasticamente ao pé da letra. Como dizia um ditado surrealista: "É preciso bater na mãe enquanto ela é jovem."[116] Já nesses anos de 1930 os engarrafadores estavam à espreita dos recém-nascidos. Eles investigavam nos periódicos as notícias dos partos efetuados. Enviavam para a família um poema de felicitações, embalado em um cupom que valia duas garrafas do produto gratuitamente.

---

113 CARNEIRO, Henrique, *Op. Cit.*, 2005 (b), p. 137.

114 18ª. Emenda da Constituição dos Estados Unidos, que proibia a fabricação, o transporte e a venda de álcool em todo o país. (1920-1933).

115 STANDAGE, Tom, *Op. Cit.*, p. 194.

116 NADEAU, Maurice. *História do Surrealismo*. São Paulo: Perspectiva, 1985, p. 102.

Muitos pais confiscavam os brindes dos bebês, deixando a esses últimos os versos à deriva. Mas a Coca-Cola recebeu cartas de agradecimentos de progenitores que relatavam anexar um bico de mamadeira na boca da garrafa. Outros diziam que seus infantes, de poucos meses de vida, possuíam uma dieta quase exclusiva desse refrigerante. E algures contavam orgulhosos que seus filhos aprenderam a falar "Coca-Cola" antes mesmo de pronunciar "papai" ou "mamãe".[117]

Essa investida no público infantil ainda é bastante atual. No ano de 1999, um estudo feito por Michael Jacobson, do Centro para a Ciência em Prol do Interesse Público, revelou que as companhias de refrigerantes dos EUA possuíam como estratégia de *marketing* estimular o consumo de imberbes ao licenciarem seus logotipos a um fabricante de mamadeiras, a saber, o Munchkin Bottling Ltd. Daí para os lactantes começarem a tomar bebidas gasosas nas próprias chucas não era preciso dar mais nenhum passo.[118]

O esforço dessas empresas para penetrar no mercado infantil e adolescente é bastante agressivo, envolvendo grandes campanhas publicitárias em escolas. Os próprios executivos dessas companhias admitem que as crianças são consideradas o alvo ideal, posto que ainda têm cerca de 60 anos de consumo pela frente e mais: ainda estão numa fase de formatação de gostos e hábitos.[119]

Mais uma vez torna-se necessário especular o discurso maniqueísta do proibicionismo, quer seja, a imagem de que existem substâncias do bem e as do mal, quando na verdade o que deveria ser discutido é a moderação ponderada do ponto de vista individual e do conhecimento

---

117 PENDERGRAST, Mark, *Op. Cit.*, p. 170-171.

118 SCHLOSSER, Eric, *Op. Cit.*, p. 78. A propósito, Schlosser nessa mesma passagem atesta que um estudo realizado em 1997, publicado pelo *Journal of Dentistry for Children* , diagnosticou que as crianças estavam tomando refrigerante nas mamadeiras.

119 SCHLOSSER, Eric, *Op. Cit.*, p. 76.

de si. É o que se reflete quanto ao açúcar, como tão desabaladamente utilizado e estimulado desde tenra infância, a ponto de a Coca-Cola estar na dieta de impúberes na idade de amamentação. Sobre o assunto, Sidney Mintz sobrescreve sobre as consequências do uso descomedido desse ingrediente: obesidade, problemas dentários, diabetes, bem como a propensão ao vício que ele desencadeia.[120] Querendo ou não referir-se ao seu poder aditivo, escreveu Roland Barthes: "que às vezes se possa dizer que é doce não contradiz sua violência; muitos dizem que o *açúcar* é doce; mas eu o acho, o açúcar, *violento.*"[121]

Coca – mundo

No começo da II Grande Guerra o mercado da Coca-Cola já era bastante consolidado nos EUA, mas tratava-se de um produto ainda pouco conhecido no restante do mundo. O açúcar da Coke foi utilizado em profusão pelos soldados no *front*, para levantar a "moral", e ela tornou-se bebida sagrada nas atividades militares. Representantes da empresa obtiveram do Exército norte-americano a concessão de *status* de "observadores técnicos". Eram funcionários que percorriam as zonas de conflito para garantir a instalação e operação de engarrafamento do refrigerante.

Embora The Coca-Cola Company tivesse deixado de lado há tempos as supostas contribuições de natureza medicinal, o efeito placebo da bebida foi insuflado durante a guerra. Nos arquivos da companhia registram-se centenas de cartas de soldados que enfatizavam a identificação entre o dito refrigerante e seu país.[122] A Coca, no calor das batalhas, era vista como uma velha amiga, um amuleto encantado

120 MINTZ, Sidney W. "O poder do doce e a doçura do pode." *Clio*: *Revista de Pesquisa Histórica*, Recife, n. 17. 1998, p. 171-193.

121 BARTHES, Roland. *A Câmara clara*: nota sobre a fotografia. Rio de Janeiro: Nova Fronteira, 1984, p. 136-137.

122 STANDAGE, Tom, *Op. Cit.*, p. 199.

que prezava pelo regresso seguro. Na volta para a casa, os combatentes se lembravam do resultado da força do açúcar em seus corpos nas trincheiras. Foi nesse período que a Coca-Cola solidificou-se como ícone do estilo americano, como ratifica Pendergrast:

> Nos Estados Unidos, as campanhas de publicidade da Coca--Cola exploravam a presença patriótica da bebida no exterior. [...] Os publicitários proclamavam sem parar o status da bebida como uma espécie de ícone americano: "Isso mesmo, em volta do globo, Coca-Cola significa a pausa que refresca – e tornou-se o símbolo de nosso estilo de vida." [...] Em consequência, febrilmente, a companhia reforçou sua imagem patriótica durante a II Guerra Mundial.[123]

Só para reiterar tal raciocínio, a senha de avanço das tropas militares nos desembarques na Normandia no Dia D era "Coca-Cola".[124] Ela é código de ação e expressa um signo de uma quase quimera divinal. Há narrativas de um "observador técnico", Ken Hogan, de que durante a Batalha do Bolsão, teria presenteado um padre católico com uma garrafa e que este último teria utilizado o líquido como vinho sacramental durante um culto.

Mas a adoração ultrapassava os limites do religioso e chegava no campo sexual. Em suas pesquisas sobre o tema, Pendergrast resgatou cartas de soldados enviadas do campo de luta nas quais orientavam suas namoradas a fazerem duchas vaginais com o refrigerante repleto de bolhas picantes. [125]

Outrossim, o açúcar como combustível era considerado tão relevante que era utilizado como moeda de troca por sexo. Os membros das tropas e funcionários da companhia ofereciam chocolate Hershey

123 PENDERGRAST, Mark, *Op. Cit.*, p.193.

124 STANDAGE, Tom, *Op. Cit.*, p. 200.

125 PENDERGRAST, Mark, *Op. Cit.*, p.197-198.

e sobretudo Coca-Cola na troca por favores e carícias: "Tudo que contivesse açúcar era moeda corrente no mercado negro"[126], raconta um "observador".

Depois de 1945, com o final da guerra, as operações militares de engarrafamento da Coca-Cola foram conservadas em território europeu por mais três anos, no decorrer da reconstrução. A produção, lógico, passou a ser vendida aos civis locais.[127] Mas nesse período a empresa se espalhou pelo mundo e invadiu mercados. No final dos anos 1960 esse refrigerante era vendido em 135 países.

A Coca-Cola, em suma, é uma incorporação de ingredientes e culturas distintas, advindas das folhas de coca, da noz de cola, o açúcar, o vinho. Ironicamente, muitos desses elementos já foram alvos de programas de extermínio por parte do governo norte-americano, com investidas de produtos químicos, fungos e outros biocidas. Um exemplo clássico foram as plantações de folhas de coca na Colômbia.[128] Entretanto, uma vez esses componentes modificados e alinhados em torno da fórmula do refrigerante, cria-se um novo significado que se transmuta num símbolo de uma outra cultura: a da afirmação dos Estados Unidos como grande força, a do triunfo do livre comércio e da globalização.

Embora já fosse arratelada em vários países quando do despontar da Segunda Guerra, a Coca-Cola tornou-se uma marca global no seguimento do papel dos EUA como superpotência mundial. Já na década de 1950 um terço dos lucros da companhia provinham de fora do país. Esse processo justapõe-se com seu poder como a grande nação capitalista e também com o projeto de reedificação da Europa subsidiada pelos norte-americanos, denominado de Plano Marshall.

---

126 Citado em PENDERGRAST, Mark, *Op. Cit.*, p. 201.

127 STANDAGE, Tom, *Op. Cit.*, p. 201.

128 CARNEIRO, Henrique, *Op. Cit.*, 2005 (b). p. 103.

Claro que houve algumas resistências no micro e no macrológico. Foi o caso da França, especificamente quando alguns habitantes se levantaram contra a abertura de novas fábricas de engarrafamento. Os franceses temiam que a Coca-Cola ameaçasse as indústrias vinícolas nacionais e também alegavam que a bebida escura era tóxica. Os italianos, por sua monta, argumentavam que o líquido embranquecia os cabelos das crianças. Mas a empresa seguiu em frente na sua cruzada, estabelecendo um *marketing*, organizando novas franquias e seguidores, impondo-se, enfim, como um símbolo de uma civilização e de um estilo de vida, como coloca Standage:

> A ascensão dos Estados Unidos e a globalização da guerra, da política, do comércio e das comunicações durante o século XX são espelhadas pela ascensão da Coca-Cola, a marca mundial mais valiosa e mais amplamente reconhecida, universalmente considerada a personificação dos Estados Unidos e de seus valores. Para aqueles que aprovam os Estados Unidos, significa liberdade econômica e política de escolha, consumismo e democracia, o sonho norte-americano; para os que os desaprovam, representa o capitalismo global cruel, a hegemonia das corporações e marcas globais, e a diluição das culturas e dos valores locais, na direção de uma mediocridade homogeneizada e americanizada. Assim como a história do Império Britânico pode ser vista numa xícara de chá, a ascensão dos Estados Unidos à superioridade global também tem seu paralelo na história da Coca-Cola – aquela bebida marrom, doce e efervescente.[129]

Esse refrigerante está, portanto, relacionado ao seu país de origem e também ao mercado expandido. Em suma, trata-se de um ícone da globalização. A palavra Coca-Cola é a segunda expressão mais reconhecida no planeta, atrás somente do OK. E quando, em 2003, durante a Guerra do Iraque, as tropas norte-americanas invadiram o

129 STANDAGE, Tom, *Op. Cit.*, p. 178-179.

Palácio de Saddam Hussein, em Bagdá, os soldados organizaram um churrasco em que comeram hambúrgueres e beberam Coca-Cola,[130] sobestando território minado e adverso.

Papai Noel existe

Ainda resta entender como a Coca-cola conseguiu aglutinar uma atmosfera hegemonicamente lúdica ao incorporar as máscaras de um vulto de entreato. Como já dito, no decorrer de sua história a empresa almejou fisgar bebedores cada vez mais mirins. Mas foi na década de 1930 que entram em cena dois atores: Papai Noel e Haddon Sundblom. Este último era um publicitário sueco que foi o responsável pelo *insight* de que o garoto-propaganda perfeito para essa bebida era o dito personagem natalino e que, segundo Pendergrast, engendrou o tracejado que a cultura ocidental tem desse ícone. Antes das criações de Sundblom, o Santa Klaus era retratado vestindo azul, amarelo, verde ou vermelho. Na iconografia da tradição européia era, em geral, delineado como uma figura esguia e longilínea.

Sundblom ilustrou-o como um tipo animado e bonachão, trajado de vermelho saturado envolto em circunstâncias cômicas nas quais a recompensa era sempre a mesma: uma garrafa de Coca-Cola. De primeiro, o modelo que era fotografado nos anúncios era um funcionário da companhia aposentado. Mas quando do falecimento deste, o próprio Sundblom assumiu o posto, com sua fisionomia indulgente, narizes e bochechas enrubescidas, super nutrido e roliço, recheado por um senso de humor esforçado.[131]

Essa estampa está fixada no imaginário de qualquer criança, de preferência relacionada com uma noite mágica, repleta de brinquedos e presentes. Foi uma grande cartada, que também nos traz de volta ao

130 *Ibidem*, p. 197, 202-203, 206-208.

131 PENDERGRAST, Mark, *Op. Cit.*, p. 169-170.

conforto do reconhecível, de que tratei a respeito das marcas globais de *fast food*.[132] O Papai Noel adicionou à Coca-Cola uma alegoria de segurança quando sua garrafa é avistada em qualquer lugar do mundo, tal como o grande *M* amarelo.

Por fim, a imagem do Papai Noel ajudou a atrair consumidores efebos, ao colar a Coca-Cola com a gaiatice e a diversão.[133] Se o McDonald's tem um palhaço como títere, como símbolo, a Coca-Cola tem o Papai Noel. Este último está para a Coca-Cola o que o Ronald McDonald está para o McDonald's. Esses dois pares de botas gigantes só sabem o que é pisar no inadvertido universo simetricamente plagiado da fantasia indefectível.

O Papai Noel e o anjo louco: coca-cola e vinho

Da próxima vez que você aproximar a cerveja, o vinho, os destilados, o café, o chá ou a Coca-Cola de seus lábios, pense em como essa bebida chegou a você através do tempo e do espaço, e lembre-se de que ela contém algo mais do que álcool ou cafeína. Há também história em meio a suas líquidas profundezas.

Tom Standage

É crua a vida. Alça de tripa e metal.
Nela despenco.
E pode ser tão generosa e mítica: arroio, lágrima
Olho d'água, bebida. A vida é líquida.

Hilda Hilst

O estudo do mundo líquido elege como sujeitos de experiência corpos tangíveis ao alcance da percepção e da língua. A matéria fluída, uma vez destampado seu invólucro, é assaltada sem limites, freios ou

132 Ver Capítulo: Você tem sede de quê?

133 STANDAGE, Tom, *Op. Cit.*, p. 193.

relutâncias. Pelo copo ou pela boca, inclina-se ao nosso bel prazer, até secar por completo.

Mas dentro desse campo pode-se estabelecer uma provocação, um contraponto entre o alcoólico e o não alcoólico. Soberbar um cálice está bem longe de ser um gesto banal. A história do molhado é assunto sério e complexo, herança propulsora da trajetória de muitas correlações e culturas. A sede é mais letal que a fome e em termos de premência é quase proporcional à respiração.

Os alcoóis, desde os primeiros traços de civilização, foram criados numa atitude insurreta à suposta excelência da água, tão afeita a impurezas e contaminações, superadas apenas no século XIX com os estudos da microbiologia.[134]

A história do consumo etílico é sumariamente um caminho de contraprovas humanas. É um percurso que começa com uma adoração de quem traz o regozijo, passa pela inspiração dramática e cai nas desgraças da sabedoria científica e do apego à temperança, acusada de fraude contra os bons costumes e comparsa da vagabundagem e da loucura.

E a proposta aqui é pensar em Coca-Cola-*Fast Food* e o Vinho-Taberna enquanto sistemas, regimes, de modo que infira algumas camadas de sentido sobre o tema. Lança-se aqui uma mirada sobre essas duas bebidas, portanto, como objetos culturais e, por conseguinte, refletindo como são utilizados por determinado grupo ou sociedade, formatando um repertório de signos.

Nada mais intestino, particular e intimista do que substâncias que engolimos e seus efeitos em nosso corpo. E por outro lado, nada é tão definidor dos comportamentos culturais, sociais e morais que regem ajuntamentos, lugares e sociabilidades.

A Coca-Cola surgiu, num primeiro momento, como medicamento para acalmar os nervos dilacerados pela aceleração da velocidade e da competitividade selvagem. Posteriormente passou a ser

134 *Ibidem*, p. 9-12.

antídoto de alegrar com sua refrescância gasosa e suas superposições estimulantes.

Por sua parte, o vinho, desde a antiguidade, compôs a farmacopéia, como droga plural e potente, dissipadora da dor, analgésica e anestésica.[135] E também funcionou secularmente como alimento e matriz energética de caráter popular.

No que tange à Coca-Cola, há que se considerar os efeitos do açúcar e da cafeína, proveniente da noz de cola. O primeiro era utilizado como remédio já indicado pela milenar panacéia árabe, por ser rapidamente digerido em sua dose cavalar e descarga instantânea de excitação, inibidora de qualquer abatimento. O efeito de dependência que essa substância propulsiona induz a criação de hábitos compulsivos. Esse costume é facilmente observável no sistema *free refill*, oferecido nas cadeias americanas, em que vende-se o copo, que pode ser recarregável durante todo o consumo do cliente na loja. Em certa ocasião cheguei a relancear uma criança que angariou um copo de 500 ml por quatro ou cinco vezes... Devido a seu alto poder aditivo, o açúcar é correlato a outras drogas como a cocaína, esse outro pó branco refinado, mas que teve o azar de cair nas redes da proibição.

Mas o açúcar, lícito, logrou terrenos e conquistas, dos soldados norte-americanos no *front* da Segunda Guerra e suas prestadoras de serviço aos adolescentes trepidantes frequentadores das redes de *fast food* e seus ambientes teratológicos e impermeáveis, livres de bebidas alcoólicas.

Entretanto, o privilégio do poder viciante também é tomado pelo consumo de produtos das grandes marcas globais, de ordem comportamental, enquanto suporte de valores, como diz Henrique Carneiro:

> A sociedade moderna, dominada pela lógica estrita do mercado, pratica um sistemático mecanismo de fetichização das merca-

---

135 POLLAN, Michael, *Op. Cit.*, p. 360-361.

> dorias. As técnicas de propaganda apenas sofisticam a noção comportamentalista de comportamentos induzidos por reforços, massacrantemente repetidos 'ad nauseam'. Por isso somos tão viciados em marcas, especialmente de comidas, bebidas, vestuário etc. produtos da cultura material elevados à condição de veículos de valores abstratos ou de compulsões introjetadas como parte de uma indução deliberada do vício alimentar. Esse é um dos elementos que nos permite refletir sobre o crescimento da obesidade, problemas cardio-vasculares e diabetes na época contemporânea.[136]

Já a cafeína, que também compõe a fórmula da Coca-Cola, é um alcalóide que atua no sistema nervoso central, multiplicando a concentração, o humor, além de espantar o esgotamento, sacudindo o corpo para a ação e o trabalho.

Note-se que a Coca, tal como o vinho, também serve de acompanhamento das refeições, sendo que a primeira habilita uma sociabilidade "sóbria" ou pelo menos devoluta dos relaxamentos desencadeados pelo álcool.

Quanto ao vinho, já foi colocado aqui os registros de seu uso medicinal, que datam da antiguidade. Também já se tratou de seu efeito lasso e a propósito de suas características intrinsecamente dionisíacas, dada a manifestação explosiva de uma interlocução efusiva, como curto-circuito da intimidade.

Posso estabelecer então algumas polarizações, algumas micro-guerrilhas entre a cafeína e o álcool. A primeira faz parte do rol dos excitantes modernos – chocolate, chá, café – muitas das vezes associados ao uso do açúcar, o que não tem a ver com seu consumo original.

A penetração dessas três substâncias nos hábitos europeus, considerando diferenças de incorporações e de costumes, data do século XVII. Ou seja, num período em que a Europa era o centro de gravidade

---

136 CARNEIRO, Henrique, *Op. Cit.*, 2005 (a), p. 74-75.

das transformações do mundo, ela criou uma demanda em larga escala dessas três bebidas quentes reativas e tônicas, todas tiradas de países do ultramar: o café é árabe, o chá, chinês, o chocolate, mexicano.[137]

A troca que os ingleses fizeram do café pelo chá (que também possui cafeína) foi uma modificação dentro dessa civilização dos estimulantes que surge a partir dos séculos XVII e XVIII. A dinamização do sistema nervoso central e outros efeitos dessas duas bebidas são quase correspondentes, tal como certifica um texto inglês de 1666, de um anúncio do café Garway's, de Londres:

> Faz com que o corpo se mostre ativo e desperto. Mitiga as dores de cabeça intensas e a vertigem. Faz desaparecer o "spleen". Afugenta o cansaço e purifica os humores e o fígado. Fortalece o estômago, melhora a digestão e está particularmente indicado para pessoas robustas e para as que consomem muita carne. É bom para pesadelos, aligeira o cérebro e reforça a memória. Mantém muito desperto. Basta uma xícara para poder trabalhar noites inteiras sem que o corpo fique prejudicado.[138]

A cafeína constitui uma usina de sobriedade, a bebida da vigília, da compostura, desembriagante, anti-orgásmica. Sobre essa disputa entre o café lúcido e o álcool repleto de brumas impuras, Shivelbusch cita um poema anônimo do século XVIII, no auge da propaganda burguesa em prol da austeridade do café:

> Quando o doce veneno do pérfido vinho
> Havia degradado o mundo inteiro
> Afogando nossa razão e nossa alma
> Em copos transbordantes
> Quando a brumosa cerveja
> Havia turvado nosso cérebro

137 BRAUDEL, Fernand, *Op. Cit.*, p. 202.

138 Citado em: SCHIVELBUSCH, Wolfgang, *Op. Cit.*, p. 108.

Com vapores impuros
O céu misericordioso nos enviou esta baga curativa.
Chegou o café, sério e são licor,
Que cura o estômago, aviva o gênio,
Fortalece a memória, anima o triste
E alegra o espírito sem provocar loucuras.[139]

Em suma, o café entra na antinomia entre o são e o malsão. É um alimento do cérebro, que sobrepuja a limpeza e a lucidez e desanuvia as nuvens da imaginação turva. O café, quando invade o corpo, transforma-o em racionalista, burguês, progressista. Por carregar todas essas potências, esse produto tem a capacidade de serenar uma pessoa ébria. Vale dizer que essa disputa de bebidas que penetram nos corpos também alimentou as campanhas antialcoólicas e as Ligas de Temperança que surgiram no decorrer dos séculos XVIII e XIX, como já explanado anteriormente.

Para os grupos populares, entretanto, o álcool continuou tomando grande importância, não denotando um estigma social. O álcool afoga misérias, missão que o café nem de longe cumpre.

Essa contradita fica ainda mais exposta quanto aos espaços e regras de uso desses dois elixires. Há uma ampla distinção entre dois estabelecimentos: a cafeteria, loja de venda e consumo de café, caracterizada pela mesura, cortesia e "modos de civilização", o recinto da permuta compenetrada; e por outro lado a taberna, o botequim, o armazém, onde reina um certo excesso de espontaneidade, a saber, os lugares da sociabilidade expansiva.

O café, como estabelecimento de venda, engoliu todo o caráter da bebida a que se destina. Shivelbusch cita o regulamento de uma *Coffee House* inglesa, do final de século XVII: "Discussões em voz alta

139 Citado em: *Ibidem*, p. 51.

deverão ser evitadas. E não serão tolerados tristes amantes, pois todos eles sempre falam muito animadamente e em excesso."[140]

A cafeteria assumia ares de ambiente de discernimento arguto, coordenada para fazer negócios, discutir política e literatura ou mesmo para ler o jornal. Local da conversação, da racionalidade e do refinamento, exerceu um pólo de centro social da civilização burguesa, dos dândis e esnobes. [141] Foi o sítio onde enfim a burguesia tomou consciência de si mesma.

Já as tabernas sorveram todas as investiduras dos alcoóis. Nesses estabelecimentos os princípios e regras de convivência são distintos. Nessas paragens todos tem direito de sentar à mesa de estranhos e interpelar nas locuções alheias. A taberna tem uma atmosfera de transbordamento, profusão e verborragia.

Como já se disse, o consumo da Coca-Cola substituiu o do café em alguns meios, carregando com ela a cafeína e alguns de seus usos, efeitos e hábitos da acuidade descortinada.[142] Foi no viés do puritanismo – que já insistia, desde o século XVII no antagonismo entre o café e o vinho, a vigília *versus* a ebriedade, o licor negro e são que desperta sem enlouquecer na assonância do licor vermelho luxuriante e venenoso[143] – que Ray Kroc investiu nas lojas do McDonald's, já na década de 1960, nos seus ideais de "família" e "ordem", demarcando toda uma diretriz que seria seguida pelas cadeias de *fast food*. Para que os ambientes assumissem um ar "de lar domesticado", foram proibidas

---

140 *Ibidem*, p. 72.

141 *Ibidem*, p. 81.

142 Desenvolvi esse tema em: CAMARGO, Daisy. "Cachaça *versus* café: a guerra das substâncias nos corpos e nas cidades (final do século XIX e começo do XX)". *Revista Eletrônica do CEDAP*, Assis, n. 1, vol. 5, out. 2009. Disponível em: <http://www.cedap.assis.unesp.br/patrimonio_e_memoria/patrimionio_e_memoria_v5.n1/artigos/cachaca_versus_caf.pdf>. Acesso em: 13 set. 2009.

143 VIGARELLO, Georges, *Op. Cit.* p. 163-164.

máquinas de jogos, músicas e bebidas alcoólicas. Ou seja, foi banido qualquer tipo de ruído que fomentasse "algazarras,"[144] motivando uma atmosfera assexuada e asséptica. Sem dúvida que esse ambiente tem que ver com as resfriadas cafeterias, cuja frequência é gracejada por Díaz Cañabate, criatura tabernal, em seu já citado livro: "Aquí o público, tão madrileno, parece uma reunião de gente da Noruega que fala de seus negócios de arenques."[145]

Quanto à sacarose, também não se trata apenas de um alimento, mas de uma atitude, vinculada a usos e protocolos que estão longe de serem meramente alimentares. Beber uma Coca-Cola para acompanhar a refeição e frequentar glebas abstêmias de álcool e repletos de líquidos açucarados não é tão somente consumir a substância, mas também, no seu viés, enxergar um certo modo de atravessar as horas de trabalho, repouso, deslocamentos e folgas.

Tampouco alguém seria capaz de contestar a amplitude do vinho em certas culturas e grupos. Aclara-se a essa altura que a Coca-Cola e o vinho são espécies de instituições, categorias de mundo e de organização do tempo, que envolvem e adensam tabus, gostos, escolhas e valores. [146]

Pode-se considerar a taberna, numa longa duração, um espaço secular do beber vinho, onde, como disse o taberneiro madrileno José Alberto, mesmo com outros leques de possibilidades, o consumo desse líquido ainda é soberano.[147]

Nesse átrio vasto e espontâneo reina uma nota mais intensa do que no cotidiano comum. Ali naquela zona de território livre e temporário os homens estão desatados das autoridades e instituições.

---

144 FONTENELLE, Isleide Arruda, *Op. Cit.*, p. 116 e 213.

145 DÍAZ-CAÑABATE, Antonio, *Op. Cit.*, p. 113.

146 BARTHES, Roland, *Op. Cit.*, 2006. p. 213-214.

147 RODRÍGUEZ, José Alberto. Entrevista concedida a Daisy de Camargo. Madri, 27 jun. 2013.

Podem falar alto e soltar gargalhadas. A bebida, por sua vez, virtualiza essa troca mais desidiosa e contraventora, por engrenar um elemento de destrave. O álcool nos deixa tinindo, nos cascos, como escreveu Jack London.[148]

Na taberna ocorre o despojamento dos medos, os lapsos jorram, as discussões acaloram-se e se estreitam. A forma de trato no decorrer da embriaguez chega no nível do libidinal no seu limite, porque que a ebriedade ali é eminentemente social, como evidencia Pedro de Andrade, estudioso do tema:

> A prática do beber pode, por outro lado, alcançar o nível da vertigem, a partir de uma aceitação ou de uma recusa, menos ou mais sistemática, de uma realidade contextual, e tomar, como forma de resposta, um sobreinvestimento libidinal. Esta opção, consciente ou inconsciente, de aceleração da vida quotidiana por meio do álcool, funciona como uma segunda edição do sujeito, e reescreve, no seu corpo, regularidades conquistadas na sociedade, como a vida familiar, solidariedades de vários tipos, projectos ou, pelo contrário, ritmos perdidos ou usurpados, por exemplo por um trabalho ou por uma organização dos tempos livres alienantes. A ebriedade, então, apresenta-se melhor naquilo que nunca deixou de ser: uma embriaguez social.[149]

Bebe-se para se hidratar, para se alimentar, para despertar pensamentos, para abrir o apetite, para dissipar tristezas e, às vezes pode acontecer de o libidinal resvalar para a agressividade. O maravilhoso também tem seu lado terrível. Na taberna o copo e a garrafa podem virar arma.[150]

---

148 LONDON, Jack, *Op. Cit.*, p. 11.

149 ANDRADE, Pedro, *Op. Cit.*, p. 237.

150 MÉRIMÉE, Prosper. *Carmen e outros contos.* Rio de Janeiro: Ediouro, 1990. Assunto já tratado no CAPÍTULO 1: A África começa ao sul dos Pirineus: leitura dos viajantes sobre o comer e o beber madrilenos.

Em suma, o perfilhamento e o desempate do que nossa boca sorve também tem que ver com o que queremos no enfrentamento de situações profanas e espirituais. Por vezes almejamos ter o corpo sacudido pela energia construída pelo açúcar e pela cafeína, vertido em ações de bravura apolínea de conquista da lucidez para fins de contestar as réplicas de uma vida acelerada e "agressiva", termo aliás tão valorizado atualmente no mundo do trabalho, como se a delicadeza fosse uma falha e um tropeço no trânsito das relações.

Por outro lado, destampa-se a eleição do vinho tabernal como impulso do relaxamento que desaferrolha e põe para respirar o circuito anímico. O caminho do vinho é o giro do desmoronamento da vertigem. A escolha, portanto, entre essas duas substâncias está entre saltar propulsionalmente para o alto e avante ou despencar na crueza da "alça de tripa e metal" apaixonante, segundo os belos versos de Hilda Hilst, que integram um agrupamento de poemas não à toa nomeados de *Alcoólicas*.[151] Esses dois delineamentos de latência contrastantes podem ser desdobrados em vários feixes de significado.

Os hábitos não são estanques e se esbarram. Ás vezes precisamos ser dionisíacos e às vezes apolíneos e atravessamos nossos contextos recriando-nos a todo o tempo. Mas o líquido, a coisa-objeto diz.

A suposta saúde gelada e sem álcool do refrigerante – néctar do *fast food* – é constituída de cafeína e água açucarada com ar fixo injetado, para o qual algumas lendas urbanas atribuem poderes de de-

---

151 "Em Alcoólicas, beber aparece como uma via privilegiada de acesso ao ser, na mesma medida em que, antes, uma outra via alternativa incorporara os saberes vetustos dos Upanishads. A diferença principal entre tais vias está apenas em que o álcool se traduz como uma experiência vital irresistível e arrebatada que busca diretamente resistir à mediocridade da vida contemporânea (Te amo, Líquida, descendo escorrida/Pela víscera, e assim esquecendo/Fome/País/O riso solto/ A dentadura etérea/Bola)". PÉCORA, Alcir. (Nota introdutória do organizador) In: HILST, Hilda. *Do Desejo*. São Paulo: Globo, 2004, p. 10.

sentupir ralos e pias, e também configura um ícone de uma sociedade que cultua o movimento, a competição e a labuta.

No contrapé, temos a bebida tabernal, resultado de um saber milenar acumulado que depende de inúmeras condições. É uma produção única, repleta de variáveis, raízes das videiras que precisam escavar alimento na terra, o nível do açúcar da fruta, tempo de fermentação e maturação da bebida, etc. O vinho tem espaço-tempo de um elemento vivo sujeito a surpresas e improvisações. A Coca-Cola é uma fórmula química quase hermética.

Na mesma medida, os ambientes de uso aqui abordados também vestem as características de seus líquidos. De um lado, temos as lojas de comida rápida, com direito a roteiro pré-arranjado.[152] Já a taberna é o lugar do imprevisto desarmado e até por esse motivo – porque não dizer – guarda sinais da micro-resistência.

Se há uma imagem impressa no consumo da Coca-Cola ela pode ser a do comercial televisivo em que todos a bebem em volta da mesa, tornando num lapso toda uma família feliz instantaneamente. Ou pode ser assistida como uma horda de crianças e adolescentes excitados organizados em fila única e estardalhoada na espera do preenchimento do benefício suplementar e previsível: o presente-recompensa do Papai Noel.

E se o objeto-ente pode resumir o comportamento de um indivíduo ou um grupo num perpasso, o vinho é o personagem bêbado lírico de Baudelaire que arrasta para dentro da taberna seu amigo com a ajuda de um nó de corda, como que sirgado por uma nau feérica e louca.

152 Como já foi visto no Capítulo: o diabo que falsifica vinho.

Considerações finais

> Sabor de língua é o fenômeno diretamente químico que acontece sempre que as moléculas têm contato com as papilas gustativas, algo que acontece com toda comida. Sabor de língua é o tipo de sabor simples e acessível que qualquer cientista ou fabricante da área de alimentação é capaz de produzir para tornar uma comida atrativa. McDonald's tem sabor de língua. [...] Entretanto, o sabor das mãos envolve algo maior do que mero sabor. É a experiência infinitamente mais complexa de uma comida que oferece a inconfundível assinatura do indivíduo que a fez – o cuidado, o pensamento e a peculiaridade que aquela pessoa colocou na obra que preparou.
>
> Michael Pollan

> Partir, se evadir, é traçar uma linha.
>
> Gilles Deleuze

Nick Toshes estava a fitar meia cebola procedente de Walla Walla, pulverizada com um fio de caviar praticamente invisível. É nesse tom que em *A Última Casa de Ópio* esse escritor narra sua experiência que começa num restaurante esnobe de Nova York e que pretendia servir comida típica da Toscana. A iguaria custava 35 dólares, puro valor agregado sem sentido, vendido aos incautos como conhecimento e sabedoria ilusórios. E os clientes sentados às mesas em torno dele degustavam (e não bebiam) vinho, estabelecendo tratados sobre as notas de fumaça de carvalho, terra, debatendo equilíbrio, corpo e buquê.

E num roupante de perspicácia, e devorado por uma indignação derradeira detonada por um "especialista" vinícola chamando a atenção para um fundo de pimentão que se escondia no cassis, Toshes literalmente liga o FODA-SE:

> Fodam-se este mundo de cebolas de 35 dólares e aqueles que as comem. Foda-se este mundo de otários pseudo-sofisticados, incapazes de reconhecer as melhores coisas da vida – desde uma dose daquele vinagre até os primeiros sinais do outono numa árvore-, quanto mais apreciá-las. Fodam-se esses otários que transformaram Nova York num shopping proibido para menores, e que a adoram desse jeito. Eles estavam mortos. A vizinhança estava morta. A cidade estava morta. Até o maldito século estava morto.[1]

E a partir deste *insight* o autor parte para uma Odisséia investigativa sem Ítaca, seguindo os vestígios do conhecimento acumulado milenar e denso que envolve as casas de ópio, quase extintas, relegadas e escondidas num mundo babaquizado e superficial.

Enfim, ao lado de Nick Toshes ou na taberna, não é de bom tom analisar o *post gusto* de frutas negras, fundo animal e balsâmico, final de madeira e merda. Ali não é lugar para esnobismo e nem para pseudo-conhecimento. É espaço para libações, retomando o termo. Sobre o assunto, sentencia Antonio Díaz-Cañabate:

> Não há mais que duas categorias de vinhos, os bons e os ruins. A diferença entre uns e outros qualquer um percebe. Agora, distinguir as qualidades dos vinhos igualmente bons ou igualmente ruins, é trabalho para os degustadores e ninguém mais que os degustadores. O resto dos mortais, vamos beber em silêncio e

1 TOSCHES, Nick. *A última casa de ópio*. São Paulo: Conrad, 2006, p. 15.

> nada dessa tolice técnica: "Este vinho tem muito corpo." Como se fosse uma matrona metida em carnes. Neste mundo a boa fé é indispensável para tudo e com tudo. Bebamos vinho sem analisá-lo e nos irá melhor.[2]

Michael Pollan também está cansado de pseudo-conhecimento. Ele é um exemplo vivo de que nos dias de hoje toda cultura é de fronteira e até por esse motivo as sobrevivências por certas escolhas são viáveis. Esse escritor é um norte-americano nascido em 1955, período em que a comida processada já era oferecida para as donas de casa como uma tábua de salvação de suas vidas e o McDonald's tomava força a passos largos.

Não obstante, seu avô materno era um imigrante russo que cultivava e comercializava frutas e verduras. Desde pequeno, e por conta do ambiente e atividades de seu círculo familiar, ele cuidava de hortas e vendia o que produzia. Pollan, portanto, teve contato e apreendeu já na infância sobre o sagrado do fresco e vivo.

Resulta que entre o gosto que se sente na língua e outras camadas bem mais profundas cravadas nas mãos, ele assumiu uma posição que preponderа muito clara em seus indicativos. "Não coma nada que sua bisavó não reconhecesse como comida", sentencia Pollan em seu manifesto intitulado *Em defesa da comida.*[3] Seria compulsório retrocedermos duas gerações para adentrarmos num universo anterior aos "alimentos modernos". Seus critérios advém da demarcação de que se você não entende do que é feito e de onde vem o produto, não se trata de comida. Ou seja, passeie mentalmente entre as gôndolas com sua bisavó. E se ao deparar com uma bisnaga ela lhe entreolhar e interrogar se aquilo é comida, algum tipo de cola ou pasta de dentes, retroceda. Mas que fique claro que essa deserção não representa fraqueza.

---

2 DÍAS-CAÑABATE, Antonio, *Op. Cit.*, p. 44-45.

3 POLLAN, Michael. *Em defesa da Comida.* Rio de Janeiro: Instrínseca, 2008, p. 164.

Como já bem explicou Gilles Deleuze[4], debandar não significa necessariamente covardia. Ao contrário, uma diáspora nessas circunstâncias denota a atitude de furar um sistema ou livrar-se de uma máscara ou cavar um buraco numa parede sem janela para respirar.

O que importa é que nem tudo está perdido. Ainda há algo em que você pode confiar: na possibilidade de fuga e na memória de sua bisavó. Tomo partido de Lipovetsky quando ele diz que no contraponto da globalização, os particularismos bordejam, reivindicando identidades locais, por toda parte:

> Com a globalização, há uma erosão das fronteiras e das barreiras geográficas, compressão do espaço-tempo, mas não desaparecimento das distâncias culturais. E, quanto mais os indivíduos têm acesso à cultura-mundo mais experimentam a necessidade de defender suas identidades culturais e lingüísticas.[5]

O espaço tabernal é objeção ao robotismo do *fast food*, seu avesso no último grau de deshistoricização dos alimentos, objetos e hábitos, à compartimentação e falsa assepsia de um espaço burguês, que surge já no século XIX com as divisões de usos e funções. A resistência emerge no movimento *Slow food*, nas cozinhas de Ángel de Miguel e José Alberto, todos engrenando um elemento desencadeador da oposição à vida rápida, sem sabor, sem cultura, sem história e sem Dionísio.

E por fim, a sublevação revela-se nos grupos de ação direta espalhados pelo mundo que arremessam tortas em direção a qualquer Ronald McDonald que ouse se exibir. Como disse Lipovetsky, nem tudo foi canibalizado pelo mercado e pelo submundo do consumo

---

4 *"Fugir não é renunciar às ações, nada mais ativo que uma fuga. É o contrário do imaginário. É também fazer fugir, não necessariamente dos outros, mas fazer alguma coisa fugir, fazer um sistema vazar como se fura um cano."* DELEUZE, Gilles; PARNET, Claire. *Diálogos*. São Paulo: Escuta, 1998, p. 49.

5 LIPOVETSKY, Gilles. *A cultura-mundo: resposta a uma sociedade desorientada*. São Paulo: Companhia das Letras, 2011, p. 128.

infantilizado. Traduzindo: nem tudo virou Disneylândia e *shopping center*. O parque temático está armado e espalhado, assim como a *gourmetização* da vida e os empolados degustadores de comida e vinho que acreditam piamente criarem poesia, compondo um vocabulário controlado que envolve expressões como: óleo aéreo, côncavo, convexo, tênue, longo fino, mudo, olivoso, perturbado, apagado, tenso, louco, vibrante ou volátil...[6] Mas para nossa felicidade e salvação, o mundo do cotidiano e das coisas é mais poroso e oblíquo do que o Papai Noel e o Ronald McDonald ousam lograr. E Sancho Panza, os indômitos fugitivos e sabotadores de palhaços estão à solta e na espreita, bracejando no desassossego de muros e grades de cabotagem.

6 ROSSI, Paolo. *Op. Cit.*, p. 133.

Referências

Anuários e almanaques

Almanak Mercantil ó guia de comerciantes para el año de 1808. Madrid: Imprenta de Veja y Compañía.

Anuario Del Comercio, de La Industria, de la Magistratura y de la Administración. Madrid: Carlos Bailly-Bailliere, 1885.

Anuario del Comercio, de la Industria, de la Magistratura y de la Administración. Madri: Bailly Bailliere e Hijos, 1894.

Anuario Almanaque del Comercio de la industria de la magistratura y de la administracion de España, sus colonias Cuba, Puerto Rico y Filipinas, estados hispano-americanos y Portugal. Madrid: Bailly-Bailliere, 1905.

Anuario Almanaque del Comercio de la industria de la magistratura y de la administracion de España, sus colonias Cuba, Puerto Rico y Filipinas, estados hispano-americanos y Portugal. Madrid: Bailly-Bailliere, 1911.

Entrevistas

GÓMEZ, Ángel de Miguel. Entrevista concedida a Daisy de Camargo. Madri, 8 jul. 2013.

RODRÍGUEZ, José Alberto. Entrevista concedida a Daisy de Camargo. Madri, 27 jun. 2013.

Cronistas

CABEZAS, Juan Antonio. *Madrid, escenarios y personajes (selección de crónicas Madrid al día)*. Madrid: Editorial Prensa Española. 1968.

MESONERO ROMANOS, Ramon de. *Escenas matritenses*. Alicante: Miguel de Cervantes, 2000.

SANCHES, José A. Nieto. *Historia del Rastro: La Forja de un símbolo de Madrid* (1905-1936) Madrid: Editorial Vision Net, 2004.

SEPÚLVEDA, Enrique. *La vida en Madrid en 1886*. Madrid: Librería de Fernando Fé : Librería de Hijos de Fé, 1887.

SEPÚLVEDA, Enrique. *La vida en Madrid en 1888*. Madrid: Librería de Ricardo Fé, 1889.

SEPÚLVEDA, Ricardo. *Madrid Viejo: cronicas, avisos, costumbres, leyendas y descripciones*. Madrid: Librería de Fernando, 1888.

Relatos de viajantes

BLACKBURN, Henry. *Travelling in Spain in the Present Day*. Londres: Sampson Low, Son & Marston, 1866.

BYRNE, Julia Clara Pitt. *Cosas de España*. London, New York: Alexander Strahan, 1866.

DAVILLIER, Barón Ch.; DORÉ, Gustavo. *Viaje por España*. Madrid: Adalia, 1984.

DE AMICIS, Edmundo. España. *Viaje durante el Reinado de Don Amadeo I*. Madrid: Librería de Vicente Lopes, 1883.

DUMAS, Alexandre. *De París a Cádiz: impressiones de viaje*. Valencia: Pre-textos, 2002.

FORD, Richard. *Las cosas de España*. Madrid: Ediciones Turner. 1988.

GAUTIER, Théophile. *Viaje por España*. Barcelona: Mateu, 1971.

MERIMÉE, Prosper. *Viajes a España*. Madrid: Aguilar, 1988.

MURET, Jean. *Lettres écrites de Madrid en 1666 et 1667*. Paris: A. Picard, 1879.

RIGEL, *Der siebenjährige Kampf auf der Pyrenäischen Halbinsel vom Jahre 1807 bis 1814*. Rastatt: Auf Kosten des Verfassers und bei ihm selbst, 1810.

Legislação

REGULAMENTO (CE) N. o 479/2008 DO CONSELHO de 29 de Abril de 2008 que estabelece a organização comum do mercado vitivinícola, que altera os Regulamentos (CE) n.o 1493/1999, (CE) n.o 1782/2003, (CE) n.o 1290/2005 e (CE) n.o 3/2008 e que revoga os Regulamentos (CEE) n.o 2392/86 e (CE) n.o 1493/1999. Disponível em: <div style=””><img alt=”” id=”DCSIMG” width=”1” height=”1” src=”http://eurlex.europa.eu/dcszgmkqs100008qxd83quum3_9q5x/njs.gif?dcsuri=/nojavascript&WT.js=No&WT.tv=9.4.0&dcssip=www.eurlex.europa.eu”/></div> Acesso em: 20 out. 2016.

REGULAMENTO (CE) n.° 110/2008 DO PARLAMENTO EUROPEU E DO CONSELHO, de 15 de Janeiro de 2008 , relativo à definição, designação, apresentação, rotulagem e protecção das indicações geográficas das bebidas espirituosas e que revoga o Regulamento (CEE) n.° 1576/89 do Conselho. Disponível em: <div style=””><img alt=””id=”DCSIMG”width=”1”height=”1”src =”http://eurlex.europa.eu/dcszgmkqs100008qxd83quum3_9q5x/njs.gif?dcsuri=/nojavascript&WT.js=No&WT.tv=9.4.0&dcssip=www.eurlex.europa.eu”/></div> Acesso em: 20 out. 2016.

Bibliografia

ALMERICH, Luis. *El hostal, la fonda, la taberna y el café en la vida barcelonesa*. Barcelona: Ediciones Librería Millá, 1945.

ALVES, Carmen Lucia Rodrigues. *O Evangelho segundo o McDonald's: um estudo sobre o processo de produção da fast food.* Dissertação (mestrado em História), PUC/SP, São Paulo, 2006.

ANDRADE, Carlos Drummond. *Nova Reunião (23 livros de poesia, Volume 1)*. Rio de Janeiro: BestBolso, 2010.

ANDRADE, Pedro. "O Beber e a tasca, práticas tabernais em corpo vínico". *Revista Povos e Culturas*, Lisboa, n. 3, 1988, p. 223 – 263.

AUGÉ, Marc. *Não-lugares: introdução a uma antropologia da supermodernidade*. Campinas: Papirus, 1994.

BACHELARD, Gaston. *A Psicanálise do Fogo*. São Paulo: Martins Fontes, 1994.

BARBUY, Heloisa. *A cidade–exposição*: *comércio e cosmopolitismo em São Paulo (1860-1914)*. São Paulo: EDUSP, 2006.

BARREIRO, José Carlos. "A rua e a taberna. Algumas considerações teóricas sobre cultura popular e cultura política (1820-1880)". *História*, São Paulo, v. 16, 1997, p. 173-184.

BARTHES, Roland. "Por una psico-sociología de la alimentación contemporánea." *Empiria. Revista de Metodología de Ciencias Sociales*. n. 11, jan./jun. 2006, p. 205-221.

BARTHES, Roland. *A Câmara clara*: nota sobre a fotografia. Rio de Janeiro: Nova Fronteira, 1984.

BAUDELAIRE, Charles. *As Flores do Mal*. Rio de Janeiro: Nova Fronteira, 1985.

BAUDELAIRE, Charles. *Paraísos Artificiais*. Porto Alegre: L&PM, 1998.

BENJAMIN, Walter. *Passagens*. Belo Horizonte/São Paulo: UFMG/Imprensa Oficial, 2006.

BESAS, Peter. *Historia y anécdotas de las fondas madrileñas*. Madrid: Ediciones La Librería, 2009.

BORNHEIM, Gerd (org.). *Cultura brasileira: tradição contradição.* Rio de Janeiro: Zahar, 1987.

BRANDÃO, Junito de Souza. *Mitologia Grega.* Petrópolis: Vozes, 1987.

BRAUDEL, Fernand. *Civilização material, economia e capitalismo.* Lisboa: Cosmos, 1970.

BROTÓNS, Joaquín. "La Tienda de Vinos o El Comunista: vino y comidas". *Canfali,* Valdepeñas, Viernes, 31 ago. 2003, Especial Feria de agosto de 2003. p. 4.

BUENO, Alexei. *Alcoofilia: 5.000 anos de declarações de amor à bebida.* Rio de Janeiro: Lacre, 2015.

CAMARGO, Daisy de. *Alegrias engarrafadas: os alcoóis e a embriaguez na cidade de São Paulo no final do século XIX e começo do XX.* São Paulo: Editora UNESP, 2012.

CAMARGO, Daisy. "Cachaça *versus* café: a guerra das substâncias nos corpos e nas cidades (final do século XIX e começo do XX)". *Revista Eletrônica do CEDAP*, Assis, n. 1, vol. 5, out. 2009. Disponível em: <http://www.cedap.assis.unesp.br/patrimonio_e_memoria/patrimionio_e_memoria_v5.n1/artigos/cachaca_versus_caf.pdf>. Acesso em: 13 set. 2009.

CAMARGO, Daisy. "O café: de como um remédio extraordinário tornou-se veneno proscrito" In: *Espiralados.* 21 maio 2012. Disponível em: <https://espiralado.wordpress.com/2012/05/21/o-cafe-de--como-um-remedio-extraordinario-tornou-se-veneno-proscrito/>. Acesso em: 12 jun. 2013.

CANCLINI, Néstor García. *Culturas híbridas: estratégias para entrar e sair da modernidade.* São Paulo: EDUSP, 2008.

CARNEIRO, Henrique. "Comida e sociedade: significados sociais na história da alimentação". *História: Questões & Debates*, Curitiba, n. 42, 2005, p. 71-80.

CARNEIRO, Henrique. *Pequena Enciclopédia da História das Drogas e Bebidas.* Rio de Janeiro: Elsevier, 2005.

CARVALHO, Isabel Cristina Moura. "*Slow food* e a educação do gosto: um movimento social sem pressa." *Revista Prâksis – Educação e Meio Ambiente.* Novo Hamburgo, Ano 5, vol. 1, 2008, p. 2-14.

CASCUDO, Luís da Câmara. *História da Alimentação no Brasil.* São Paulo: Global, 2004.

CASTRO, Eduardo Viveiros. *A inconstância da alma selvagem.* São Paulo: Cosac Naify, 2013.

CERVANTES SAAVEDRA, Miguel de. *O engenhoso fidalgo Dom Quixote de La Mancha.* Belo Horizonte: Villa Rica, 1991.

CHARTIER, Roger. *História Cultural: entre práticas e representações.* Lisboa/Rio de Janeiro: Difel/Bertrand do Brasil, 1995.

CHERNOVIZ, Pedro Luiz Napoleão. *Diccionario de Medicina Popular (em que se descrevem em linguagem accommodada á intelligencia das pessoas estranhas á sciencia medica).* 3ª. Ed., Paris: Em casa do autor, Rua de Passy, 1862.

CHEVALIER, Jean; GHEERBRANT, Alain. *Dicionário de símbolos.* Rio de Janeiro: José Olympio, 1997.

COCTEAU, Jean. Ópio, Diário de uma desintoxicação. São Paulo: Brasiliense, 1985.

COLLAÇO, Janine Helfst Leicht. "Restaurantes de comida rápida, os fast-foods, em praças de alimentação de shopping centers: transformações no comer". In: *Estudos Históricos,* Rio de Janeiro, n. 33, janeiro-junho de 2004, p. 116-135.

CUNHA, Antônio Geraldo. *Dicionário Etimológico Nova da Língua Portuguesa.* Rio de Janeiro: Nova Fronteira, 1982.

DELEUZE, Gilles; PARNET, Claire. *Diálogos.* São Paulo: Escuta, 1998.

DÍAZ, Lorenzo *Diez siglos de cocina en Madrid: de los mesones de ayer a los restaurantes de hoy.* Barcelona: Folio, 1994.

DÍAZ, Lorenzo. *Lucio: historia de un tabernero.* Madrid: Ediciones B, 1996.

DÍAZ, Lorenzo. *Madrid, tabernas, botillerías y cafés (1476-1991)*. Madrid: Espasa Calpe. 1991.

DÍAZ, Lorenzo. *Madrid: bodegones, mesones, fondas y restaurantes. Cocina y sociedad (1412-1990)*. Madrid: Espasa Calpe. 1990.

DÍAZ-CAÑABATE, Antonio. *Historia de una taberna*. Madrid: Espasa-Calpe, 1963.

Diccionario da Real Academia Española. Disponível em: <http://www.rae.es/>. Acesso em: 28 fev. 2015.

DIEGO, Estrella. *Contra el mapa*. Madrid: Siruela, 2008.

DÍEZ BORQUE, José Maria. *La vida española en el siglo de Oro según los extranjeros*. Barcelona: Ediciones del Serbal, 1990.

DÍEZ DE PALMA, Jesús. *Bares, tascas y tabernas de Madrid.* Madrid: Ediciones La Librería, 1999.

ESTEBAN, José. *Breviario del cocido.* Madrid: Librería Gulliver, 1986.

EURÍPIDES. *As Bacantes*. São Paulo: Hedra, 2010.

FLANDRIN, Jean-Louis; MONTANARI, Massimo.(org.) *História da alimentação*. São Paulo: Estação Liberdade, 1998.

FONTENELLE, Isleide Arruda. *O nome da marca*: *McDonald's, fetichismo e cultura descartável.* São Paulo: Boitempo/Fapesp, 2013.

FORTES, J. R. Albuquerque, "Conceito e definição de alcoolismo." FORTES, J. R. Albuquerque e CARDO Walter Nelson (org.) *Alcoolismo. Diagnóstico e Tratamento*. São Paulo. Sarvier. 1991.

FOUCAULT, Michel. *O corpo utópico, as heterotopias*. São Paulo: N-1 Edições, 2013.

FRANCO JÚNIOR, Hilário. *Cocanha*: *várias faces de uma utopia*. São Paulo: Ateliê Editorial, 1998.

FREUD, Sigmund. *O mal-estar na civilização*. São Paulo: Companhia das Letras, 2010.

GARCÍA DE OTEYZA, Carlos Osório. *Tabernas y tapas en Madrid* (*Guia de tabernas madrileñas con historia).* Madrid: Ediciones La Librería, 2010.

GARCÍA DE OTEYZA, Carlos Osório; BENÍTEZ, Álvaro. *Tabernas de Madrid.* Madri: Ediciones La Librería, 2008.

GARCIA, Rosa Wanda Diez. "Reflexos da globalização na cultura alimentar: considerações sobre as mudanças na alimentação urbana". *Revista de Nutrição,* Campinas, n. 16, vol. 4, out. /dez. 2003. p. 483-492.

GAUTIER, Théophile. *O Clube dos Haxixins.* Porto Alegre: L&PM, 1986.

GÓMEZ FERNANDEZ, Francisco José. "Las tabernas del viejo Madrid. " *Madrid Historico.* Madrid. n.13, jan./fev. 2008, p. 48-53.

HERNÁNDEZ CHÁVEZ, Alicia. *Memoria y vida de un pueblo.* México DF: Fondo de Cultura Economica, 1993.

HILST, Hilda. *Do Desejo.* São Paulo: Globo, 2004.

JAMESON, Fredric. *A cultura do dinheiro: ensaios sobre a globalização.* Petrópolis: Vozes, 2001.

JAMESON, Fredric. *Pós-Modernismo: a lógica cultural do capitalismo tardio.* São Paulo: Ática, 2004.

JOHNSON, Hugh. *A história do Vinho.* São Paulo: Companhia das Letras, São Paulo, 1999.

JUNQUEIRA, Mary Anne; FRANCO, Stella Maris Scatena. (orgs.) *Cadernos de Seminários de Pesquisa.* São Paulo: Departamento de História da Faculdade de Filosofia, Letras e Ciências Humanas. USP/Humanitas. 2011. V. 2. p. 44-61.

LATOUR, Bruno. *Jamais fomos modernos.* São Paulo: Ed. 34, 2009.

LAZARO, Ángel. *La hija del tabernero comedia en tres actos.* Madrid: La Farsa. 1932.

LÉVI-STRAUSS, Claude. *O cru e o cozido.* São Paulo: Cosac Naif. 2004.

LIPOVETSKY, Gilles. "O essencial é a embalagem". Em entrevista a Andrei Netto, *O Estado de S. Paulo,* Domingo, 19 de abril de 2015, Caderno Aliás. p. E2.

LIPOVETSKY, Gilles. *A cultura-mundo: resposta a uma sociedade desorientada.* São Paulo: Companhia das Letras, 2011.

LIPOVETSKY, Gilles. *A felicidade paradoxal: ensaio sobre a sociedade de hiperconsumo.* São Paulo: Companhia das Letras, 2007.

LONDON, Jack. *Memórias Alcoólicas.* São Paulo: Paulicéia, 1993.

LÓPEZ CARCELÉN, Pedro. *Atlas Ilustrado de la historia de Madrid.* Madrid: Ediciones La Librería. 2013.

LOUSADA, Maria Alexandre. "Sobre a alimentação urbana no início do século XIX: tabernas e casas de pasto lisboetas" In: PINHEIRO, Magda A.; FERREIRA, Maria Fátima S.M. (orgs.). *Desenvolvimento econômico e mudança social. Portugal nos últimos dois séculos.* Lisboa: ICS. 2009. p. 227-248.

LOUSADA, Maria Alexandre. "A rua, a taberna e o salão: elementos para uma geografia histórica das sociabilidades lisboetas nos finais do Antigo Regime". In: VENTURA, Maria da Graça Mateus (org.). *Os espaços de sociabilidade na Ibero-América (sécs. XVI-XIX).* Lisboa: Colibri, 2004. p. 95-120.

LUCENA SAMORAL, Manuel. (org.) *Historia de Iberoamerica* III. Madri: Cátedra, 2008.

LUJÁN, Néstor. *Historia de la gastronomia.* Barcelona: Folio, 1997.

MACHADO, Leocadio. *Historia del vino de Madrid.* Madrid: La Librería, 2002.

MARQUES, Jairo. "Escavações revelam taberna e palafitas do 'velho Pinheiros'" *Folha de São Paulo.* 26 dez. 2012 Disponível em: <http://www1.folha.uol.com.br/cotidiano/1206397-escavacoes-revelam-taberna-e-palafitas-do-velho-pinheiros.shtml>. Acesso em: 26 dez. 2013.

MARTINS, Ana Luiza. *História do Café.* São Paulo: Contexto, 2008.

MATANZO ESPAÑA, Ángel. *Un madrileño de los piez a la cabeza.* Disponível em: <http://www.porserdemadrid.es/cocido-madrileno.html> Acesso em: 16 julho 2015.

MENESES, Ulpiano T. Bezerra; CARNEIRO, Henrique. "A história da Alimentação: balizas historiográficas." *Anais do Museu Paulista.* São Paulo. N. série. v. 5, jan./dez. 1997, p. 9-91.

MÉRIMÉE, Prosper. *Carmen e outros contos.* Rio de Janeiro: Ediouro, 1990.

MICHEL DE CERTEAU, "Californie, um Théâtre de Passants", *Autrement,* Paris, n. 31, abr. 1981, p. 10-18.

MINTZ, Sidney W. "O poder do doce e a doçura do poder." *Clio: Revista de Pesquisa Histórica,* Recife, n. 17. 1998, p. 171-193.

MONTOLIÚ CAMPS, Pedro. *Enciclopedia de Madrid.* Barcelona: Planeta, 2002.

NADEAU, Maurice. *História do Surrealismo.* São Paulo: Perspectiva, 1985.

ORTIGOZA, Silvia Aparecida Guarnieri. "O *fast food* e a mundialização do gosto." *Revista Cadernos de Debate,* Campinas, vol. V, 1997, p. 1-25.

PENDERGRAST, Mark. *Por Deus, pela pátria e pela Coca-Cola: a história não autorizada do maior dos refrigerantes e da companhia que o produz.* São Paulo: Ediouro, 1993.

PERÉZ, Dionisio. *Guia del buen comer español.* Madrid: Post-Thebussen, 1929.

PESEZ, Jean-Marie, "História da cultura material." In: LEGOFF, Jacques (org). *A história nova.* São Paulo: Martins Fontes, 1990, p. 177-213.

PESSOA, Fernando. *Ficções do Interlúdio (4).* Rio de Janeiro: Nova Fronteira, 1983.

PICCAZIO, Claudia. *Como Fazer Cerveja*. São Paulo: Editora Três, 1985.

PINTO, Raul Simões. *As tascas do Porto*. Porto: Afrontamento, 2008.

PINTO CRESPO, Virgilio. *Madrid em 1898*. Madrid: Ediciones La Librería, 1998.

PLATÃO. *O Banquete*. São Paulo: Edipro, 2012.

POLLAN, Michael. *Cozinhar: uma história natural da transformação*. Rio de Janeiro: Intrínseca, 2014.

POLLAN, Michael. *Em defesa da Comida*. Rio de Janeiro: Instrínseca, 2008.

PONGE, Francis. *O Partido das coisas*. São Paulo: Iluminuras, 2000.

REVILLA, Fidel; RAMOS, Rosalía. *Historia Breve de Madrid*. Madri: Ediciones La Librería, 2012.

RITCHIE, Carson. I. A. *Comida e Civilização: de como a história foi influenciada pelos gostos humanos*. Lisboa: Assírio &Alvim, 1995.

ROCHE, Daniel. *História das coisas banais: nascimento do consumo nas sociedades do século XVII* ao *XIX*. Rio de Janeiro: Rocco, 2000.

RODRIGUES, Jaime. *Alimentação, vida material e privacidade: uma história social de trabalhadores em São Paulo nas décadas de 1920 a 1960*. São Paulo: Alameda, 2011.

ROMERO DE SOLIS, Pedro. "La *taberna* en Espagne et en Amérique". *Terrain revue d'ethnologie de l'Europe* , Paris, n. 3, out. 1989, p. 63-71.

ROMERO, Luis. *Libro de las tabernas de España*. Barcelona: AHR, 1956.

ROSSI, Paolo. *Comer: necessidade, desejo, obsessão*. São Paulo: Editora Unesp, 2014.

SAID, Edward. *Orientalismo: o Oriente como invenção do Ocidente*. São Paulo: Companhia das Letras, 2007.

SANCHES BLÁSQUEZ. Eloy. *Calles del centro histórico de Madrid con rótulos en cerámica*. Madrid: Visión Libros, 2012.

SANT'ANNA, Denise Bernuzzi de. (org) *Políticas do Corpo*. São Paulo: Estação Liberdade, 1995.

SANT'ANNA, Denise Bernuzzi. "Transformações das intolerâncias alimentares (1850-1920)." In: *História & Debates*, Curitiba, n. 1, vol. 42, 2005, p. 81-93.

SANTOS, Carlos Roberto Antunes dos. "O Império McDonald e a McDonaldização da sociedade: alimentação, cultura e poder." *Cadernos do Seminário Facetas do Império na História, Programa de Pós-Graduação em História da Universidade Federal do Paraná,* Curitiba, nov. 2006, p. 1-23.

SANTOS, Carlos Roberto Antunes. "A Alimentação e seu lugar na história: os tempos da memória gustativa." In: *História: Questões & Debates,* Curitiba, n. 42, p. 11-31, 2005, Editora UFPR.

SANTOS, Carlos Roberto Antunes. "A comida como lugar de história: as dimensões do gosto". *História: Questões & Debates*, Curitiba, n. 54, jan./jun. 2011. p. 103-124.

SCHIVELBUSCH, Wolfgang. *Historia de los estimulantes*. Barcelona: Anagrama, 1995.

SCHLOSSER, Eric. *País Fast Food.* São Paulo: Ática, 2001.

SILVA, Antonio Moraes. *Diccionario da Lingua Portuguesa*. Lisboa: Impressão Régia, 1831.

SOUZA, Gilda de Mello. *O espírito das roupas: a moda no século dezenove*. São Paulo: Companhia das Letras, 1987.

SPÍNOLA, Carlos. "Los cuatro jinetes del Apocalipsis de la gastronomía andaluza." *Revista GastroSur,* Cádiz, Ediciones Gastronómicas del Sur, n. 3. 2005. p. 3-5.

STANDAGE, Tom. *História do mundo em 6 copos*. Rio de Janeiro: Jorge Zahar, 2005.

TOSCHES, Nick. *A última casa de ópio*. São Paulo: Conrad, 2006.

URÍA, Jorge. "La taberna. Un espacio multifuncional de sociabilidad popular en la restauración española." *Hispania*, Madrid, n. 214, v. LXIII, 2003, p. 571-604.

VAN GOGH, Vicent. *Cartas a Théo*. Porto Alegre: L&PM, 1991.

VELASCO ZAZO, Antonio. *Fondas y mesones*. Madrid: Librería General Victoriano Suárez, 1947.

VIGARELLO, Georges. *Lo sano y lo malsano (Historia de las practicas de La salud desde La Edad Media hasta nuestros días)*. Madrid: Abada, 2006.

VILLÁN, Javier. "Memoria de tablaos, tabernas, cafés cantantes y colmaos: Madrid, cátedra de la copla y el cante." *Ilustración de Madrid: revista trimestral de la cultura matritense*. Madrid: n. 4, jul./set. 2007, p. 61-66.

VIRILIO, Paul. *O Espaço crítico*. Rio de Janeiro: Editora 34, 1993.

VIRILIO, Paul. *Penser la vitesse*. Disponível em: <https://www.youtube.com/watch?v=vK8TGPNxhtM>. Acesso em: 28 jan. 2015.

ZIZEK, Slavoj. *O mais sublime dos histéricos: Hegel com Lacan*. Rio de Janeiro: Jorge Zahar.

Anexo I

LISTA DE TABERNAS E LOJAS DE AGUARDENTES LOCALIZADAS NOS BAIRROS DE EL RASTRO E LAVAPIÉS NO ANO DE 1885.

ANUARIO DEL COMERCIO
DE LA INDUSTRIA
DE LA MAGISTRATURA Y DE LA ADMINISTRACION

DIRECTORIO DE LAS 400.000 SENÃS

DE ESPAÑA.
ULTRAMAR, ESTADOS HISPANO-AMERICANOS Y PORTUGAL
Com Anuncios y referencias al Comercio e Industria Nacional y Extranjera
(BAILLY – BAILLIERE)

CONSIDERADO DE UTILIDAD POR REALES ORDENES
AÑO VII DE LA PUBLICACION

1885

MADRID

CARLOS BAILLY-BAILLIERE

Premiado com la Medalla de Oro em la Exposicion de Matanzas.
Librero de la Universidade central, del Congresso de los Señores Dipotados y de la Academia de Jurisprudencia y Legislacion
LIBRERIA EXTRANJERA Y NACIONAL, CIENTÍFICA Y LITERARIA
Plaza de Santa Ana, num. 10.
1885

INSTITUIÇÕES MUNICIPAIS E JUDICIAIS E PROFISSÕES DOS COMERCIANTES E INDUSTRIAIS DE MADRI POR ORDEM ALFABÉTICA 1885.

AGUARDIENTES por mayor. (V. Tambien Vinos y licores.)
Aragonés (Salvador), Miguel Servet, 2.
Ardura y Perez (Clotilde), Pl. do la Cebada, cal e E, cajones 106 y 107.
Balbina (Duraña), Amparo, 13.
Balbona (Emilio), P.º de Embajadores, 10.
Bañon Alberto (Bernardo), Pl. de la Cebada, 3.
Gallo y Fcito (José), Pl. de la Cebada, calle N, cajon 204.
García Cuervo (Pablo), Cava Baja, núm. ,53.
González (Domingo), Calatrava, 3.

González (Juan), Avemaria, 45.
Limiñana (Viuda de), Calatrava, 4.
Liscar y Pons (Elias), Pl. de la Cebada, calle O, cajon 230.
López Villaverde (Manuel), Pl. de la Cebada, calle L. cajon 155.
Martínez y hermano, Pl. de la Cebada, 2.
Mateos (Cármen), Pl. de Lavapiés, 8
Palmero (José), Amparo, 21.
Pastor (Ricardo), Magdalena, 56.
Pérez (Francisco), Mesón de Paredes, 61.
Prieto (Lorenzo), Pl. de la Cebada, calle ó cajon, 224.
Reguera (Ángel), Cava Baja, 16.
Sánchez Ordañez (Tomás), Pl, de la Cebada, calle C, cajon, 29.
Suero (Fernando), Cebada, 9.
Torres (Maria), Pl. de la Cebada, calle o, cajon, 221.
Vega (Bernardo), Mesón de Paredes, 19.
Zueldia (Eusebia), Amparo, 21.

Tabernas

Abad Barrios (Andrés), Cost, de S. Andrés, 10.
Alameda (Federieo), Humilladero, núm. 12.
Alamo (Antonia), Calatrava, 33.
Alamo (Antonia de), Aguila, 20.
Almestre (Serapio), P.º de Embajadores, 6.
Alonso (Marcelino), Embajadores, núms. 1 y 3.
Alvarez (Fernando), P. Cerrada, 4.
Alvarez Garcia (Fernando), Pl. de P . Cerrada, 4.
Alvarez (Froilan), Arganzuela, 23.
Alvarez Fernandez (Joaquin), Cava Baja, 15.
Alvaroz (José), Toledo, t64.
Alvarez (José), Grafal, 9.
Alvarez (Manuel), Pl. de la Cebada, 3.

Alvarez Pellico (Manuel), Pl. de la Cebada, 1.
Andrés (Claudia), Cava Baja, 32 y 34.
Aparicio Mayro (Juan), P.º de Embajadores, 20.
Anton (Antonio), Toledo, 94.
Anton (Domingo), Cava Baja, 2,
Anton Corral (José), Pl. del Rastro, núm. 9 dupl.
Anton (Manuel) Carnero, 9.
Aparicio (Juana), Embajadores, 20.
Aranguren (Bonifacio), Embajadores, 4.
Arrojo (Andrés), Jesus y Maria, 29.
Arroyo (Florentino), Miguel Servet, num. 27.
Bances (Antonio), Sta. Ana, 12.
Baña (Manuel), Humilladero, 26.
Benech (Luis), Esgrima, 2.
Barajas (Estefania), Miguel Servet, núm. 11.
Barbajosa (Gil), Toledo, 4.
Barbeito (Quintio), Mancebos. 8.
Bardo (Manuela), Amparo, 60.
Barreda (Antonio), Toledo, 127.
Barreiro (Manuel). Amparo, 43.
Barrero Parrondo (José), PL del Rastro, 10.
Barrero (Manuel) , Toledo, 105.
Basera (Ramon), Amparo, 71.
Begoña (Ricardo), Cuchilleros, 5.
Berdais (Francisco), Duque de Alba, num. 26.
Berdasco (Francisco), Cava Baja, 53.
Borderia (Agustin), Maldonadas, 11.
Bravo Carrasco (Eulogia), Pl. de Lavapiés, 3.
Bueno Fernandez (Manuel), Paloma, 4.
Cabezo Montenegro (Manuel), Provisiones, 7.
Cabrillas (Mariano), Peñon, 21.
Calleja (Manuel), Mira el Sol, 10.

Calleja (Manuel) Ventorrillo, 6.
Camarasa (Juan), Huerta del Bayo, núm. 9.
Cano (Domingo), Toledo, 121.
Cañadas (Manuel), Amparo, 86.
Caño (Segundo), Cabeza, 24.
Cao (Paulino), Encomienda, 18.
Capon (Antonio), Toledo, 121.
Caro (Antonio), Peñon, 2.
Carnelli (Jacinto), Duque de Alba, núm. 4.
Carpio Minaya (Eusebio), Amparo, núm. 64.
Carrasco Requena (Ángel), Pl. de la Cebada, 14.
Carrasco (Enrique), Lavapiés, 7 y 9.
Carrascosa (José María), Pl. de la Cebada, 13.
Casarrubio (Matias), Toledo, 125.
Castellano (Aniceto), Cava Baja, 41.
Castro (Maria), Aguila, 19.
Ceba Vázquez (José), Mediodia Chica, 5.
Celorio (Antonio), Toledo, 118 y 120.
Cerdeiras (Francisco), Mesón de Paredes, 38.
Chaqué (Andrés), Pl. del Rastro, 12 y 13.
Claro y Acero (Carlos), Pl. de la Cebada, 13 dupl.
Clavera (Visitación), Angel, 19.
Comino (Gonzalo), Mesón de Paredes, 28.
Con (Ramón de), Cost. dc S. Andrés, 9.
Corton (Juan), Toledo, núm. 2.
Couto (José), Avemaría, 38.
Criado González (Miguel), Embajadores, 34.
Cristóbal (José), Colegiata, 2.
Cruz (Esteban de la), Carnero, 3.
Chaqué (Andrés), Pl. del Rastro, 12 y 13.
Checs (Maria), Ribera de Curtidores, 23.
Chimo (José), Toledo, 2.

Decoro (Antonio), Lavapiés, 34.
Delgado (Joaquín), Embajadores, 27.
Díaz (Cármen), Mesón de Paredes, núm. 21.
Díaz (Francisco), Pl. de la Cebada, núm. 17.
Díaz (Lesmes), Humilladero, 3.
Díaz (Manuel), Calatrava, 14 y 16.
Díaz Otero (Quintin), Magdalena, 7.
Díaz (Ramon). Espada, 7.
Díaz Sánchez (Pedro), Toledo, 4.
Diego Enrique (José), Magdalena, 2.
Diez (Carlos), Embajadores, 13.
Diez (Josefa) Toledo, 6.
Diez (Luis), Lavapiés, 54.
Diez (Manuel), S. Isidro, 23.
Doporto (Ramón), Embajadores, 30.
Dorado (Ramón), Avemaria, 11.
Dorado (José), Arganzuela, 30.
Dulce Martín (Luisa), Mesón Paredes, 1 y 3.
Durina (Luís), Caravaca, 1.
Echao Rabio, Carnero, 6.
Espinosa (Antonio), Humilladero, num. 3.
Esquinas (Romualdo), Embajadores, 57.
Esteban (Eustaquio), Lavapiés, 4.
Esteban (Eustaquio), Cabeza, 8.
Estrada (Francisco), Embajadores, num. 43.
Feito Garrido (Ferniin), Humilladero, 10.
Fernandez (Antonio), Humilladero, num. 16.
Fernandez (Antonio), Lavapiés, 50.
Fernaudez (Antonio), Cabeza, 26.
Fernandez (Antonio), Don Pedro, núm. 13.
Fernandez Arguelles (Antonio), Cabestreros, 3.
Fernandez (Baltasar), Encomienda, 2.

Fernandez (Benito), Amparo, 35
Fernandez (Benito), Calvario, 31
Fernandez (Benito), Olivar, 10.
Fernandez (Gabriel), Humilladero, núm. 1.
Fernandez y Valcárcel (Benito), Olivar, 10
Fernandez (Juan), Rodas, 5.
Fernandez (Juan), Caravaca, 12.
Fernandez (Leonardo), Mediodía Grande, 18.
F'ernandez (Manuel), Cava Baja, 12.
Fernandez (Manuel), Toledo. 83.
Fernandez (Manuel), Cava Baja, 11.
Fernandez (Manuel), Avemaria, 12.
Fernandez (Pedro), Humilladero, num. 8.
Fernandez (Pedro), Oriente, 1.
Fernandez (Pedro), Esgrima, 15.
Fernandez (Quintin), Toledo, 76.
Fernandez Suarez (José), Avemaria, 34.
Ferrero (Francisco), Carnero , 13 y 15.
Flores (Joaquin), Mesón de Paredes, 42.
Folgueiras Vázquez (José), Ruda, num. 14.
Francisco (Fernando de), Maldonadas, 6.
Francisco (José de), Pl. de la Cebada, 16.
Francisco Noriega (José), Pl. de la Cebada, 16.
Francisco Sobero (Juan), Maldonadas, 6.
Franco (Josefa), Tabernillas, 23.
Fuente (Pedro do la). Aguila, 27.
Fuentes (Francisco), Juanelo, 27.
Gallo (Francisco), Rib. dc Curtidores, 5.
Gallo y Mayo (Ildefonso), Ruda, 5.
García (Eulogio), Amparo, 53.
García (Francisco), Humilladero, num. 17.
García (Francisco), Tribulete, 12.

García Romero (Frutos), Lavapiés, núm. 49.
García (José), Amparo, 50.
García (José), Pl. de Lavapiés, 4.
García (Manuel), Peñon, 16.
Gómez Muñoz (José), Olivar, 39 y 41
García Negron (José), Lavapiés, 4.
García Rosell (Jose), Mesón de Paredes, 5.
García (Justo), Amparo, 90.
García (Manuel), Embajadores, 27.
García (María), Cam. Bajo de San Isidro, 2.
García (Ramón), Tribulete, 3
García (Santos), Rib. de Curtidores, 8.
García (Santos), San Millan, 2.
Gavilán (Ramon), Lavapiés, 8.
Gomez (Domingo), Tabernillas, 15
Gómez (Ezequiel), Rodas, 15.
Gómez (Francisca), Arganzuela, 33.
González (Antonio), Embajadores, núm. 56.
González (Eusebio), P. Cerrada, 5.
Gonzalez (Francisco), Calatrava, 14 y 16.
González García (Francisco), Toledo, 50.
González (Jacobo), Avemaria, 41.
González (Jose), Cabestreros, 3.
González (Juan), Lavapiés, 62.
González (Julián), Espino, 4.
González (Pedro), Olivar, 7.
González Fernandez (Pedro), Olmo, num. 2,
González (Perfecta), Lavapiés, 10.
Gonzalez Castillo (Segundo), Ribera de Curtidores, 27.
Gricharte (Santos). Toledo, 123.
Guerra (Clemente), Toledo, núm. 12.
Guerra (Gregorio), Toledo, 122 y 124.

Guerrero Garcia (Eugenio), Cava Baja, 31.
Gutiérrez (Guillermo), Toledo, 4.
Gutierrez (Pascual), Toledo, 110.
Guzman (Andrea), Rib.de Curtidores, 24.
Heras (Maria), Tabernillas, 19.
Herinida (José), Huerta del Bayo, 4 y 6.
Hermida (José), Sta. Ana. 37.
Hermida (Manuela), Mira el Rio, 11.
Hernandez (Carmen), Paloma, 20.
Hernández (Ignacio), Toledo, 128.
Herrero Redondo (Miguel), Magdalena, 3.
Hurtado (Francisco), Pl. de la Cebada, 17.
Ibañez (Ignacio), Rib. de Curtidores, 33.
Iglesias Alvarez (Benito), Mesón de Paredes, 16.
Iglesias (Gil), Toledo, 91.
Iglesias (Manuel), Angel. 11.
Jarque Espada (María), Arroyo de Embajadores, 29,
Jauglar (Manuel), Toledo, 102.
Jerezano (Ruperto), Lavapiés, 56.
Jiménez (Eduardo), Pl. Cebada, 5.
Jiménez (Jesus), Toledo, 1.
Jiménez Tendero (Jesus), Arganzuela, 33
Lacalmonte (Gerardo), Puerta de Moros, 6.
Ladra (Antonio), Mediodia Grande, núm. 15.
Lafuente (Antonio), Embajadores, 12.
Lagar (Antonio), Lavapiés, 24 y 26.
Lage (Ángel), Abades, 14.
Lago (Diego), S. Millan, 1 y 3.
Lanas (Carlota), D. Pedro, 6.
Lázaro (Josefa), Mediodia Grande, num. 7.
Lema (Francisco), Mancebos, 18.
Lenza (Juan), Humilladero, 9.

Limiñana (Viuda de), Calatrava, 4
Lobo (José), Embajadores, 66.
López (Antonia), Cabestreros, 1.
López (Diego), Toledo, 3.
López (Domingo), Mediodia Chico, núm. 6.
López (Domingo), Mesón de Paredes, 92, y S. Bernardo, 71.
López (Gabriel), Mira el Sol, 20.
López (José), Lavapiés, 9.
López (José), Toledo, 6.
López (Juan), Embajadores, 33.
López (Juan), Mesón de Paredes, núm. 68.
López López (Juan), Embajadores, núm. 56.
López Martínez (Juan), Embajadores, 33.
López (Manuel), Cava Alta, 9 .
López (Manuel), Aguila, 16
López (Marcelino), Tabernillas, 3.
López (Nicolás), Caravaca, 15.
López García (Pedro), P,.º de Embajadores, 39.
López Romero, S. Dámaso, 7.
López (Ramón), Pl. de la Cebada, 16.
López (Ramon), Aguila, 16.
Loredo (Manuel), Magdalena 1,
Lozano (Ricardo), Pl. de la Cebada, num. 8.
Lucas (Juan), Huerta del Bayo, 9 .
Luiña (Domingo), Calatrava, 14.
Luiña (Domingo), Avemaria, 33 .
Lumbreras (Domingo), Toledo, 2 y 100 .
Madrid (Pablo), Ángel, 25.
Magan Moreno (Tiburcio), Humilladero, 29 .
Mancebo (Juan), Toledo, 4 .
Manso (Bonifacio), Amparo, 9 0.
Manzanal (Santiago), Toledo, 80.

Marcos de León (Matías). Mesón de Paredes, 15, y Madrid, 3.
Maroto (Julián), Carr. de S. Isidro, núm. 13.
Manito (Luis), Carr. de S. Isidro, 32.
Martín (Bautista), Amparo, 48.
Martín (Domingo), Toledo, 129.
Martín (Gregorio), Avemaria, 22.
Martín (Luis), Toledo, 125.
Martín (Salvador), Embajadores, 11.
Martín (Valentin). Peñón,
Martínez (Antonio), Ventosa, 5.
Martínez (Francisco), P.º del Olmo, 5 duplicado.
Martínez (Gregorio), Rib.de Curtidores, 35.
Martínez (Gregorio), Avemaria, 20.
Martínez (José), Calatrava. 19.
Martínez (José), Paloma, 2.
Martínez (José), Pl. Lavapiés, 8.
Martínez (Juan), Toledo, 122 y 124.
Martínez (Valeriano), Embajadores, 55.
Maseda (José), Cabeza, 26.
Méndez Suarez (Alonso), Amparo, núm. 82.
Méndez (José), Amparo, 18.
Méndez (José), Cabestreros, 7.
Meneiiflez (José), Mesón de Paredes, 41.
Menendez (Ramón Sebastian), Amparo, 33.
Mera (José), S. Isidro, 3
Mesa (Juan), Pl. de la Cebada, 1.
Mesa (Ramón), Tribulete, 5.
Minguez Jubet (Teodoro), Lavapiés, 34.
Monzo y Fuentes (Vicente), Cava Alta, 13.
Mora (Juan), Avemaria, 15.
Moseda (Antonio), Jesús y Maria, 10.
Muñoz (Antonio), Amparo, 3y 5.

Murcia (Celedonio), Amparo, 58.
Murías (Manuel), Calatrava, 18.
Navarro Pozo (Pedro), Jesús y Maria, 17.
Nera (Prudencia), P.º de Embajadores, 22.
Nicolás Román (Joaquin), Toledo, 2.
Niedes (Pedro), P. Cerrada, 6.
Nieto (Hermenegildo), Santiago el Verde, 9.
Nuñez (Eulogio), Mesón de Paredes, 87.
Nuñez (Juan), Colegiata, 2.
Ocaña (Anastasio), Toledo, 98.
Ocaña (Segundo), Olivar, 3.
Ochoa (José), Arganzuela, 28.
Ochoa (Julián), Arganzuela, 22.
Orol (Juan). Lavapiés, 62.
Orol Requeijo (Manuel), Esgrima, núm. 11,
Ortega (Ángel), Cebada, 2.
Ortíz (Faustino), Mira el Sol, 11.
Ortíz (Meliton), Arganzuela, 17.
Otero (José), Amparo, 72.
Otero Arjabay (Ramon), Juanelo, 11.
Pacios (Ramón), Arganzuela, 9.
Pardo (Laureano), Ventosa, 4.
Pardo (Laureano), Cava Baja, 6.
Pardo (Severo), Peñón, 1.
Paredes (Antonio), Caravaca, 3.
Parrondo Garrido (José), S. Millan, 4.
Parrondo (Juan), Carnero, 7.
Parrondo (Juan Antonio), Arganzuela, 1.
Pasandin (Juana), Mancebos, 9.
Pavón (Angel), Amparo, 59.
Pereda (Gregono), Toledo, 2.
Pérez (Lorenzo), Carnero, 17.

Pérez Vanes (Teresa), Embajadores, 51.
Pertierra (José), Toledo, 14.
Picazo hermanos, Don Pedro, 11.
Piezer (Tulence), Humilladero, 11.
Pina (Juan), Luciente, 5.
Piñero Alonso (Narciso), Amparo, num. 17.
Plata (Lucas), Calatrava, 9.
Plato (Juan José), Embajadores, 58.
Polo (Maiimino), Embajadores, 35.
Porto Rey (Francisco), Amparo, 69.
Postigo (José), Toledo, 106.
Raimundez (Froílan), Mesón de Paredes, 59.
Ramirez (Juan), Mesón de Paredes, núm. 69.
Ramirez (Juan), Sombrerete, 13,
Ramos (Damíana), S. Andrés, 16.
Ramos Maseda (Benito), Abades, 30, y Embajadores, 17.
Ramos (Rita), Mesón de Paredes, núm. 62.
Raposo Rodriguez (Francisco), Rodas, 11.
Recio (Esteban), Mesón de Paredes, núm, 75.
Redondo Hernández (Francisco), Avemaria, 49.
Redondo (Melecio), Duque de Alba, núm. 16.
Rédruello (Maria), Dos Hermanas, núm. 27
Rédruello (Maria), Embajadores, 11.
Rédruello (Tomás), Sta. Ana, 4.
Remis (Tirso), Toledo, 72,
Reul (Carlos), Tribulete, 6.
Rey (Cipriano), Toledo, 122 y 125.
Rey (Estanislao), Cava Baja, 10.
Riaza Sanz (Esteban), Colegiata, 13.
Rico (Antonio), Embajadores, 25.
Rico Diaz (Manuel), Aguila, 31.
Riesgo (Melchor), Toledo, 90,

Rodrigo (Manuel), Duque de Alba, núms. 20, 32 y 24.
Rodríguez (Bruno), Amparo, 76.
Rodríguez Féito (Carlos), Luciente, núm. 13.
Rodríguez (Ceferino), Arganzuela, núm. 29.
Rodríguez (Felipe), Don Pedro, 19.
Rodríguez Fernandez (Juan), Pl de Lavapiés, 8.
Rodríguez (Gabino), Pl. de la Cebada, 9.
Rodríguez (Juana), Olivar, 56.
Rodríguez (Lucas), Olmo, 36.
Rodríguez Kopez (Lucas), Olivar, 4
Rodríguez (Manuel), Esgrima, 11.
Rodríguez (Manuel), Pl. do Lavapiés, 7.
Rodríguez (Maria), Lavapiés, 33.
Rodríguez (Ramón), Mesón de Paredes, 55.
Román (Ramón), Humilladero, 20.
Rubio Arias (José), Maldonadas, 5.
Ruíz (Antonio), Sta. Ana, 10.
Ruíz (Matías), Latoneros, 7.
Sainti (Juan), S. Isidro, 1.
Salcedo López (Patricio), Pl. del Rastro, 2.
Salgüero y Suarez (Manuel), Cava Alta, 3.
Sánchez (Andrés), Mesón de Paredes, 34.
Sánchez (Antonio), Rib. de Curtidores,13.
Sánchez (Antonio), Águila, 22.
Sánchez Franco (Diego), Embajadores, 60.
Sánchez (Gregorio), Latoneros, 6.
Sánchez (José), Águila, 30.
Sánchez (Manuela), Cava Baja, 33.
Sánchez (Margarita), Cebada, 3.
Sánchez Merlo (Crisanto), Avemaria, 6.
Sánchez (Pedro) Cabestreros, 4.
Sánchez (Teresa), Mediodia Grande,17.

Sánchez (Vícente), Calatrava, 31.
Sánchez (Vicente), Espada, 7.
Sancho (Mariano), Amparo, 8.
Sandegrado (Isidoro), Rib. de Curtidores, 1.
Sanjuan (Juan), Embajadores, 36, y León, 3.
Santiago (Domingo), Paloma, 14.
Sar (Balbino del). Toledo, 16
Serrano (Matias), Lavapiés, 33.
Serrano (Pedro), Cabestreros, 13.
Sierra (Juan Antonio), Arganzuela, 4.
Sol (Antonio del), Rib. de Curtidores, 12.
Solana (Julia de la), Calatrava, 9.
Suarez (Antonio), Cava Baja, 28.
Suarez (Felipe), Don Pedro, 19.
Suarez (Mana), Mediodía Grande, núm. 14.
Tanda (María de), Lavapiés, 32.
Tapia (Isidoro), Embajadores,46.
Teresa (Ana Maria), Toledo, 62.
Tierro (Francisco), Calatrava, 32.
Tomás (Victoriano), Cava Baja, 14.
Tomico (Casimiro), Lavapiés, 24 y 26.
Toariñan Paz (Pablo), Humilladero, núm. 26.
Torres (Miguel), Magdalena, 36.
Trillo (Andrés), Amparo, 47.
Valcárcel (Domingo), Cava Baja, 38.
Valcárcel (Manuel), Carnero, 2 .
Vallejo (Francisco), Duque de Alba, núm. 12.
Vazquez (Manuel), Peñón, 26.
Vega González (Nicolasa), Maldonadas, 4.
Vela (Ramon), Cava Alta, 13.
Velas (Francisca), Pl. de la Cebada, 14.
Vela (Ramón), Cuchilleros, 14 y 16.

Velazquez (Juan), Puerta Cerrada, núm. 2.
Verdalles (Ramón), Duque de Alba, 26, y Estudios, 15.
Vicente (Saturnina), Cava Baja, 27.
Vicente (Tomás), Toledo, 135.
Vidal (Eugenio), Cava Baja, 46.
Villaseca Yerro (Juan), Avemaria, 26.
Villalva (José), Sombrerete, 3.
Víllar (Inocencio). Toledo, 68.
Villoría (Segundo), S. Cayetano, 2 .
Viñas Moreno (Pedro), Mesón de Paredes, 9.
Zamora (Mariano), Carr. do S. Isidro, 40.
Zapatero (Antonio), Ventosa, 14.

Anexo II

RECEITAS DE *COCIDO* LOCALIZADAS NO DECORRER DA PESQUISA

Primeiro registro escrito da receita da *olla podrida*, 1599

"Tomar duas libras de carne de pescoço de porco salgada, e quatro libras de pernil dessalgado, duas orelhas, e quatro pés de porco cortados e frescos, quatro libras de carne de porco fresco, duas libras de um bom chouriço. E quando estiver tudo limpo cozinhar em água sem sal. Em outro recipiente de cobre ou barro, cozinhar com água e sal, seis libras de carne de carneiro e seis libras de vaca gorda, e dois capões ou duas galinhas, e quatro pintos. E do cozimento de todas estas coisas devem ser extraídos caldos e manter em um vidro. Em outro recipiente de vidro ou de cobre com o caldo das carnes citadas que foram refogadas, cozinhar duas peças de traseira de lebre cortadas, três perdizes, dois faisões ou dois patos selvagens frescos, vinte codornas. [...] E enquanto está sendo cozido, misturar o referido caldo com peneira e com um aviso de que nada fique salgado demais. Tendo separado grãos-de-bico negros e brancos, que ficaram de molho, cabeças de alho inteiras, jogos de cebolas cortadas, castanhas descascadas, colocar tudo para cozinhar juntamente com o caldo. E quando esses vegetais estiverem quase cozidos, colocar repolhos e nabos, e enchidos, muitas vezes, ou chouriço. E quando tudo estiver cozido, adicionar sal, pimenta e canela. E colocar uma porção sobre os pratos sem caldo e juntar todas as aves divididas. As aves pequenas, deixar inteiras e repartir entre os pratos fazendo composição. [...] E misturar todos os ingredientes e adicionar caldo de mais gordura numa outra composição." (Receita de "olla podrida" que consta no Livro de arte da cozinha, de autoria de Diego Granado (1599), compilada por: DÍAZ, Lorenzo. *Op. Cit.*, 1990. p. 116-117).

Receita de um *cocido* do maestro Cándido Collar, chefe de cozinha da Infanta Maria Isabel de Bragança (1797-1818)

"Um bom cocido para cinco pessoas requer 250 gramas de grão-de-bico de Castela; 500 de carne gelatinosa; meia galinha, não muito velha – porque apesar do ditado popular afirmar que dá melhor caldo, a verdade é que comunica a este um gosto desagradável –; 100 gramas de bacon; presunto crú; um chouriço, uma morcela, um pé de porco salgado e uma bola formada pela massa de carne picada, pão ralado, ovos e especiarias. A panela para fazer o guisado deve ser larga e colocada no fogo com água fria o suficiente para cobrir a carne, o bacon, o frango e o presunto, que estarão nesse recipiente de antemão. Quando começar a formar espuma, remova-a com uma escumadeira e, quando a ebulição começar, incorporar o grão-de-bico e o pé de porco, que deverão ter ficado de molho juntos durante pelo menos dez horas. Quando a panela começar a ferver novamente, ela é removida para o lado do fogo e deixada lá, certificando-se de que cozinhe o mais lentamente possível, mas sem interrupção, por três horas, ou mais. [...] Adicionar o sal necessário e meia cebola pequena com um cravo de especiarias incrustado nela. Num puchero ou caçarola, cozinhar os vegetais, que são o complemento do cocido (bem seja: repolho, acelga, couve, feijão verde, etc.) e, juntar com chouriço e morcela e cozinhar, tomando cuidado para que no momento tudo esteja bem cozido e em seu ponto de sal. Quinze minutos antes do tempo de serviço, adicione seis batatas pequenas, descascadas, em forma de ovo, ou – para maior limpeza – elas podem ser cozidas em uma caçarolinha separada, com um pouco de caldo extraído da panela. No momento preciso, o caldo necessário é retirado para preparar a sopa, colocando-a em uma musselina ou com uma peneira especial muito fina, escolhendo o que cozinhar nela (macarrão, arroz, pão, etc.). E serve-se essa sopa como a primeira parte da comida. O grão-de-bico, completamente drenado, é colocado em um prato. Sobre ele – formando uma faixa de parte a parte do recipiente –, a carne, cortada em pedaços pequenos, muito regulares, e em ambos os lados da carne – organizados da forma mais artística possível –, o presunto, o bacon, o pé de porco, o frango e a bola [de massa de carne picada]; corte tudo em pedaços. Os vegetais, bem drenados, são fritos com um pouco de óleo, no qual um dente de alho foi queimado e misturado à morcela e chouriço cortados em fatias, e batatas que foram preparadas anteriormente. Os dois recipientes podem ser servidos ao mesmo tempo e acompanhados de uma molheira com tomate frito em pequenos pedaços, formando uma espécie de molho." (Receita compilada por ESTEBAN, José. Op. Cit., p. 31-32)

Receita de *cocido* descrita pelo viajante inglês Richard Ford, 1846

"A verdadeira "olla", a antiga e reputada "olla podrida" ou pot pourri (o epíteto não é usado agora) – é muito difícil de fazer, e, é claro, é impossível comer fora da Espanha, porque para isso é necessário uma porção de coisas puramente espanholas e, acima de tudo, muito cuidado: o cozinheiro tem que colocar seus cinco sentidos no puchero ou nos pucheros, porque é melhor fazê-lo em dois. Tem que ser feito em recipiente de barro, porque, como o francês *pot-au-feu*, o prato não valerá nada se for feito em uma panela de ferro ou cobre. Portanto, dois recipientes serão colocados no fogo com água. No número um, colocar grão-de-bico que ficou de molho durante toda a noite, um bom pedaço de carne de boi ou de vaca, uma galinha e um grande pedaço de bacon, e cozinhar com um pouco de pressa, e em seguida, manter de modo que continue a ferver sobre um fogo lento. Demora quatro ou cinco horas para ser bem feito. No recipiente (olla) número dois, colocar alguns legumes com água: alface, repolho, um pedaço de abóbora, cenoura, feijão, aipo, chicória, cebola, alho e pimenta longa. Todas essas coisas devem ser lavadas. Em seguida, serão adicionados chouriços e um grande pedaço de cabeça de porco salgada, que terá estado na água durante a noite. Quando tudo estiver bem cozido, escoa-se a água muito bem, que é jogada fora. Tome cuidado para remover a espuma das duas panelas. Uma vez que tudo esteja cozido, prepara-se uma grande fonte, e no fundo colocam-se os vegetais, e no centro a carne, acompanhada do toucinho, do frango e da cabeça de porco. O chouriço é colocado ao redor, formando uma coroa, e polvilhe tudo com caldo a partir da olla número um, servindo muito quente. Como Horácio dizia: uncta satis pingui ponentur oluscula lardo? Não há perfume de violeta que possa ser comparado à passagem de uma olla. Os espectadores que observam a passagem dela suspiram, suas bocas molham, vendo e cheirando a carga rica que, lançando fumaça, se afasta deles.

Esta é a grande olla, assim como, segundo Dom Quixote, só os cânones e os reitores escolares o comeram, podendo compará-lo com a sopa de tartaruga, que é tão requintada e nutritiva que constitui uma verdadeira refeição por si só. Um cânone de Sevilha, o ex-dignitário na idade de ouro anterior às reformas e confiscos que ofereciam cozinhas eclesiásticas, e cujo puchero recorrente era de primeira classe, dizia que nos feriados era habitual colocar o peru em vez de galinhas, adicionando três batatas-doces de Málaga. Sua opinião é muito digna de ser levada em conta, porque ele é um bom católico, apostólico, romano canônico, que acreditou em tudo, absolveu tudo, bebeu tudo, comeu tudo e digeriu tudo. Como regra geral, você pode garantir que tudo o que é bom em si será um propósito para a "olla", enquanto eles – segundo dizem os antigos livros espanhóis – não contém nada que se oponha à nossa Santa Madre Igreja e santa fé católica ou aos bons costumes. Tal "olla" não é fácil de achar no caminho, mas é muito apropriada para recuperar as forças perdidas ao chegar em uma cidade. Naturalmente, "a olla" será feita com o que pode ser encontrada. Em casas particulares o caldo da "olla' é servido com pão em uma sopeira, e a mesa frugal será composta dos outros ingredientes da panela, em fontes distintas, e se há algo frio ou reaquecido, é servido para o jantar.

Os vegetais e o toucinho são indispensáveis, porque sem o primeiro a "olla" não é nada: "Olla sem verdura, nem tem graça nem fartura"; e o segundo é tão essencial quanto um texto de Santo Agostinho em um sermão.

É um prato que todos os cozinheiros das vendas fazem bem, exceto aqueles que usam azeite ruim, e muito alho, açafrão e páprica. Por conseguinte, é conveniente: tomar lebre, perdizes, coelhos, galinhas, ou qualquer outro tipo de carne que tenha sido capaz de procurar na estrada (feito com faisão também é requintado, coisa que até ontem não havia tido oportunidade de experimentar); cortar em pequenos pedaços, separando sangue, fígado e miúdos; não lave os pedaços, mas limpe-os com um pano; frite as cebolas com o azeite que deve caber em uma xícara de chá, até dourar, e depois coloque em uma panela com o azeite, e igual quantidade de vinho e água, levando em conta que é melhor que isso; o Clarete vai muito bem e os Valdepeñas ainda melhor. Adicione um pouco de bacon, cebola, alho, sal, pimenta e um monte de tomilho. Coloque tudo no fogo, espumar com cuidado e deixar ferver. Meia hora antes de servir, os miúdos são adicionados; e quando estiver no ponto, que pode ser conhecido por prová-lo com um garfo, servir muito quente. Deve constantemente mover-se com uma colher de pau e limpando a gordura, pois vais concordar que quando esta começa a nadar, é uma coisa muito desagradável e que desacredita um cozinheiro. Feito com cuidado e acompanhado de uma boa salada, constitui um jantar digno de um cardeal e até do próprio Santiago." (FORD, Richard. *Op. Cit.*, p. 139-141)

Agradecimentos

Ao Jaime Rodrigues, supervisor, interlocutor, companheiro de taberna e amigo de vida. Para Glaucia Ribeiro de Lima e Maria Clara Custódio, minhas irmãs de alma, por todas as conversas cheias de alegria.

À Fapesp, pelo apoio financeiro que possibilitou o trabalho.

Aos funcionários da Biblioteca Nacional de España, Biblioteca Municipal da cidade de Madri, Biblioteca do Museo Reina Sofia e Consejo Superior de Investigaciones Científicas (Biblioteca Tomás Navarro Tomás). Desta instituição deixo um agradecimento especial aos professores Lorenzo Delgado e Francisco Villacorta, pela acolhida e sugestões valiosas.

Agradeço também aos taberneiros entrevistados, Ángel de Miguel Gómez e José Alberto Rodríguez, pela generosidade e paixão.

A todos os professores da pós graduação em História da Unifesp/Guarulhos, universidade que me abrigou e cujas discussões durante os seminários trouxeram estímulos à minha investigação.

À Mariana de Alencastro e Edinaldo Lima, pela digitação de parte de minhas anotações de pesquisa. À Alejandra Infante, pela transcrição das entrevistas.

E, finalmente ao Beto, meu companheiro, minha família afetiva.

Alameda nas redes sociais:

Site: www.alamedaeditorial.com.br
Facebook.com/alamedaeditorial/
Twitter.com/editoraalameda
Instagram.com/editora_alameda/

Esta obra foi impressa em São Paulo
no verão de 2019. No texto foi
utilizada a fonte Adobe Garamond Pro
em corpo 10,25 e entrelinha de 15,5
pontos.